IL AVAIT DANS LE CŒUR DES JARDINS INTROUVABLES

DU MÊME AUTEUR

aux éditions Gallimard

LE TROU *
LE DEUXIÈME SOUFFLE *
CLASSE TOUS RISQUES *
L'EXCOMMUNIÉ **
HISTOIRE DE FOU *
LES AVENTURIERS **
LE HAUT FER *
HO ! *
MEURTRE AU SOMMET
LES RUFFIANS *
MON AMI LE TRAÎTRE *
LE MUSHER
LE TUEUR DU DIMANCHE *

aux éditions Jean-Claude Lattès

LES LOUPS ENTRE EUX * (avec Jean Schmitt)
UN VENGEUR EST PASSÉ
TU BOUFFERAS TA COCARDE

aux éditions Robert Laffont

LA MORT DU POISSON ROUGE
Prix Polar 1997
LE PRINCE SANS ÉTOILE
LES CHEMINS FAUVES

* *Roman ayant donné naissance à un film*
** *Roman ayant donné naissance à deux films*

JOSÉ
GIOVANNI

Il avait dans le cœur des jardins introuvables

ROMAN

Pour Annie
très spécialement
José Giovanni

ROBERT LAFFONT

ISBN 2-221-09497-2

À Zazie, Paul,
Marie-Josée
et à ceux de notre sang

Je ne regretterai de la vie terrestre ni la puissance qui est méprisable, ni les plaisirs qui sont fragiles.

Je ne puis m'empêcher de songer avec regret aux êtres. Il n'y a sur terre que deux choses précieuses.

La première, c'est l'amour. La seconde, bien loin derrière, c'est l'intelligence.

Amour et intelligence ne se séparent d'ailleurs pas à qui en entend bien le terme.

En dehors de cela, il n'y a rien.

Gaston BERGER

Parfois on se demande ce que l'on fait là. Si vraiment c'est bien vous que la vie a pris par la main pour vous conduire jusqu'au lieu qui vous barbouille le cœur, qui vous fauche les jambes, qui déforme les sons et les images.

Et on se le demande d'autant plus si on est en parfaite santé. Et mon Père, à l'âge de soixante-cinq ans, ne souffrait de rien, si ce n'était de passer des heures, des semaines et des mois dans le bistrot situé en face de la prison de la Santé à Paris.

Sa vie l'avait conduit jusque-là. Et il ne comprenait plus pourquoi il était en attente de la mort de son jeune fils bien-aimé. Le seul qui lui restait encore et sur lequel il ne pouvait plus poser les mains ni les lèvres.

Alors il se disait, en tripotant, lui le joueur international de poker, des cartes usées par les mains de quelques partenaires de belote, que ses gestes n'étaient plus les siens. Que cette histoire de guillotine, ce cadre de bois laissant descendre un morceau d'acier tranchant pour faire tomber la tête d'un condamné dans un panier, oui, que toute cette histoire n'était qu'une mauvaise blague.

Et pourtant, les avocats lui annonçaient le compte à rebours. La cassation d'abord et ensuite, si elle était refusée, un paraphe au bas d'une page.

La mort ou la vie de son enfant décidée par Vincent Auriol, président de la République.

Mon Père était arrivé au bout de ses démarches, au bout de l'impossible. Dans son bistrot, il se demandait ce qu'il aurait pu faire de plus. Il ne pouvait que vivre, du matin au soir, le plus près possible de son fils.

Il regrettait parfois d'être venu au monde et d'avoir engendré des enfants. Il se disait que, s'il n'avait pas eu d'enfants, son fils ne serait pas venu sur la terre.

Il se disait que ce fils souffrait donc à cause de lui.

Et, en longeant les hauts murs de la prison, comme un somnambule, il revoyait sa propre jeunesse et tout le reste, lorsque, âgé de dix-sept ans, il avait émigré de sa Corse natale jusqu'en Amérique, avec un jeu de cartes et cinq louis d'or dans une ceinture à même la peau.

Un aller simple pour le Nouveau Monde

D'un geste brutal, le type avait happé le cocher pour l'arracher de son siège et le jeter sur le sol. Et les gros pavés de ce quai n'eurent aucune tendresse pour le cocher. Son cheval venait de heurter du poitrail une femme qui tenait un enfant par la main. Le gosse n'avait rien et la femme, déjà sur ses pieds, pas grand-chose non plus. Elle passait simplement les mains sur son ventre arrondi pour sentir si tout allait bien. Sauf accident, le bébé naîtrait sur le territoire américain.

Le type, le père sans doute, jouait au foot avec le corps du cocher, en l'insultant, dans une langue que connaissait seulement une partie des cinq ou six cents émigrants en attente d'embarquement depuis trois jours. Leur patience était aussi usée que la chasuble d'un curé de campagne oublié de Rome, ce qui justifiait l'incident.

Traduites en français, les insultes du père, un Polonais, assimilaient le cocher à l'excrément d'un chacal et, au mieux, à un nommé Judas, car ce Polak était catholique.

En levant un pied pour punir le cocher, il se tenait à la roue du fiacre pour ne pas glisser sur le sol givré.

Et la portière du fiacre s'ouvrit derrière lui. La manche galonnée d'un officier de marine apparut d'abord et le témoin le plus proche du combat, un jeune homme aux yeux bleus qui faisait face au Polonais, adressa à ce dernier le signe impératif de cesser l'hostilité. Il alla même, le Polak ayant suspendu ses gestes, jusqu'à le tirer vers lui pour le faire disparaître de l'autre côté du cheval. Puis il aida le cocher à se relever.

L'officier de marine, son bagage à la main, se trouva en face de ce jeune homme de dix-sept ans, blond de chevelure, un col dur surplombant costume et pardessus de bonne coupe. Il le toisa jusqu'aux bottines à boutons, salua la jolie dame restée dans le fiacre, et marcha vers la passerelle du navire qu'il allait commander.

Baptisé par quelque chroniqueur « Le Monstre marin sillonnant les mers », ce vapeur, le *Ville-de-Paris,* jaugeait onze mille tonneaux et devait, si sa chaudière n'explosait pas avant, relier Bordeaux à l'Amérique en trois semaines et demie.

Joe, Corse blond aux yeux couleur de ses calanques, s'embarquait avec cinq louis d'or et un jeu de cartes. Sa valise était, à ses yeux, accessoire. Il n'était là que depuis la veille et avait dormi à l'écart, au bout d'un entrepôt pour éviter les ronfleurs. Il gardait son or dans une ceinture à même la peau et envisageait d'acheter un chapeau à la première occasion pour se vieillir un peu. C'est lui qui venait d'éviter au Polonais de se faire épingler par l'officier de marine, une très mauvaise manière de commencer le voyage pour un émigrant.

Dans son île, des bûcherons italiens, qui avaient émigré eux aussi, avaient enseigné à Joe qu'un homme qui avait besoin de tout et de tout le monde devait observer une règle stricte : éviter qu'on lui colle une étiquette qui risquerait de l'entacher comme une cerise écrasée sur une chemise blanche. Même au lavage, il en resterait toujours quelque chose. Ces bûcherons italiens, campés dans les forêts au-dessus de Rogliano, son village natal, fabriquaient du charbon de bois.

Venus d'ailleurs, leur romantisme avait attiré Joe. Il avait chanté avec eux, mangé du fromage et des châtaignes avec eux. Mais surtout, ils lui avaient appris à jouer aux cartes. De la Mamina, le jeu un peu simpliste qui consiste à abattre des cartes jusqu'à rester seul avec la dame de pique à la main pour gagner, ils étaient passés au poker plus scientifique et plus international.

La facilité avec laquelle Joe manipulait les cartes, sa finesse tactique et son acuité dans l'analyse des réactions de l'adversaire indiquèrent au Greco, le chef des bûcherons, que le jeune homme était, avant tout, fait pour jouer.

Âgé seulement de quinze ans à ce moment-là, le jeune Corse, bien que n'ayant jamais quitté son village, se montrait irrésistiblement attiré par la marginalité. Joe avait découvert que le Greco trichait : lorsque venait son tour de donner les cartes, en ramassant celles éparpillées, il plaçait un as sous le paquet. Dans le battement des cartes et la coupe, cet as conservait sa place sous le paquet et, en distribuant les cartes, le Greco se donnait l'as d'un imperceptible mouvement de l'index.

Joe avait carrément demandé au Greco de lui enseigner les mouvements. Le Rital en profita pour lui rappeler les dangers que la chose comportait. Lui, le Greco, ne le faisait qu'entre copains, presque avec un certain humour.

Il conseilla à Joe de se protéger contre les tricheurs sans jamais tricher lui-même.

Joe avait joué sur le bateau qui le transportait de Bastia à Marseille, et dans le train roulant de Marseille à Bordeaux. Il avait gagné, perdu, gagné, reperdu, emporté dans l'infernale spirale du joueur.

Mais depuis son arrivée sur les docks, enjambant les corps entassés, zigzaguant entre les groupes réunis par la même langue, il avait vu tellement de monde qu'il ne s'était lié avec personne.

Il parlait le corse, l'italien et un peu d'espagnol. Et là, il entendait parler russe, polonais, allemand, et d'autres accents impossibles à identifier. Par le costume, il reconnaissait des Grecs pour en avoir vu sur des images.

Depuis les corps minuscules qui braillaient pour téter, jusqu'aux barbes blanches balancées par des hanches bancales, il voyait des faibles et des forts, des laides et des belles, des secs et des gras. Certains avaient vendu le peu qu'ils possédaient, certains n'avaient jamais rien possédé. Ils avaient gratté des terres ingrates ou planté de mauvais clous, avalé de la poussière de charbon ou tordu de la ferraille, suffoqué devant les hauts-fourneaux ou tiré des chalands à la corde. Mais, aujourd'hui, dans leurs regards épiant le navire amarré au bord du quai, la lumière du rêve américain les unissait.

En longues files, on contrôla leur titre d'embarquement, la faveur de se parquer dans des entreponts humides, priant pour que son voisin n'ait pas le mal de mer.

Joe bénéficiait d'une couchette dans une cabine de six personnes. Il rejoignait à Richmond, en Virginie, ses deux frères Antoine et Simon, expulsés comme lui par une marâtre.

Il déposa sa valise, faite de végétal tressé serré, sur sa couchette et retourna vers le grouillement, tripotant son jeu de cartes dans sa poche à rabat. Les poignets de sa chemise étaient retournés sur les manches de sa veste et il ne remarquait pas encore les regards des jeunes filles attirées par son élégance naturelle.

Les machines faisaient gronder la coque du *Ville-de-Paris*, et Joe s'attarda sur les gestes d'une jeune femme qui installait, à même le sol de l'entrepont, un coin pour deux enfants, un vieillard et un homme handicapé par une béquille, bien que dans la force de l'âge.

Joe ne savait pourquoi, mais elle lui rappelait Toussainte, sa mère. Sans doute à cause d'une fierté dans l'attitude générale, un défi qui remontait jusqu'à ses pommettes saillantes.

Il sortit la photo qui ne le quittait jamais, se laissa bousculer sans y prêter attention. Une photo. Le reste, il l'inventera, l'idéalisera tout le long du chemin, car il n'avait que deux ans lorsque, fin novembre 1885, elle s'en alla. Et les fleurs se fanèrent dans les vases qui ne présentaient plus que leurs grosses bouches vides et arrondies.

La femme qui ressemblait à celle de la photo était russe. Joe entendait sa voix chantante et il rangea la photo pour revenir au présent, sur ce pont du *Ville-de-Paris* qui labourait vers le large en cette fin de janvier 1900.

1900, l'année de toutes les espérances pour l'amélioration du genre humain, des grandes expositions internationales proclamant la réunion des peuples dans le Palais des Nations, des hommes propulsés vers les étoiles et marchant sur la Lune, le siècle de l'automobile, des applications de Pasteur et de Marie Curie.

Mais le siècle aussi de tous les massacres, du vertige face aux actions impardonnables, le siècle des abat-jour en peau humaine, le siècle d'un essai œuvrant à faire disparaître toutes traces de signe de vie sur cette planète.

Il mettait les pieds sur le seuil de ce siècle-là, avec sa jeunesse, ses quelques pièces d'or et son jeu de cartes.

La mer n'était ni bonne ni mauvaise et Joe, assis à même le sol, commençait à distribuer le jeu sur une vieille capote militaire ouverte, en face d'un Sicilien, d'un Grec et d'un Espagnol.

L'émigrant aux louis d'or

Le Sicilien était le seul à connaître le jeu de la Mamina appris à Joe par les bûcherons. Les autres ne jouaient qu'au poker. Le monde entier jouait au poker dans cette suprématie naissante de la langue anglaise.

Ils joueraient donc au poker.

Joe avait changé une pièce d'or contre des dollars à un officier du bord. Il ne pouvait pas savoir qu'en Amérique l'étalon-or venait de remplacer l'ancien système basé sur la monnaie d'argent, et il s'était fait truander dans le cours du change.

Sur ce pont, ses premiers adversaires ne le prenaient pas au sérieux. Il n'avait guère quitté son village, et cette ignorance du monde lui donnait une certaine gaucherie. Il était le seul à porter ce col dur, presque ridicule dans ce grouillement d'émigrants et, pour le Grec, le Sicilien et l'Espagnol, il tombait du ciel comme une volaille prête à plumer et à enfourner.

Lorsque, âgé de seize ans, d'Artagnan débarquait sur le pré, ses adversaires amusés ne ravalaient leur salive qu'aux premiers croisements de fer.

— Vingt... plus trente.

— Je vois... plus cinquante.

— Les cinquante et tapis.

Joe avait poussé la mise sans quitter les autres des yeux.

Ne regarder les cartes qu'une seule fois, très vite, et ensuite le regard sur les autres. Un regard neutre, un peu absent, dépouillé de la moindre audace. Il ramassa la mise et, comme il avait bluffé, il manœuvra en jetant ses cartes à la dérobée, afin que les types puissent s'apercevoir, en se croyant malins, que ce jeune joueur n'avait rien, même pas deux misérables paires aux dix. Il ne tenait de personne ce procédé qui servait surtout à faire croire, pour le coup suivant, qu'on n'a pas de jeu lorsqu'on en a.

L'Italien et l'Espagnol abandonnèrent, et il resta tête à tête en face du Grec. Il trouva, d'instinct, anormal que quelqu'un se place derrière son dos avec la possibilité de lire dans son jeu et, peut-être, de le transmettre par signes au Grec.

Il se décala d'un quart de cercle pour s'adosser à un entassement de cordages. Il agissait comme un vieux trimard rompu à toutes les mauvaises rencontres. Et le Grec y perdit jusqu'à une gourmette en argent. Joe plaça ses gains dans la ceinture spéciale qu'il portait à même la peau nuit et jour.

Il invita les perdants à un petit festin de saucisses grillées et de bière, achetées dans une sorte de cantine tenue par des émigrants bavarois, qui entraient dans le rêve américain avant l'heure.

Mais cette heure était proche... elle n'était plus qu'à quinze jours de mer. Quinze jours pour changer le cours d'une destinée méchante.

Certains regards féminins qui aimaient la différence isolaient de la masse celui qu'on avait surnommé en plusieurs langues « le jeune joueur aux yeux bleus ».

Comme il ne circulait entre les corps couchés ou à demi couchés qu'à la recherche de partenaires pour un petit poker, il ne s'était véritablement pas intéressé à eux. Ni à leurs déboires ni à leurs espérances. Les cartes, ce langage muet et universel, n'indiquaient pas que l'on doive s'attarder sur les gens, sauf sur un perdant qui refuserait de payer. Une bonne raison pour éviter les jetons et jouer directos des billets de banque ou du métal précieux.

Un jour, Joe invita l'entrepont entier à manger. La hauteur de ses gains, ou peu s'en fallut, y passa. L'argent lui filerait toujours entre les doigts comme une terre trop fine au travers d'une herse. Le vertige du jeu, cette découverte des bonnes cartes, planait au-dessus de l'argent.

Il pluma un Bulgare qui faisait partie d'un groupe de cavaliers engagés dans une tournée américaine du cirque de Buffalo Bill. Il s'appelait Petrich, du nom de sa ville. Pas mal d'émigrants portaient le nom de leur ville, à défaut d'état civil très établi.

Donc, Petrich avait perdu son argent et celui de deux de ses amis qui le lui avaient confié, dans la crainte de se le faire faucher pendant le voyage. Petrich, deux mètres sous la toise et deux cent vingt livres de viande souvent imbibée de vodka, leur offrait la garantie d'un coffre-fort, avec deux légères différences.

Premièrement un coffre-fort ne joue pas au poker. Et, deuxièmement Petrich était malchanceux, les cartes à la main. Le choc des muscles et des os qui se déclencha entre Petrich et ses amis pouvait entrer dans la légende des records quant au nombre de coups échangés en une seule minute.

Petrich saignait comme une bête ratée dans un abattoir. Joe hurla quelque chose pour que cela cesse, mais l'entendement n'était plus de mise. Ça cognait et ça ne savait plus pourquoi et ça ne savait surtout pas à quoi serviraient ces plaies ouvertes. L'argent perdu au jeu était perdu sans retour, sauf si le gagnant acceptait de le rejouer.

Joe eut l'idée de secouer des billets en éventail devant la bave des forcenés, criant que ça pouvait s'arranger, et il le fit surtout à cause d'une lame qui commençait de briller sous les falots du soir. Il mesura, en cet instant, la dimension d'une des conséquences du jeu, ce toboggan qui conduit aux abîmes en quelques mauvais tours de table.

Dans l'Ouest, on y avait joué sa propre femme et même sa vie. Pour empêcher ce style d'enjeu, une convention passée entre les joueurs, au début de la partie, supprimait la possibilité de croire que l'un d'eux avait entre les mains la victoire absolue dans une rencontre. Par exemple on pouvait convenir qu'une quinte flush royale, supérieure à tout, serait néanmoins battue lors d'une rencontre avec deux paires aux valets par les sept. Bien entendu, cette modeste paire serait elle-même normalement battue opposée à toutes les donnes habituellement supérieures à elle.

Mais ce jeu recelait quand même une violence qui ferait toujours parler la poudre.

Joe, les voyages formant la jeunesse, venait aussi d'apprendre que plus on est costaud, voir Petrich l'hercule, plus on attire la balle ou la lame ou encore un coup de tuyau de plomb à vous rompre la nuque.

Et puis, un début d'après-midi que la mer jouait à faire piquer le bateau du nez pour lui relever le cul et précipiter son étrave dans le creux suivant, la Polonaise qui ressemblait à sa mère se plaignit. Sourdement. Et Joe s'arrêta de jouer lorsque la plainte s'allongea. Il en éprouva un malaise dans son propre ventre et le premier cri ouvrit sa main et les cartes tombèrent.

Dommage pour le brelan de rois, mais un autre cri, une cascade brève de cris le rejetèrent dans le passé comme dans un tourbillon en forme d'entonnoir aspirant le nageur par les fonds.

Ce jour-là, même les oiseaux marchaient. Il n'était que deux heures de l'après-midi et l'épaisseur du brouillard empêchait Joe, tout petit, d'apercevoir la maison d'en face.

Ses deux frères, plus âgés, ne rentreraient pas de l'école avant seize heures et leur mère souffrait depuis le matin. Les cris grandissaient et le brouillard les accueillait pour mieux les étouffer. Et les cris suivants venaient se débattre, s'engluer dans ce piège naturel.

Et Joe, encore trop petit, ne recevait pas les cris de sa mère comme une souffrance, mais comme un élément naturel de la vie. Quant à l'homme qui était descendu en courant le long de la montagne jusqu'au port de Macinaggio pour alerter le médecin, il n'était pas encore revenu. On ne savait plus rien et le brouillard immobilisait la vie, bâillonnait le village sauf les cris de la jeune femme plus douloureux que la douleur elle-même.

D'autres femmes avaient chassé l'enfant de la chambre. Le temps rétrécissait l'espérance et on se demandait sans se le dire si le messager était vraiment parvenu jusqu'au port.

La grosse maison bourgeoise ne dressait plus qu'une masse diluée, une sorte de fantôme de maison, de hauts murs que le brouillard faisait flotter. On avance la main pour toucher une façade qui recule comme une aguicheuse.

Voilà que le brouillard expulse une forme qui bouge, qui se dessine enfin avec le souffle du cheval.

C'est le dernier bruit dont le petit Joe se souviendra, près de la porte ouverte, en ce jour du 14 novembre 1885, ce jour qui lui arrachera sa mère, cette origine de sa propre vie, la seule vraie réponse au mystère de la création.

Car, au chevet de la jeune femme, le toubib n'eut plus besoin de vérifier la cadence du pouls à l'aide de sa montre de gousset. Le pouls ressemblait au balancier d'une pendule qu'on avait oublié de remonter et, de plus, le bandit d'honneur de la région venait de rançonner le toubib sur la route de montagne. Il voulait le cheval et la montre, mais, comme il s'agissait de sauver la vie d'une femme en couches, il s'était contenté de la montre.

De sa haute taille, le regard du toubib tomba sur l'enfant toujours là, près de la porte, malgré l'humidité pénétrante. Il posa seulement une main sur la tête du petit Joe, se remit en selle et une dizaine de mètres suffirent pour que le brouillard prenne possession de lui.

À de légers décalages pour l'heure des repas et de son goûter, Joe sentait que la grande maison était devenue moins protectrice.

Lorsqu'il avait vu, dans l'ouverture d'une porte, la longue caisse de bois verni rectangulaire, portée par des hommes dans l'escalier et le couloir de sortie, son frère aîné, Antoine, avait placé sa main devant ses yeux.

La barbiche Napoléon III du père s'était déplacée depuis Bastia. Surnommé l'oncle Sam depuis son retour des Amériques, il gérait la fortune de sa femme. Cette jeune femme qui venait de rejoindre, avec son bébé noyé dans une hémorragie, ses parents brûlés vifs dans leur banque de bois en Amérique. Exactement à Richmond, dans la province de Virginie.

Les tragédies successives semblaient glisser sur Sam comme de l'huile sainte sur le front d'un baptisé et nul n'avait pu discerner la moindre inflexion nouvelle dans sa voix doucereuse. Joe se souvenait seulement qu'il ne le prenait jamais sur ses genoux. Il n'apprit que beaucoup plus tard qu'il ne s'agissait pas d'un manque d'affection ; il ne craignait que de casser les plis de son pantalon.

Joe avait quitté l'entrepont. Les émigrants, debout, se tenaient aux rambardes. Les autres, allongés, se serraient davantage contre le voisin. Les vomissements cassaient les corps en deux.

Joe n'entendait plus crier la Polonaise, celle que le cheval avait renversée sur le port. Est-ce que le bateau tanguait dans les eaux territoriales américaines ?... Le premier officier averti de la naissance d'une petite fille ne répondit pas précisément à la question. Elle ne saurait sans doute jamais qu'elle devait la nationalité américaine à la difficulté de faire le point par gros temps. Ou peut-être aussi à la gentillesse de l'officier de quart, dérapant volontairement de quelques milliers de miles dans ses calculs.

Joe utilisait peu sa couchette, car l'adipeux qui le surplombait débordait de la sienne comme un camembert avancé. Des chairs suintantes à dégoûter un cannibale.

Joe n'avait jamais entendu le son de sa voix. Seulement des soupirs mouillés. Les quatre autres occupants de cette cabine pour six étaient français. Une famille de chtimis, que Joe comprenait à peine. Les parents et des jumeaux. Ils avaient de quoi s'acheter un commerce ambulant le long d'une ligne de chemin de fer en construction.

N'allaient-ils pas tous débarquer sur une terre d'abondance ? On disait que plus de huit mille automobiles sillonnaient les routes du pays, à côté des dix millions de bicyclettes et dix-huit millions de mules pour ceux qui n'envisageaient pas l'avenir sans crottin. Avec, pour les fumeurs qui ne voulaient plus rouler eux-mêmes leurs cigarettes, quatre milliards de cigarettes toutes cousues, produites l'an passé. Une rumeur parlait aussi d'un million et demi de téléphones. À Rogliano Joe n'avait vu qu'un seul téléphone, enroué par temps d'orage. On devait tourner assez longtemps une manivelle et quelqu'un l'avait tournée encore plus longtemps que d'habitude pour contacter le médecin du port de Macinaggio lorsque sa mère luttait pour ne pas abandonner ses trois fils. Et au bout de la manivelle, personne. Même pas un grésillement.

Un petit juif aux lèvres gercées disait qu'un pays qui comptait un million et demi d'appareils téléphoniques communiquerait forcément avec le Dieu des juifs. Il séjournait sous l'escalier-échelle menant à la coupée et, à force de voir monter et descendre des chaussures et des bottes plus laides les unes que les autres à hauteur de son visage, il s'était persuadé qu'il serait le plus grand bottier de la côte Ouest.

En s'approchant de ce pays, chacun essayait de dessiner les contours de ses rêves.

Si les âmes s'enfiévraient, on tapait du pied contre les gelures et les doigts de Joe s'engourdissaient autour des cartes. Les têtes disparaissaient sous les couvertures et les enfants soufflaient sur leurs bouts de doigt qui dépassaient des mitaines.

À l'image des veilleuses de tabernacle, les samovars des Russes ne s'éteignaient plus. Les récipients manquaient, et on buvait du thé chaud dans des boîtes de conserve mal lavées. Les hommes du Sud, dont Joe faisait partie, n'étaient pas équipés pour affronter ces basses températures.

Un officier de bord parla d'une tempête de neige qui avait provoqué la mort d'une centaine de personnes l'année précédente à la même époque, en février, à New York. Et nous étions le 16 février 1900. Paraissait que les plus âgés mouraient les premiers... que, si le vent se levait, le jet de pisse gelait avant de toucher le sol.

Les longues aiguilles verticales de glace pendaient depuis les quais et les pontons. Et les bouches des dockers en attente devant les hangars du port d'Ellis Island s'ornaient de petits ballons vaporeux.

Massés, debout, les enfants sur leurs épaules, les émigrants enjolivaient la tristesse des lieux, s'extasiaient sur un engin automobile et même sur les uniformes des policiers qui allaient les trier, les parquer et les étiqueter.

— Et pour devenir américains ?... On veut devenir américains !...

— D'abord travailler, respecter les lois, apprendre la langue et attendre.

Le doigt sur la détente d'un Smith et Wesson

Joe patienta comme les autres dans les longues files d'attente. Les nouvelles installations permettaient d'accueillir sept mille arrivants par jour.

Cent mille Italiens avaient débarqué dans l'année. Il y aurait toujours un Italien pour parler avec Joe qui ne connaissait pas encore l'anglais.

Les baraquements étaient propres si on les maintenait propres. Les latrines aussi. Joe eût préféré poser culotte en plein air comme il le faisait autour de son village, car il était sensible aux mauvaises odeurs. Il les trimbalait ensuite dans son imagination et ça lui gâchait les repas. Et puis il fallait partager les aisances avec certains hommes venus du Moyen Âge, et plus habitués à faire sur les talons de leurs bottes que dans un orifice qui ne servait, disaient-ils, qu'à exposer leurs fesses à la morsure d'un rat.

Un bras de mer les séparait encore du continent américain proprement dit. Les autorités les divisèrent : d'un côté, ceux qui possédaient un certificat d'hébergement prouvant que des familles ou des amis les accueilleraient dans un lieu précis et leur procureraient un moyen d'existence ; de l'autre côté, ceux dont personne ne répondait. C'est parmi ces derniers que d'éventuels employeurs viendraient choisir leur main-d'œuvre.

Mais, pour tous, un examen médical. Les malades contagieux, les tuberculeux en particulier, étaient isolés et dirigés vers un hôpital. Ils ne pourraient en sortir que guéris ou morts, car la tuberculose faisait encore des ravages parmi la population.

L'ensemble des contrôles s'étalait sur la même durée que la traversée. Les premiers à être dédouanés furent les Polonais avec le bébé devenu américain pendant la traversée. Rien qu'en dormant et en tirant sur le sein de sa mère il s'élevait au rang de chef de famille. Le père et la mère étaient avant tout les parents d'un bébé américain. Ils avaient déjà encadré son acte de naissance.

Joe s'ennuyait. Les repas, acceptables, comportaient un haut pourcentage de haricots rouges. Il avalait sa gamelle à toute vitesse. Il souffrait des bruits de mastication, des rots et du liquide dans les bouches pleines.

Errant sur les docks, il tomba sur des parties de dés entre les dockers, dans des espaces protégés par des caisses et d'énormes ballots de toile cerclés de fer. Il regardait sans participer. Il se méfiait de ce jeu, et il se souvenait que le Greco, le plus ancien des bûcherons italiens, l'avait mis en garde contre les dés pipés.

En surveillant mieux, il lui sembla qu'un des joueurs conservait toujours une main à demi fermée. Il lançait les dés en les pinçant entre trois doigts. Peut-être échangeait-il, à certains moments, un dé contre un autre planqué sous les doigts repliés. Sa chevelure flambait comme des feuillages d'érable en automne. Sans doute un de ces milliers d'Irlandais chassés de leur pays par la famine.

Très difficile à surprendre, ce changement de dés. Joe se déplaça et, dans un geste que faisait parfois l'Irlandais contre son nez en reniflant, il vit fugitivement un dé prendre la place d'un autre.

Détecter une tricherie dans une partie de dés sans savoir jouer, sans avoir pratiquement jamais quitté depuis sa naissance un village perdu à l'extrémité de la Corse, voilà qui relevait du don d'un futur professionnel du jeu.

Il ne trouva, ce jour-là, aucun moyen de tirer profit

auprès du tricheur de l'avantage qu'il venait d'acquérir sur lui. Il alla même jusqu'à s'écarter, avec prudence, de la partie. Le Greco lui avait raconté que les dés pipés déclenchaient le plus souvent quelques coups de couteau. Comme si l'agacement du cliquetis des dés réclamait l'arbitrage du tranchant d'une lame.

La noblesse des colts était réservée aux tricheurs du poker. On eût dit que le glissement feutré des cartes appelait le tonnerre de la poudre.

Cette fin d'après-midi-là, Joe récupéra l'Irlandais et deux Napolitains pour un poker. Il se concentra sur les doigts magiques de l'Irlandais. Il y eut une mauvaise rencontre entre un full aux as et un carré de dames qui coûta au jeune Corse la moitié de sa carre.

Il récupéra son argent plus tard dans la nuit. L'Irlandais laissait quelques plumes volées aux dés, juste retour des choses, au profit des deux Napolitains qui roulaient soigneusement les dollars entre leurs doigts épais, pour les enserrer dans une bande de cuir entortillée par un lacet. Bourse commune, donc entente parfaite. Sans doute deux frères, ce qui ramena Joe à penser aux siens.

Ils n'étaient pas venus le chercher. Ils l'attendaient, et Joe, sur son calepin fermé par un élastique, relisait son itinéraire de New York à Richmond.

Son examen de santé en faisait un corps sain, admissible dans le Nouveau Monde. Il ne lui restait plus qu'à attendre la réponse de Richmond par autorité interposée. Est-ce que, oui ou non, la famille d'hébergement était toujours en place en pleine santé morale ?

Une nuit que Joe regagnait son baraquement, il trouva une loupiote allumée, et, autour d'elle, trois visages à se toucher. Trois têtes de corbeaux, dont une se leva un peu pour adresser un signe à Joe. Il avait connu ces Calabrais pendant la traversée. Couchés les uns près des autres, debout les uns près des autres, se déplaçant à trois, comme un bloc de métal, plus sombre de poil que l'encre d'une pieuvre.

En quelques mots, d'une voix râpeuse, l'aîné, à peine

trente-cinq ans, expliqua à Joe que le sort leur jouait un tour à la con. L'ancien, qui les accueillait à New York, venait d'être arrêté avec trois cousins plus une femme. Est-ce que Joe se rendait compte que ces pourris de *cops*[1] avaient même emballé une femme, une Calabraise ?... Le comble de la vilenie.

Ce n'était pas que Joe s'en rendît exactement compte sur l'instant. Il ne posa aucune question, car il détestait qu'on lui en pose. Il se contenta d'écouter la suite. Les Calabrais, sensibles à cette discrétion, lui avouèrent qu'ils étaient venus pour renforcer une « famille », et qu'il fallait entendre par le mot « famille » une association au service des émigrés exploités par des rapaces, des ventres pleins, des bagousés, des gens de peu et même parfois des violeurs de femmes de chez nous, ces infâmes dont ils couperaient les couilles pour les leur fourrer dans la bouche.

Il était donc indispensable, voire urgent, que les trois Calabrais rejoignent leur « famille » déjà éprouvée par les récentes arrestations. Ils venaient d'apprendre cette nouvelle pourrie par un courrier clandestin, et devaient gagner les autorités de vitesse, avant de se voir refoulés comme des lépreux, par le premier bateau de retour vers l'Europe.

Alors toi, Joe, qui joues avec les dockers, y aurait pas un moyen pour nous passer sur Manhattan ? Une question simple, réclamant une réponse simple.

Mais la police, pour compliquer les choses, surveillait étroitement tout ce qui reliait Ellis Island au continent. En plus du ferry permanent, les embarcations individuelles étaient contrôlées. Les flics avaient même découvert un clandestin immergé dans une citerne de pinard. Il respirait à l'aide d'un tube et rigolait pas mal en sortant de là.

La hantise de laisser se balader la contagion physique ou morale sous la statue de la Liberté bétonnait la sécurité.

— Si tu trouves un moyen, on a rien pour payer, là, tout

1. Flics.

de suite, mais ça sera une dette d'honneur, et nous sommes des hommes d'honneur.

Le Calabrais, l'aîné, qui parlait à Joe, le faisait lentement. Quant à cette appellation d'« homme d'honneur », si elle ne l'était déjà, elle deviendrait celle de tous les mafiosi du monde. Ces trois hommes rugueux lui rappelaient ses amis bûcherons émigrés à Rogliano.

— Je peux en parler, proposa-t-il.

Et il en parla d'abord à l'Irlandais. Un dialogue raccourci par les quelques mots d'italien de l'Irlandais et les quelques mots d'anglais de Joe.

Il avait choisi d'en parler à l'Irlandais auquel il pouvait rappeler son habileté à tricher aux dés. Il lui mima la scène, et l'Irlandais se renversa en arrière pour le coup du bélier. Mais son rire se déclencha avant, et la crainte paralysante de Joe se dissipa comme un pet.

Ils riaient et la sympathie naissante de l'Irlandais lui démonta l'épaule d'une simple claque. Il y a de ces puissances naturelles qui vous désignent davantage comme videur de boîte de nuit que comme coiffeur pour dames.

L'affaire présente semblait pouvoir s'arranger. Un flic baisait la sœur d'un Portoricain qui bossait comme chef docker. Ce dernier demanderait au flic de fermer les yeux, et les trois Calabrais pourraient s'embarquer sur le bateau même d'un garde-côte. Bien entendu, il faudrait payer le chef docker.

— Et qui paiera le garde-côte ?

— Le Portoricain sur sa part.

Du tout compris, affirma l'Irlandais.

— Et le total ?... *How much ?*[1]

Les premiers mots d'anglais appris par Joe, ceux qui régissent la bourse, inséparable du cœur humain.

— Je demande.

L'irlandais s'informa. Le *how much,* ça faisait deux louis

1. Combien ?...

d'or à un change convenable. Quant à l'honneur des Calabrais, réclamant un crédit sur parole, le Portoricain répondit qu'il n'était pas coté en Bourse. La seule proposition convenable consistait à payer d'avance.

Joe transmit la chose qui indiquait que le Nouveau Monde parlait d'abord de la monnaie et plus accessoirement de l'honneur. Il restait aux Calabrais le langage des armes. Joe, qui connaissait les moindres recoins du port, n'avait qu'à leur indiquer un endroit qu'on pourrait fracturer pour s'en procurer et ils se chargeraient du reste.

Joe, se sentant progressivement entraîné dans une folie qui retomberait sans doute sur tous les émigrés en attente, décida de prêter les deux louis d'or pour payer d'avance le Portoricain.

Les Calabrais reçurent la nouvelle sans un geste de trop. Il faisait jour. Ils étaient alignés par ordre de grandeur, une sorte de hiérarchie, adossés aux planches d'un des baraquements. Un garde, winchester sur la cuisse, était posté au bout de l'allée. Ils regardaient par-dessus leur barbe courte ce jeune homme imberbe aux yeux bleus, son col dur, son gilet fantaisie et ses poignets de chemise rabattus sur les manches de sa veste, et l'aîné lui tendit une adresse sur un papier.

— On sera là pour toi...

Le silence insista. Joe avait enfoui le papier.

— Pour un service... n'importe lequel...

Le deuxième s'était décidé à parler. Le troisième, vingt ans peut-être, jugé trop jeune, ne dit rien, mais il lui tendit la main. Lorsque Joe la serra, il sentit les vingt doigts des deux autres se refermer sur cette poignée de main. Un scellement de chair et d'os.

Dans les regards, il y eut tout ce qu'ils n'avaient pas dit et tout ce qu'ils ne diraient jamais.

Les Calabrais durent, évidemment, abandonner leurs affaires pour ne pas attirer l'attention en se déplaçant avec des valises ou des sacs. Ils devaient suivre Joc jusqu'au point de rencontre avec le Portoricain. Joe marchait en se demandant s'il avait bien fait de payer d'avance et, surtout, d'entrer dans cette combine. Les trois autres s'échelonnaient derrière lui, l'aîné en serre-file comme s'il se ménageait une marge d'intervention en cas de traquenard.

Il y avait toujours la silhouette d'un flic armé dans le décor, avec un écusson argenté au-dessus de la visière de sa casquette à soufflet. Un écusson hostile, un œil de monstre.

Maintenant, Joe, à chaque pas, pensait qu'il faisait un pas de trop vers les emmerdes. Ce n'était qu'une faible voix intérieure. Un souffle furtif de voix. Un coup d'aile de moineau.

Il l'entendrait souvent dans sa vie, ce murmure. Il l'alertait toujours un peu tard, à son avis, bien qu'assez tôt, à la réflexion, pour qu'il renonce à accomplir des actes qu'il n'aurait jamais dû accomplir. À la réflexion...

Ce jour-là, en regardant les trois Calabrais s'éloigner avec le Portoricain, il se sentit fier de ne pas avoir renoncé, d'avoir couru le risque, surtout maintenant qu'il n'y en avait plus.

Le lendemain, les autorités ne trouvant plus les trois Calabrais pour les refouler vers l'Europe, des chapeaux mous envahirent le baraquement. Des mâchoires à torturer de la gomme, des pans de pardessus flottant sur des corps épais, des regards soupçonneux, des regards d'usurier avant de se décider à prêter du fric sur une montre. Ils écartaient parfois leurs vestes, pour que les émigrés profitent bien de la vision de leurs plaques suspendues à leurs ceintures.

— La vérité... rien que la vérité... compris ?

— Où sont-ils ?

Le mieux était d'abord de ne pas comprendre la langue. Malheureusement, les flics ne descendaient pas des Indiens. Ils étaient d'origine allemande, italienne, espagnole, irlandaise, etc., comme tout ce qui avait façonné ce pays et continuerait à le bourrer de génies et de criminels.

Les flics, ce jour-là, enregistrèrent donc, en plusieurs langues, que personne ne savait absolument rien sur les Calabrais. Même pas leurs noms. Rien. Et dans les affaires sorties des sacs des trois frères, rien non plus. Pas une photo et pas un papier, pas une lettre ni reçue ni à expédier.

Joe réussit à n'offrir qu'un regard de la meilleure transparence des rivières de son île.

Les flics décidèrent que des hommes aux relations douteuses et ne laissant aucune trace derrière eux, en dehors chacun de deux paires de chaussettes, d'un caleçon long, d'un pantalon, d'un gilet de sortie sans la montre de gousset, de deux chemises sans col, d'une large ceinture de toile comme on en porte pour les gros travaux en soutien des reins, oui, que ces hommes-là étaient passés en fraude sur le continent. Et ils ne conseillèrent à personne, dans cette baraque, d'essayer d'en faire autant. Ils pensaient, également, que l'abandon des ceintures de force signalait que ces Calabrais n'étaient pas venus de leur terre ingrate pour s'éreinter au boulot.

Les jours suivants, Joe évita l'Irlandais et les autres dockers. Il se recroquevilla dans son coin avec de mauvaises nuits, des cauchemars entourés de flics.

En s'éveillant, il prenait la résolution de ne plus se fourrer dans ce genre d'histoire. Jusqu'à la prochaine, car, tout en n'étant pas exactement de la trempe des hors-la-loi, il subira parfois leur fascination.

La fuite des Calabrais avait déclenché la méfiance des autorités. Les fouilles se succédaient et Joe se souvenait des humiliations subies par ses amis les bûcherons italiens à Rogliano. Il les revoyait, alignés contre le long mur en pierres sèches à l'entrée du village, soupçonnés par les enfants qui devaient leur enlever les allumettes et les briquets, avant qu'ils soient autorisés à se mêler à la fête du village. Même avant de connaître ces hommes, Joe n'avait jamais participé à leur fouille et, aujourd'hui, émigrant lui-même, il se sentait mieux de ne pas l'avoir fait.

Il eût été facile au Greco et à son équipe de foutre le feu à toutes les forêts environnantes. Joe avait bien compris la chose. À certains moments, la haine qu'il éprouvait envers sa marâtre l'identifiait totalement à ces Ritals émigrés, et il se voyait assez entreprendre la danse du feu avec eux.

Depuis l'arrivée de Joe à Ellis Island, d'autres navires

avaient abordé. Et leurs passerelles puisaient dans leur ventre pour les soulager de leur cargaison, pour déposer sur les quais les forts portant les bagages des plus faibles, les enfants accrochés aux longues jupes, aux regards des femmes plus décidées à croire à ce nouveau monde, plus décidées à bâtir, à enfanter encore pour renforcer cette terre, pour retrouver quelques bonnes raisons de vivre loin d'une Europe où l'on se prosternait toujours sur le passage du châtelain.

Le lendemain d'un débarquement de Nordiques, Joe reçut son visa. Deux coups de tampon sur un papier et quelques aboiements concernant le respect des lois, de la famille et du Seigneur s'il existait vraiment. Chaque émigré accrédité recevait une bible qu'il devrait lire s'il parvenait un jour à apprendre l'anglais.

La traversée en ferry jusqu'à Manhattan, bien que courte, permit à un plaisantin de service de rappeler les dangers du voyage. Un autre ferry, le *Westfield*, n'avait-il pas explosé, faisant soixante-douze morts et cent trente-cinq blessés ?... Et, dans le Tennessee, la chaudière du *Sultana* n'avait-elle pas éparpillé mille six cents passagers dans un rayon de deux cents mètres, le record de la distance étant battu par un bras ou une jambe isolés, la tête trop lourde ayant coulé avant qu'on puisse la repérer.

Les ancêtres de Joe avaient navigué sur des tartanes à voilure et si, enfant, on lui contait des naufrages, du moins les cadavres rejetés sur la grève étaient-ils toujours entiers.

Le ferry résonnait de chorales improvisées. Ça fatiguait quand on ne comprenait pas la langue. L'Europe centrale chantait le plus haut et seule la statue de la Liberté leur imposa silence. Ça ne venait pas de sa taille. Elle régnait par de l'indéfinissable, comme si chaque arrivant d'aussi loin qu'il vînt, aussi avide qu'il fût d'un destin meilleur, connaissait la prière écrite pour le flambeau qu'elle tenait à la main. C'était Emma Lazarus, poétesse juive, qui avait composé ce poème après le pogrome en Russie : « Que viennent à moi toutes les foules de pauvres gens fatigués, qui au milieu de tant de confusion cherchent à respirer librement... qu'ils viennent pour que je les éclaire. » Voilà ce que les arrivants semblaient entendre de la bouche géante.

Manhattan était blanche et il neigeait toujours. Joe s'acheta un long manteau de drap épais, des gants qu'il choisit trop fins par coquetterie imbécile, et le chapeau qu'il désirait depuis son départ.

Les voitures roulaient au pas sur les chaussées glissantes et le jeune Corse oubliait qu'il se gelait les pieds et les mains en restant planté à chaque carrefour pour contempler la ville infinie, pour contempler l'incroyable. Il lui semblait avoir changé de planète.

Pour retrouver les Calabrais et récupérer ses deux louis d'or, il demanda son chemin de préférence à des hommes bruns. Il leur montrait l'adresse écrite par les Calabrais. Les passants de poil sombre n'étaient pas forcément italiens.

On le dirigea vers la rive droite de l'Hudson, au sud de l'île de Manhattan, l'ancienne ville hollandaise, dans un quartier de maisons encore basses. L'envahissement des hauts immeubles commençait. Le contraste fit lever la tête au jeune Corse. Il se tordit le cou à force d'évaluer la vingtaine d'étages. Parfois, la toiture non encore posée permettait de croire à une dizaine d'étages de plus.

Trente étages. À Bastia, une des maisons de son père, une des plus grandes, n'en comptait que quatre plus les mansardes. Une naine. Joe était chez les géants. La grande cité, l'ensemble de New York, abritait deux millions d'habitants de la pauvreté à l'opulence, mais personne n'y mourait de faim. On était loin du million et demi d'Irlandais décimés chez eux, par la famine, à cause d'un parasite dans la pomme de terre.

À midi, au restaurant, en découpant un steak impressionnant, Joe avait écouté un voisin lui raconter l'histoire d'un Allemand.

— Vous voyez le magasin d'angle ?...

Il s'agissait d'un magasin de vêtements avec des mannequins dans la vitrine « Chez Muller et Cie ». Deux petites années auparavant, le Muller vendait des lacets et des boutons de culotte à la sauvette, une grande boîte pendue à son cou par une courroie.

— Voilà, jeune homme, ce que ce pays contient d'espérance. Mais vous, je vois que vous êtes déjà riche ?... À votre allure, votre gilet...

Joe n'aimait pas les familiarités. Il ne répondit pas. Ce qui le protégea sans doute contre une escroquerie.

Le froid laissait peu de monde dans la rue entre les longues maisons de bois. Un cheval attelé à un chariot de sacs de charbon patientait sous une couverture fumante.

Joe frappa à une porte désignée. Il entendit du bruit, une sorte de cavalcade, et le visage d'une jeune fille s'encadra dans un fenestron. Il se nomma. D'autres bruits, lourds et calmes. Les verrous de la porte et les trois Calabrais, une caricature d'union, les bras ouverts.

Joe n'arriva pas à compter les claques dans le dos additionnées aux accolades. On ne comprenait jamais pourquoi certains milieux se différenciaient des autres par l'addition de claques dans le dos. L'accolade en elle-même est partout. Même un peu pincée, dans les remises de décoration. Les claques dans le dos s'apparentaient à l'aventure.

La maison comprenait plusieurs sorties. Les Calabrais, n'étant pas encore en règle, se méfiaient. Une question de quelques jours. Tout s'achetait. Les fortunes rapides poussaient à la tentation. Les gens voulaient vivre. Vraiment vivre. La peau des femmes s'accommodait mieux de la soie que des cotons rugueux. Et les fonctionnaires aussi avaient des femmes. Des fonctionnaires au salaire modeste.

Dette d'honneur. Les deux louis d'or attendaient Joe. Et ne voulait-il pas, pour l'accueil, passer un moment avec une peinturlurée ?... Évidemment, pas une de leurs femmes. Celles-là étaient interdites de maquillage. Non, une autre. Pour l'hygiène.

La théologie avance l'idée qu'un seul acte, commis pour la première fois, peut déclencher une habitude tout le long de la vie. Joe voulait rester à la hauteur aux yeux des Calabrais.

Il accepta ce premier contact avec une femme, quelques heures agréables en compagnie d'une rouquine sur un grand lit, l'unique meuble de la pièce. Et il en conservera le goût des brèves rencontres avec les paupières ripolinées, le rouge agressif des lèvres, les bas résille et les jarretelles.

Son orgueil lui interdisait de se payer une prostituée. Il chassera parmi les bourgeoises dévergondées.

Pour l'heure, l'amour physique lui élargissait l'horizon et, chapeau sur la tête, les Calabrais le trouvèrent tellement changé qu'ils lui offrirent un revolver et une boîte de cartouches. Un barillet Smith et Wesson assez lourd, qui le protégerait contre les mauvaises rencontres.

Ne devait-il pas prendre jusqu'en Virginie un train qui traverserait des régions mal remises de la guerre de Sécession ?... L'an dernier encore, Butch Cassidy et son copain Harry Longabaugh, plus connu sous le nom de Sundance Kid, n'avaient-ils pas attaqué un train de l'Union Pacific et délesté les passagers de soixante mille dollars ?

Il ne fallait pas oublier quelques Indiens irréductibles qui continuaient à entretenir leur coup de poignet, votre chevelure d'une main et une lame tranchante de l'autre.

Un peu rassuré par l'acier bleu du revolver, Joe échangea les claques dans le dos de l'au revoir. Les Calabrais s'excusaient de ne pas l'accompagner à la gare, mais la clandestinité avait ses lois.

Son train partait de la gare centrale new-yorkaise et il ne se retrouva jamais aussi loin de la Corse qu'assis dans l'autobus électrique qui évoluait, silencieux comme un fantôme, le long de la Cinquième Avenue. Une douzaine de passagers, à raison de cinq *cents* le ticket, découvraient ce nouvel engin. À l'avenir, à la cadence d'une invention par jour, ils ne s'étonneraient plus de rien.

Devant la gare, quelqu'un prit une photo avec un appareil qui draina un cercle de curieux. Il était nouveau, cet appareil. Un Eastman Kodak, comme l'expliqua le photographe. Un « Brownie » au prix incroyable de un dollar, avec des pellicules flexibles qui remplaçaient les anciennes plaques de verre et valaient à peine dix *cents* le rouleau de six poses.

— Chacun de vous pourra devenir photographe.

Le type en avait plein une grosse valise posée entre ses pieds. Personne n'achetait. Ils se méfiaient des arnaqueurs peuplant les coins de rue. Ils auraient vendu du sable à un Touareg.

Dans son village, Joe se souvenait de l'appareil pour les mariages. Un gros truc sur trépied, avec le photographe étouffant sous une toile noire. Il acheta le « Brownie », en se disant qu'un de ses frères arriverait bien à s'en servir. Lui, en dehors des cartes, ne saurait jamais rien manipuler.

Son train pour Richmond partait dans deux heures. Joueur livré au hasard, il sera exact à tous ses rendez-vous, et même maladivement en avance. Il ne manquera que les rendez-vous avec le bon sens, pour ne les avoir jamais pris.

Il voyageait en première classe pour se couper de la promiscuité. Les chaînes en or barraient les gilets sur les dilatations d'estomac. Les dames grignotaient des biscuits secs avec un bruit de lapin rongeant une carotte. Sa voisine de droite buvait la bouche pleine dans un gobelet d'argent, le petit doigt en l'air. Joe s'étonna que des gens vêtus de velours précieux et de brocart, les doigts endiamantés, puissent manger aussi mal que les émigrés d'Ellis Island.

La mère de son père, Marie-Jeanne, avait toujours installé à table les trois garçons à portée de sa main. Un distributeur de gifles sèches dès qu'elle entendait le moindre bruit de mastication ou d'aspiration de la soupe. La sanction valait aussi pour la fourchette tenue comme une pioche, les coudes sur la table et le fromage porté à la bouche sur la pointe du couteau.

Chez Marie-Jeanne, la pratique des bonnes manières tenait du mystère. Elle avait grandi dans ce village perdu à l'extrémité de la Corse, grandi en allant chercher l'eau à la fontaine. Si elle avait su lire, on aurait pu croire qu'elle avait appris ces principes dans un livre égaré par un voyageur.

On remarquait aussi que ses gestes, le maintien de son

cou étaient ceux d'une reine. Un grand seigneur mauresque serait-il passé dans le village au cours de l'invasion d'un autre siècle ?

Marqué par l'exigence de sa grand-mère, Joe souffrait d'entendre le gros voyageur assis en face de lui suçoter interminablement son cure-dent, il en arrivait à souhaiter l'attaque du train par des collectionneurs de scalps, ou des pilleurs de banque. Il débordait de forces, mais un léger bruit de succion autour d'un cure-dent pouvait lui dérégler le mental.

Le train s'arrêtait parfois dans un crissement à vous aciduler les molaires. Des cavaliers l'abordaient, et Joe ne pouvait s'empêcher de refermer la main sur la crosse de son calibre, les aspérités du chien lui raclant le pouce. Il ne s'agissait pas d'une attaque de pilleurs de train, mais simplement de prendre livraison de marchandises destinées à un grand ranch isolé : matériel agricole, semences, et, parfois, le piano d'une des filles du boss. Et le train repartait en haletant. Il sifflait aussi par orgueil.

Pour agrémenter le voyage à son insu, un homme vautré sur la banquette du fond présenta un ticket de seconde au contrôleur qui lui fit remarquer poliment que ce wagon était un wagon de première classe. Un wagon dans lequel il était préférable de posséder un ticket de première et conseillé d'enlever ses bottes avant que de poser ses pieds sur le coton bordé d'une ganse de la banquette.

Le voyageur grognait de l'anglo-prussien et disait que son ticket était un ticket acheté au guichet de la gare, à destination de la Caroline du Nord, et qu'il ne sortirait pas du wagon avant de voir à quoi ressemblait le coin. Quant au supplément à payer, le contrôleur n'avait qu'à faire la quête dans le wagon. Le contrôleur l'agrippa par l'épaule et reçut un coup de pied à se répandre dans la travée.

— Un problème, contrôleur ?

Le voisin de Joe, le suceur de cure-dent, s'était levé et un autre aussi. Joe se profila derrière eux dans une velléité d'intervenir alors qu'il savait fort bien qu'il ne le ferait pas. En Corse, la préférence était à l'échange de coups de feu. Le plus faible pouvait toujours appuyer sur la détente d'une arme en face d'un homme plus fort que lui physiquement, qui n'avalerait pas les balles.

L'exiguïté du wagon accentua la confusion du combat. La porte toute proche donnait sur une plate-forme extérieure. Le suceur de cure-dent s'engagea le premier et tira à lui le récalcitrant, poussé de l'intérieur par le contrôleur et ses bénévoles.

L'expulsé, accroché au chambranle, résistait comme un puceau qu'on emmène au bordel.

Par la suite, le suceur de cure-dent n'arriva pas à expliquer comment le voyageur avait pu quitter la passerelle pour se retrouver en contrebas de la voie. Le contrôleur balança son bagage par la fenêtre dans le même esprit qu'on jette une bouée à un naufragé.

Il y eut des applaudissements. Quelqu'un dit que ce n'était pas le travail qui lui manquerait dans la région, et, au grand étonnement de tous, le suceur de cure-dent se mit à bonimenter en anglais sur l'héroïsme des chauffeurs de locomotive, dont certains avaient sacrifié leur vie, victimes d'accidents ou du grand banditisme. « Le Nouveau Monde a besoin de héros et non de tricheurs voyageant en première classe avec un billet de seconde. » Le suceur de cure-dent termina en assurant que les tricheurs seraient écrasés comme des parasites et que, pour cela, il n'y avait qu'à voter pour que le président McKinley reste à la Maison-Blanche, meilleur garant du drapeau américain et de son honneur.

Son cure-dent passait d'une extrémité à l'autre de ses lèvres et il se décida enfin à le cracher en distribuant des tracts. Ce n'était pas du papier cul. Il leur fallait les lire et même encadrer chacun le sien, l'accrocher au mur, à côté de leur crucifix, car, « si Dieu vivait quand même assez loin du problème, McKinley, lui, réglerait ce problème et tous les autres dans la foulée ».

Joe fit machinalement glisser entre ses doigts le jeu de cartes neuves qu'il avait acheté à New York. Le président McKinley n'aurait aucun besoin de s'occuper du sort des tricheurs aux cartes, les joueurs avaient toujours réglé cette indélicatesse entre eux.

Les premiers coups de feu explosèrent à l'approche de Washington, la capitale, un rassemblement de trois cent mille habitants, ce qui pouvait faire croire à un bon début de civilisation. Mais Joe ne voyait que des Indiens hurlant, brandissant des haches. Il les voyait à travers les fenêtres de droite et de gauche. De temps à autre, un Indien tombait de son cheval, abattu par la balle d'un cow-boy ou d'un ranger. Ils apparaissaient sous leurs grands chapeaux, maniant la winchester d'une seule main et certains, deux colts en lâchant les rênes.

Le train ralentit jusqu'à rouler au pas d'une promenade. Joe avait sorti son Smith et Wesson sans comprendre pourquoi l'agent électoral riait, tout en déclarant qu'« un bon Indien était un Indien mort ». Quelqu'un cria le nom de Buffalo Bill et demanda à Joe s'il avait déjà vu le « Buffalo Bill's Wild West Show » qui s'était produit dans les capitales européennes.

Gêné d'avoir sorti naïvement son revolver, Joe, pour récupérer un peu de contenance, raconta en italien qu'il connaissait des cavaliers bulgares travaillant dans le cirque. Il alla sur la plate-forme extérieure comme s'il cherchait à les reconnaître. Après tout, badigeonnés d'ocre et de noir, ils jouaient peut-être le rôle des quelques Indiens cascadeurs tombés de cheval.

Une banderole se déployait le long du train, tendue entre deux chariots de pionniers, pour inviter les ladies et gentlemen à venir assister au spectacle que le cirque donnait à Washington.

Joe ne saisissait pas tout, mais un Italien le rejoignit sur la plate-forme pour lui expliquer qu'une des vedettes de ce cirque, un bout de femme d'un mètre cinquante, coupait à trente pas, et d'une seule balle de carabine, une carte à jouer posée sur la tranche.

La manifestation publicitaire du cirque les escorta

jusqu'aux faubourgs de Washington, et Joe ne reconnut aucun des Bulgares. Pas même Petrich le géant, car tous les cavaliers lui paraissaient immenses.

Les plaines infinies, les rails aux destinations plus lointaines que les étoiles, l'entremêlement de toutes les races humaines enivraient le jeune homme des incertitudes du lendemain, qu'il convertissait déjà en pépites d'or.

Deux heures d'arrêt dans la capitale pour ceux qui poursuivaient leur voyage. Le temps de recharger le tender en eau et en charbon.

Il y eut un renouvellement des passagers et Joe descendit sur le quai pour se dégourdir les jambes. Il assista ainsi à l'échange des agents électoraux du président McKinley, le suceur de cure-dent remplacé par un homme sec, façon pasteur, à vous faire ingurgiter de la morale comme on gave une oie avant les fêtes de Noël.

Le train redémarra et Joe ne prêta aucune attention à une engueulade entre des partisans du passé, c'est-à-dire des diligences, et ceux qui misaient sur l'avenir des trains.

Joe faisait des réussites pour deux enfants d'une dizaine d'années. Il se sentait proche des idées simples et directes du monde de l'enfance. Les discussions des adultes entre le passé et le futur le barbaient. Chaque heure était nouvelle, comme la donne, les cinq cartes qu'on ramasse au poker et qui décideront de la suite. Et seul l'avenir pouvait aider le perdant à se refaire. Les enfants l'intéressaient pour ça. Ils pouvaient tout abandonner à l'instant pour passer à autre chose. Ils disaient d'un lit : « On dirait que c'est un bateau », et de la chaise posée sur le lit : « On dirait que c'est la cabine du capitaine. » Comme le joueur qui se dira à lui-même que sa mise de départ, c'est un palais avec un harem et un casino personnel à l'intérieur.

Le train roulait vers ses frères et Joe replaçait distraitement les cartes neuves sous le regard des enfants. Et il regrettait p'tit Louis, ce gosse de dix ans, son demi-frère resté à Rogliano.

Pas simple, la venue de trois enfants du deuxième lit,

lorsqu'une vorace de secondes noces lance une OPA sur une famille riche. Pas simple, mais la casse n'avait jamais été de la faute de p'tit Louis. Ni les meubles, ni les objets, ni les vitres que Joe brisait lorqu'une injustice lui grignotait le cœur.

Joe venait d'une montagne sur la mer, où les arpents de terrain plat étaient plus rares qu'un pacifiste dans une tragédie de Shakespeare, alors qu'au travers des vitres il ne voyait que l'immensité d'une plaine, parfois marécageuse, qui rendait le train minuscule. Un tiret têtu, monté sur roues, fumant sous un ciel inépuisable.

Il y eut Stafford, Frederiksburg, Spotsylvania, Ashland, toutes enrichies par les plantations de tabac, de coton, de maïs. Et, quand la richesse s'en mêlait vraiment, elle y ajoutait des céréales, de l'élevage et, pour les pionniers qui avaient préféré la houille, les minerais de fer, de cuivre, d'argent et d'étain. Il leur suffisait, pour les exploiter, de faire un pas en direction de la partie occidentale de cet État de Virginie.

Joe n'avait pas assez planché sur la géographie, ni sur rien d'ailleurs, pour savoir ce que la Virginie offrait aux hommes de bonne volonté. Il lui suffisait d'admirer la brillance de la robe des chevaux pour sentir qu'on y servait des festins. Il y voyait aussi des selles incrustées d'argent, des gibus, des automobiles le long des gares, des attelages à quatre chevaux de la même couleur, avec le cuir des rênes souples comme des serpents.

Et enfin, à Richmond, il retrouva ses deux frères Antoine et Simon qui l'attendaient, une jeune femme blonde au bras d'Antoine.

Il les revit d'abord à travers une fenêtre, pendant l'entrée en gare du train. Un peu comme si le train avait glissé sur eux.

Ils avaient quitté Rogliano en 1893, Antoine à l'âge de dix-huit ans et Simon de seize ans.

Et, à l'heure du départ, Joe avait dix ans. Sept ans plus tard, Joe était là, en face d'eux, encore sur le seuil de la porte de son wagon immobile. Antoine avait vingt-cinq ans, Simon vingt-trois et Joe dix-sept.

Il les reconnut sans hésiter. Simon ressemblait davantage à son père Sam et les pommettes un peu saillantes d'Antoine ressuscitaient celles de sa mère. Il ne courut pas vers eux et eux ne bougèrent pas. Ils attendaient que leur cadet s'approche. Ils n'avaient échangé, depuis sept ans, que peu de courrier.

Ils étaient trois frères. Des frères corses, et ça semblait suffire.

Simon avait un chapeau à bord roulé. Antoine, tête nue, embrassa son jeune frère le premier. Il y eut moins de claques dans le dos qu'avec les Calabrais, ça venait sans doute du fait qu'Antoine et Simon travaillaient honnêtement.

Leurs vêtements oscillaient entre les gris et les beiges. La femme d'Antoine ne se maquillait pas. Elle s'appelait Juliette, ne parlait que l'anglais et était issue d'une deuxième génération d'émigrés de Cornouailles, au sud de l'Angleterre.

Joe se promit de s'abstenir de déblatérer sur les Anglais, à cause de Waterloo et, pis, de Sainte-Hélène. Son tempérament excessif avait transformé son culte de l'Empereur en napoléomanie. Toute sa vie, dans ses zigzags, il trimbalera un buste de ce génie multiforme, avec un aigle sous la tunique ouverte, un bronze signé S. Orne. Et ce buste, aujourd'hui, me regarde écrire.

Il neige au cœur des Alpes. Le feu de bois respire en petits bruits, comme un chiot lapant sa soupe. Il y a, derrière, un sifflement continu très doux. Une fin de vie ou bien, avec ce livre, le prolongement de toute ma famille.

Deux paires aux as par les huit...
la main du mort

En mars 1900, Richmond, capitale de l'État de Virginie, comptait quatre-vingt-dix mille habitants. Antoine et Simon partageaient une maison et une voiture automobile qu'Antoine conduisait. Ils ne vivaient pas seulement au même endroit. Ils travaillaient aussi dans la même entreprise, et ils recevaient leurs amis communs chez eux, le dimanche.

Antoine et Simon n'étaient pas des émigrés au sens propre du terme. Nés à Richmond, ils étaient de nationalité américaine. Cette différence entre eux et Joe était fondamentale.

Sam, leur père, avait émigré à Richmond depuis Rogliano en 1871, âgé de quatorze ans. Apprenti menuisier, il avait entendu parler de l'Amérique par les gens d'Ersa, un village voisin de Rogliano. Il y avait des Corses d'Ersa émigrés en Amérique à Richmond. Sam les rejoignit donc à Richmond.

Il était très pauvre et accepta les travaux du bas de l'échelle. Ambitieux, il s'inscrivit à des cours du soir pour accélérer son apprentissage de la langue. À dix-huit ans, il fut engagé aux écritures dans une petite banque tenue précisément par un couple originaire d'Ersa. Ils avaient une fille, Toussainte, troublée par le regard de Sam. Le regard bleu dont Joe avait hérité.

Un mariage et deux enfants, des garçons, assez vite venus. Antoine d'abord, Simon ensuite. Deux petits Américains d'origine corse, et leur père, ne voulant pas dépareiller, obtenant, lui aussi, la nationalité américaine.

Alors quoi ?... adieu la Corse ?... adieu Rogliano pour toujours ?... Un incendie, des pompiers en voiture à cheval, des gens en chemise qui jettent des seaux d'eau, peut-être deux silhouettes gigotant dans les flammes, hurlant dans cette surchauffe... Sam ne n'en était jamais souvenu très nettement. La fumée, les appels, le jet d'eau dérisoire, les deux corps carbonisés, méconnaissables des parents de sa femme, avec tout ce noir de la banque calcinée... la mémoire ne triait plus. Si le vent avait soufflé, il eût balayé les cendres de cette banque en bois, ne laissant sur le terrain noirâtre que le fronton de métal tordu par toute cette douleur.

San avait vingt-deux ans et Toussainte vingt-six. Le père de Toussainte était né Borelli et la mère de Toussainte était née Giovanni. Deux noms qui revivront beaucoup plus tard. Borelli dans le récit d'une évasion et Giovanni dans ma trajectoire de romancier-cinéaste.

Sam et Toussainte étaient rentrés en Corse, à Rogliano, avec leurs deux fils pour y enraciner la famille qui allait s'agrandir de Joe le 5 novembre 1883.

Trois fils et une belle et solide maison bourgeoise, parce que l'héritage des parents de Toussainte avait enrichi la famille. Et surtout, au-delà de la monnaie, la douceur de Toussainte, cette allure, ses attaches fines disposant des fleurs dans des vases, ce regard, parfois un peu lointain, posé sur ses trois garçons qui poussaient au soleil. Et aujourd'hui, les trois garçons, s'ils ne se doraient plus sous le soleil de la Corse, se retrouvaient du moins ensemble à Richmond, dans cette ville qui avait vu leur mère jeune fille devenir une femme.

Une chambre attendait Joe, alourdi d'un emploi du temps structuré par Simon. Des cours de langue anglaise pour occuper, ensuite, un emploi dans la raffinerie de sucre située au nord de la ville. Antoine y travaillait à la comptabilité générale, et Simon au service des achats. Ils possédaient déjà des actions dans l'entreprise, et Antoine attendait le meilleur moment pour accroître ce capital-actions avec la dot de sa femme.

Les deux frères destinaient Joe au service des ventes, très intéressant à cause de la variété des produits. Mais, au fur et à mesure que Joe entendait parler de ces perspectives d'enrichissement par ce commerce bourgeois, il lui semblait qu'une forêt de cannes à sucre sortait de terre à vue d'œil, des cannes hautes et droites, en rang serré, qui le séparaient de ses frères.

Il apprenait très vite la langue, à l'école et dans la rue. Mais le sucre brut, le rouge, le candi, le royal, le tors (petits bâtons tortillés de jus de réglisse), d'orge, de lait, de raisin, de canne, de betterave, et le blanc tout simple, celui qu'on saisissait à l'aide d'une pince pour le laisser tomber dans sa tasse de café, cette raffinerie, ses cuves et sa sirène d'entrée et de sortie, le total lui poissait les doigts avant que d'y toucher. Et il rêvait que les cartes restaient collées à ses doigts, un cauchemar, avec un carré d'as gagnant qu'il n'arrivait plus à abattre sur le tapis pour rafler la mise.

Ses deux frères parlaient d'un ton mesuré, et Simon, carrément feutré. Juliette organisait la maison, aidée par un couple de Noirs. Un rangement lui fit découvrir le Smith et Wesson de Joe. Elle en parla à Antoine son mari, car elle jugeait Joe trop jeune pour détenir une arme.

Simon avait de meilleurs rapports avec Joe. Il se chargea de lui en toucher un mot. Fin diplomate, comme son père, Simon sentait fort bien que Joe entretenait des ressentiments collés à ses semelles depuis Rogliano, et que son tempérament colérique lui enlevait du raisonnement.

Beaucoup de gens étaient armés dans le Sud, comme en Corse, et Simon était contre l'habitude de posséder une arme. Il savait que Joe allait un peu trop souvent vers des bars douteux de la ville.

Les plaies de la guerre de Sécession étaient mal cicatrisées et on ramassait parfois quelques cadavres, pas toujours de peau noire, dans les rues. Aussi Joe dut-il promettre de laisser son revolver à la maison.

Une maison très agréable, aux senteurs d'encaustique et aux miroitements d'argenterie. Antoine et Juliette au premier étage, Simon et Joe au rez-de-chaussée, donnant sur le jardin arrière de la maison. Et les domestiques sous les toits, suivant une indécrottable tradition internationale.

Joe parlait maintenant un américain populaire, et freinait encore avant de plonger dans le système, comme un mulet au bord d'un précipice. Il circulait à bicyclette, sur une machine dernier modèle, avec un guidon Jacquelin spécial course. Il en faisait déjà en Corse. Il fréquentait un gymnase. Il réussissait la croix de fer aux anneaux et le grand soleil à la barre fixe. Il payait sa participation à la marche de la maison. L'argent venait, d'après ce qu'il disait à ses frères, d'une paye de barman dans un de ces bars de la basse ville.

Il était vrai qu'il donnait un coup de main à une Mexicaine d'une trentaine d'années, propriétaire du bar Vera Cruz, et veuve depuis une année d'un mari écrasé bêtement par un tramway en traversant la rue. Des choses qui arrivent quand on a passé sa vie dans les grandes plaines, un pur-sang entre les jambes.

À force de sentir le regard bleu du jeune Corse, aimanté par la houle de ses hanches, elle lui avait ouvert son lit. Il avait dix-huit ans, flambait artistiquement au poker, et acceptait, pour elle et le folklore de sa clientèle, de tomber la veste pour servir.

Une salle sur l'arrière, avec une sortie de secours, s'organisait en tripot. Joe tenait la partie de poker, et prélevait une cagnotte qu'il partageait avec sa maîtresse. Il aurait pu ne rien faire ou presque, mais un côté princier enfoui dans ses tréfonds l'empêcherait toujours de vivre aux crochets d'une femme.

Antoine et Simon ne lui posaient pas de questions, bien que la différence avec leur cadet s'accentuât de dimanche en dimanche. Joe restait à ces réunions amicales car ils avaient parlé du jeune frère à tous leurs amis, mais il tenait un discours imagé, accentuait le langage populaire en face d'une société s'efforçant de gommer, pour ne pas dire de renier, ses origines d'émigré rustre et pauvre.

Quand on a été fils ou fille de voiturier et qu'on roule en attelage, on s'applique à ne plus comprendre le langage du voiturier.

L'ambiance de ces dimanches-là était au sucre, tandis que les fréquentations de Joe pendant la semaine étaient poivrées. Ceux-là se vantaient plutôt de leurs origines et, qu'ils trafiquent dans les alcools, qu'ils vendent des objets à la sauvette, qu'ils effeuillent le bourgeois, qu'ils passent des émigrés clandestins, qu'ils escroquent sur les assurances-vie, qu'ils détournent des wagons de marchandises, qu'ils s'échinent à la culture ou qu'ils tamisent les cailloux des rivières, tous les clients de la belle Mexicaine, s'ils parlaient anglais, racontaient à Joe ce qu'ils savaient de l'Arménie, de la Croatie, de la Hongrie, de l'Italie, de la Pologne, de la Russie, de la Tchécoslovaquie, de l'Ukraine, de l'Irlande d'où des parents si pauvres étaient venus. Sans oublier le Mexique, terre de toutes les fiertés.

Joe aimait ses frères. Néanmoins, son attachement aux imperceptibles détails de la vie l'isolait d'eux chaque jour. Ses frères et leurs relations plaçaient l'honneur là où Joe ne voyait que l'infamie. Pour Joe, ils confondaient les doigts qu'on trempe dans le bénitier avec les doigts de la cupidité. Leur marâtre aussi trempait ses doigts dans le bénitier de l'église de Rogliano chaque dimanche. Et même deux fois, parce qu'elle fréquentait les vêpres.

Et ça commençait à lui bâillonner le cœur, à Joe, que ses frères évitent toujours le sujet.

Ils disaient que c'était trop tard et qu'il leur fallait prospérer par eux-mêmes. Ils exposaient à Joe « le droit du père ». Bon dieu de merde, qu'est-ce que ça pouvait bien vouloir dire pour Joe « le droit du père » ?... Alors, parce que Toussainte, leur mère, était morte, il avait tous les droits ?...

Qui est-ce qui était resté en face de cette Marie Passalaqua, cette anguille glissée entre les draps du veuf ?

Qui est-ce qui avait subi ce danger pendant sept années de plus que ses deux frères aînés, si ce n'était Joe ?

Un danger à l'apparence pourtant fragile. Des petits pas silencieux comme la soie sur une peau. Une miniature de visage figé dans un sourire indéchiffrable. Un mètre cinquante à peine, le souffle léger et une petite voix minuscule, dissimulatrice de toutes ses pensées.

Elle était née en 1861 d'une famille pauvre d'un hameau voisin de Rogliano. Âgée de vingt-cinq ans, femme de charge engagée en renfort après le décès de Toussainte, elle avait manœuvré la solitude de Sam comme on manœuvre les premiers pas d'un convalescent. Ce ne fut pas que son corps, une fois allongé sur le matelas de coton, remplît une grande place, mais son adresse, proportionnée sans doute à l'ampleur de ses ambitions, secoua les sens du veuf comme un barman agite un shaker pour un cocktail inoubliable.

Joe se mit à ressasser sa rancœur presque tous les jours, et les deux aînés ne l'écoutaient plus que poliment.

— On verra ça plus tard.

— Quand ?... Il a trois autres enfants avec elle. Elle fera tout passer sur leurs têtes.

Antoine fit remarquer à Joe que leur père Sam n'avait, à ce jour, que quarante-cinq ans, et qu'on ne devait pas parler de testament à un homme en pleine force de l'âge.

Joe n'avait pas voulu dire ça. Mais sa colère déviait ses pensées véritables. Un dérapage qui dressait contre lui des jugements injustifiés. Il n'arrangeait rien en choisissant les repas pour mettre au centre de la table, en même temps que la soupière, les sujets de discorde. Pour l'instant, ses deux frères l'écoutaient patiemment, et la douce Juliette se faisait excuser, parfois, à table, craignant d'y attraper à la longue un ulcère à l'estomac.

L'assassinat du président McKinley, en septembre 1901, amena un changement dans les conversations.

Deux balles. Une dans la clavicule et une dans l'estomac qu'on ne retrouva pas.

Pendant huit jours, l'état de santé du président le hissa

sur l'étagère supérieure, celle du rayon des martyrs. Il avait prié, sanglant, que l'on prévienne sa femme, une infirme, avec ménagement et que l'on traite son agresseur avec humanité.

Czolgosz, un nom barbare contre lequel trente mille personnes hurlèrent : « Lynchez-le !... Pendez-le !... »

Et McKinley mourut de l'infection de sa blessure stomacale.

Dans la maison de ses frères, Joe n'entendit que les lamentations des industriels, courtiers, banquiers et commerçants de tous grains, sur la perte irréparable de ce président, qui à cinquante-huit ans, encore riche d'avenir, laissait, d'après eux, un héritage de la plus haute moralité en ayant approuvé l'étalon-or. Ce n'était pas comme ce Theodore Roosevelt, le vice-président, devenu président, que l'on prétendait favorable à un renforcement du contrôle des grands trusts.

Tandis que, dans son deuxième domicile, le bar de sa Mexicaine, Joe, au centre des braillements, réalisait que ce Czolgosz, sympathisant anarchiste, était un tireur acceptable, doublé d'un bienfaiteur de l'humanité, pour avoir expédié McKinley dans les hauts-fourneaux de la finance. Car le colonel Roosevelt, à peine âgé de quarante-deux ans, savait, lui au moins, se tenir sur un cheval. Sabre au clair, il avait enlevé la colline de San Juan à la tête de son régiment de cavalerie pendant la guerre hispano-américaine.

Un homme qui ne laisserait pas les pauvres devenir plus pauvres, et qui ne s'engoncerait pas le cou, comme l'autre, dans des cols à bouffer de la tarte. Voilà ce dont le sergent Doolin pouvait témoigner, le cul sur une bible et dix pintes de bière alignées devant lui sur le comptoir en arc de cercle de ce foutu bar.

Et Joe croyait d'autant plus que la vérité habitait de ce côté-là de la ville que Doolin, autour de la table de poker, lui avait conté la légende de « la main du mort ». Il s'agissait de deux paires aux as par les huit, que Wild Bill Hickok avait en main, lorsqu'un certain McCall l'abattit d'une balle dans le dos pour se tailler une renommée.

Célèbre shérif en retraite, Bill Hickok, deux inséparables pistolets à sa ceinture et une carabine à canon scié appuyée contre sa chaise, s'était reconverti en chercheur d'or. Il jouait au poker dans le Dakota, exactement le 2 août 1876 — le sergent Doolin avait des lettres —, lorsque McCall, un chasseur de bisons à moitié saoul, lui avait lâchement tiré dans le dos.

Ce jour-là, Hickok perdait la vie et « la main du mort » raflait la mise. Voilà pourquoi Joe venait de perdre un maximum en face de Doolin, lequel, deux paires aux as par les huit en main, avait éclairé la relance du jeune Corse, qui n'était que du bluff. Doolin prétendit l'avoir flairé grâce à cette « main du mort ».

— Petit, tu te souviendras que « la main du mort », c'est la gagne.

Les discussions sur l'assassinat du président McKinley s'estompèrent dans l'attente de l'assassinat du prochain, car l'avant-dernier au tableau de chasse, celui du président Garfield, abattu à Washington, ne datait que de 1881 et il ne fallait remonter que seize années plus tôt pour l'assassinat du président Lincoln, descendu en plein théâtre par le jeune acteur Wilkes Booth durant la représentation d'une pièce comique intitulée *Notre cousin d'Amérique.*

Quant au président Jackson, en 1835 les deux pistolets pointés sur lui par le tueur s'enrayèrent. Son destin refusait la mort par balles, si on considérait qu'il en avait gardé une dans le bras pendant vingt ans, et qu'une autre, logée dans sa poitrine, non loin du cœur, y reposait sagement. Elle lui était venue en droite ligne d'un duel consécutif à une dette de jeu, son adversaire ayant eu moins de chance que lui ce jour-là.

Ce goût du ball-trap sur les présidents, cette manière expéditive de changer de patron avant la fin de son mandat, resterait la marque de fabrique de ce nouveau monde. Trop de races, trop de pieds nus et de bottines vernies, trop de vaincus, de vengeurs et de vainqueurs arrogants ne pouvaient cohabiter dans le même chaudron sans que le couvercle saute périodiquement.

Deux ou trois années passèrent et Joe ne pouvait toujours pas se résoudre à quitter la maison de ses frères.

Ils l'avaient achetée, embellie et photographiée avec l'appareil que Joe leur avait rapporté de New York. Juliette avait réuni les trois frères sur le perron au double escalier assez prétentieux, pour une photo destinée à prouver à leur père et à sa nouvelle femme qu'ils seraient bientôt aussi riches qu'eux. Sur cette photo, Joe tenait dans ses bras l'enfant, âgé de quatorze mois, d'Antoine et Juliette. Un garçon au regard noisette. Joe se sentait radouci par ce petit corps léger et chaud de toute la chaleur de la vie.

« Plus riches et plus heureux que vous », ajouta Joe dans la lettre commune accompagnant la photo. Il écrivait aussi bien en caractères romains, italiques ou gothiques, et l'exécution de toutes ces lettres relevait d'un don de dessinateur.

Il s'amusait à dessiner les visages des personnages historiques en parlant de leur représentation dans un dictionnaire. Il quadrillait l'image, et n'avait plus, à l'échelle, qu'à augmenter la taille de chacun des carrés pour obtenir un visage agrandi. Il travaillait au crayon et on pouvait compter un à un les cheveux de la perruque de Louis XIV. Quant à l'Empereur, il n'en avait dessiné que le chapeau. Sans se l'avouer vraiment, il ne se résolvait pas à contempler ce qu'il admirait le plus. La chose en mettait plein la vue, mais, à l'analyse, il ne s'agissait pas de création. Seulement de copie.

L'indépendance affichée de Joe conduisit, sa galerie historique aidant, à ce que ses frères et leurs relations le prennent pour un artiste. Ses gilets fantaisie s'ornaient de dépassants blancs et le choix de ses cravates Régence ornées d'une perle fine montée sur platine emprisonnait le regard des femmes.

À vingt-quatre ans, un début de désertion de sa chevelure nimbait son front d'intelligence. Sa perle de cravate, sa chevalière, son étui à cigarettes en argent, son fume-cigarette d'ébène bagué d'or, sa montre de gousset extra-plate, prolongée d'une chaînette retenant une pièce de vingt dollars, le tout en or bien entendu, découlaient de certaines heureuses rencontres entre des carrés et des brelans, des fulls et des quintes flush royales.

Son tailleur lui coupait chacun de ses costumes dans la même étoffe que le pardessus d'hiver ou demi-saison, et son chapelier utilisait également cette étoffe pour que le chapeau couronne l'ensemble.

Antoine et Simon observaient cette évolution d'un bon œil, s'imaginant qu'elle gommerait en lui son désagréable esprit de révolte et sa revendication envers la fortune de leur mère. Se fiant à cette apparence, les deux frères jugèrent que le moment était venu de récupérer ce dissipé.

Simon acheta la première automobile Ford lancée sur le marché. Moteur à essence deux cylindres, huit chevaux vapeur et quarante-huit kilomètres à l'heure sans vent contraire, pour huit cent cinquante dollars, c'est-à-dire un peu plus que le salaire annuel d'un ouvrier sans un seul jour de congé, à raison de dix heures par jour.

Maintenant que Joe avait suffisamment investi dans sa garde-robe, ne pourrait-il envisager de se retrouver au volant de ce standing ? La Ford de Simon était de couleur crème. Elle existait en noir et en carmin. Une fille de famille, tiens, la petite Adeline Duke, par exemple, une amie de Juliette, en voilà une qui serait fière que Joe la pilote à travers la ville.

Un joueur n'aime pas s'encombrer l'esprit avec du matériel. Une bagnole ça tombe en panne, il faut l'entretenir, penser à l'huile, à l'essence, la lustrer. C'est de la complication qui empêche de se concentrer autour d'une table, sous le plafonnier qui arrache aux cartes de brefs chatoiements.

Mais Joe n'était pas contre emprunter la Ford de Simon pour promener la demoiselle. Une délicate, un Saxe, attirée, par les musées et les monuments historiques. Ce qui, pour l'heure, arrangeait Joe, certain de ne pas y croiser sa Mexicaine tout à fait capable de lui trancher les couilles pendant son sommeil, dans une crise de jalousie incontrôlée.

Le Capitole était construit sur le plan de la Maison carrée de Nîmes, le plus parfait des monuments romains de la Gaulle. Adeline faisait étalage de sa culture d'histoire ancienne, la Maison carrée, la véritable, celle de France, étant pseudopériptère prostyle hexastyle. Joe connaissait-il la vraie avec ses trente colonnes corinthiennes cannelées ? Rayon historique, il ne s'intéressait qu'à Bonaparte, au pont d'Arcole et ensuite à l'homme qui s'était posé lui-même une couronne sur la tête.

La Ford sillonna les collines dominant la ville et la rivière Jame, approfondie pour accueillir des bâtiments tirant six mètres d'eau. Joe, sur la demande de ses frères et pour leur être agréable, accepta de dessiner l'agrandissement du visage d'Adeline d'après une photo.

Les parents de la jeune fille fabriquaient du matériel de chemin de fer et, l'après-midi d'un dimanche sur deux, dissertaient sur l'envahissement mondial du rail, son confort et sa sécurité. Et ce n'étaient pas les quelques fous, dont les frères Wright, s'essayant à des sauts de puce dans leurs aéroplanes, qui auraient le moindre avenir dans l'industrie des transports. Personne ne risquerait sa vie pour se déplacer.

L'agrandissement dessiné par Joe ornait un des murs du salon victorien de la famille d'Adeline et on murmurait déjà l'union des deux jeunes gens.

Lorsque Joe apprit qu'un des oncles de la fille était banquier, il repensa à la seconde même à ses grands-parents brûlés vifs dans leur banque. Et précisément dans cette ville. Il en connaissait l'emplacement. Simon et Antoine l'y avaient conduit. Sur les lieux de l'incendie se dressait un petit bâtiment occupé par une quincaillerie en gros.

À travers elle, l'imagination de Joe faisait revivre ses grands-parents dans leur banque en bois. Il bavardait avec ses fantômes, avec sa mère encore jeune fille. Alors une envie furieuse de tout connaître sur la branche Borelli-Giovanni l'emporta.

Son enquête le conduisit jusqu'au siège de la Compagnie d'assurances qui avait assuré la banque pour cinq cent mille dollars. Et un vieil employé, qui avait bien connu les grands-parents de Joe, rappela qu'à cette époque les petites banques conservaient peu d'argent liquide dans leurs coffres à cause des attaques à main armée, véritable industrie du moment.

Cet employé lui parla de Toussainte, une jeune fille très bien, et même de son mariage. Il se souvenait que les parents de Toussainte possédaient d'autres biens, une très belle maison et des actions dans une minoterie, et une manufacture de tabac. Toussainte et Sam les avaient vendues avant de rentrer en Corse.

Il le savait parce qu'il avait roulé des cigares dans cette manufacture en débarquant de sa Grèce natale.

Un bref calcul amena Joe à la certitude que la fortune de sa mère s'élevait, au départ, à un million de dollars. Et Sam, de retour dans son village natal de Rogliano, un village de mille six cents habitants, aurait pu en racheter une bonne partie.

Il s'était contenté de diversifier les placements pour ne pas mettre, comme le dit le populaire, « tous ses œufs dans le même panier ». On risquait toujours de se casser la gueule dans les escaliers avec le panier.

Il avait placé l'argent dans une fabrique de chaux et de chandelles et aussi dans l'exportation de raisin frais et de vin muscat. Il avait fait construire la grande maison dans laquelle naquit Joe et mourut Toussainte.

Et une deuxième, toute voisine, commandée par sa deuxième femme, Marie Passalaqua dite Mita, qui cherchait à s'affranchir du matriarcat de la mère de Sam, toujours vivante, avec son trousseau de clefs à la ceinture, patronne des vivres et des armoires à linge.

Cette deuxième maison, elle titillait Joe, un peu comme une plaie sur laquelle on pèse. Non seulement il soupçonnait Mita de l'avoir fait mettre à son nom, mais, plus encore, il lui reprochait sa manière de l'utiliser.

Elle avait parqué les trois frères dans la même petite

chambre et s'ingéniait à différencier leur nourriture d'avec celle de sa progéniture. Des petits riens humiliants sur les desserts et les quantités, pendant les longues absences du père.

Et là, en Amérique, quatre ans après son arrivée, Joe découvrait l'ampleur de l'arnaque. Il remplissait sa vie de ce passé inconnu et un membre de la colonie corse lui signala un certain Viviani, âgé de plus de quatre-vingts ans, retiré à Norfolk sur les rives de la baie de Chesapeake.

Deux cents kilomètres au volant de la Ford de Simon pour se retrouver dans un quartier de maisons montées sur pilotis, qui ressemblaient, au soleil couchant, à des pattes de grands échassiers.

Viviani terminait sa vie avec une Indienne. Il parla à Joe non seulement de la richesse des grands-parents grillés dans leur banque, mais il parla aussi du temps où Barthélemy Borelli et Ange Marie Giovanni avaient débarqué en Virginie. Il les avait connus, ce vieil homme qui pouvait encore pêcher de sa fenêtre ses derniers poissons. Ils venaient d'Ersa et lui d'Oletta, des montagnes formant le socle du cap Corse.

Il avait fui la Corse à cause d'une vendetta. Il ne savait rien faire ni de sa cervelle ni de ses dix doigts, sauf de l'index enroulé autour d'une gâchette. Le couple, en revanche, savait compter. Borelli, le mari, savait qu'en gagnant un dollar et en ne dépensant que la moitié pour placer l'autre sur une action d'avenir on devait progresser.

— Et, raconta le vieux à Joe, votre grand-père était doué pour trier entre l'avenir et l'enlisement. Moi, j'ai cherché de l'or en dépeçant ma mule pour ne pas crever de faim, et j'ai fini par en trouver.

— Beaucoup ? s'informa Joe

— Assez pour tout reperdre en me mêlant de politique.

Il redressa son grand corps décharné.

— Jeune homme, dans ce pays, ne misez pas tout sur les Noirs. Ils tiendront sans doute, un jour, le bâton par le bon bout mais, pour les Blancs, rien ne presse.

Joe ne rentra à Richmond que le lendemain. Il savait que

les grands-parents s'étaient écorché les mains, l'homme dans des travaux de terrassement et la femme en lessivant le linge sale des nantis. Et sa haine pour cette Mita Passalaqua en grandissait à chaque tour de roue de la Ford.

Le courage et le talent des grands-parents n'allaient quand même pas endimancher à vie cette fouine de Mita, cette égorgeuse de poulailler.

Il rejoignit directement le lieu de travail de ses frères pour leur annoncer ce qu'il prenait pour une grande nouvelle. Dans la raffinerie, le bureau de Simon, monté d'un étage, se situait face au bureau directorial.

Simon, occupé, le fit attendre, ce qui atteignit Joe dans son orgueil.

L'entrevue débuta sur un malentendu, assez proche de ceux d'une pièce de Molière, lorsque les personnages se lancent dans un dialogue de sourds. Joe se jeta dans l'exposé de sa découverte du passé, la fortune des parents de leur mère, la revanche à prendre sur Mita. Un million de dollars, une rivière de billets déviés de leur destination naturelle par cette petite bonne femme déguisée en castor ?...

Hein !... ça vaudrait quand même le coup de faire exploser le barrage !

Simon lui répondit qu'il aurait pu prévenir avant de disparaître pendant deux jours avec sa voiture. Il avait même cru qu'on la lui avait volée.

Sa bagnole !... mais elle était là, dans la cour de l'usine, sous ses fenêtres, sa bagnole. Et il n'était pas venu dans leur sucrier pour parler d'une sauterelle actionnée par un moteur.

Joe fut prié d'écouter d'abord et de s'énerver après, s'il était devenu assez idiot pour le faire. Qu'il écoute bien ses deux frères. Antoine, appelé en renfort depuis son bureau de chef-comptable, accusa Joe d'entretenir des relations avec des révolutionnaires mexicains.

Il était venu pour leur proposer de récupérer la fortune laissée par leur mère, et on lui parlait d'abord d'une voiture et ensuite d'une révolution.

Personne n'arriverait donc jamais à le comprendre ?...

Simon avait parlé au capitaine de la police du vol éventuel de sa voiture, et ce capitaine, un ami paraît-il, avait bifurqué sur le bar Vera Cruz et la maîtresse mexicaine de Joe.

Voilà pourquoi, d'une Ford en vadrouille, on voguait vers la révolution couvant au Mexique comme les brindilles rougeoyantes sous des feuilles mortes, en attendant que le vent se lève.

La police surveillait le bar. L'entrée et la sortie de trop de bottes poussiéreuses, des bottes venues de loin et, sous les chapeaux, les fentes étroites des regards inquiétants. La région recelait encore les beaux restes de la guerre de Sécession, sous la forme de canons, mitrailleuses et explosifs mèches courtes ou longues, suivant l'usage.

Le capitaine McManus, d'origine écossaise, dirigeait la ville avec le respect de l'argent. Il se méfiait donc de ces Mexicains, très capables d'attaquer une ou deux banques dans la foulée, pour acheter des armes, rayon bonne cause.

— Les révolutionnaires ne sont pas forcément des voleurs, plaidera Joe.

Sans doute, dans son esprit, un révolutionnaire ne fait-il qu'emprunter. Sauf qu'un emprunt, le canon d'un flingue appuyé sur le front du caissier d'une banque, McManus, pour s'y reconnaître, appelait ça une « attaque à main armée ». Il conseilla donc à Simon et à Antoine de prier leur plus jeune frère d'oublier le chemin de ce bar. Surtout en pensant à Antoine, en passe de se présenter au poste d'adjoint au maire.

Pour commencer. Plus tard, à la tête de la ville, on aurait besoin d'un homme qu'il aimait. Ils s'en émurent. Pourquoi ne se déciderait-il pas à travailler avec eux ? Antoine, dans le secret, venait d'acheter les terrains entourant la raffinerie. Comme elle prospérait, il lui faudrait s'agrandir et, ce jour-là, le propriétaire actuel dépendrait d'eux. Ils rachèteraient le tout. Joe pourrait investir avec eux ?

Mais Joe n'avait pas le capital suffisant. Même s'il gagnait le plus souvent au jeu dans le Vera Cruz, il ne possédait rien. Par rapport à lui, une cigale était un symbole d'économie. Des bijoux pour la Mexicaine, des tablées entières dans les meilleurs restaurants de la ville, de l'aide aussi à la famille pauvre de sa maîtresse laissée entre des cailloux et des cactus. À se demander, rétrospectivement, si cet argent n'avait pas déjà servi à acheter des armes.

Et l'argent de sa mère ?

Il faudrait s'humilier en le réclamant, et Joe, qui ne cessait d'en parler, savait, en même temps, qu'il ne s'engagerait jamais dans cette turpitude. Qu'il arrête donc de ronger cet os et honore ses frères de sa confiance. Il était quand même bien venu les rejoindre pour bâtir quelque chose !... Adeline, la chère et tendre, attendait qu'il fasse sa demande. Vraiment ?... Oui, vraiment. Une ou deux petites phrases sur le sujet étaient déjà montées sur le plafond dans la fumée du cigare du père. Jolie, soumise, bien élevée et dotée d'actions sur le canal de Panama, pour Joe ça ressemblait à une quinte flush royale.

Il investirait avec ses frères. Dans ce pays qui se développait à la vitesse d'un champignon tropical, ils se tailleraient ensemble un empire à côté duquel le fric détourné par Mita ressemblerait à un glaçon balancé dans du métal en fusion.

Il acheta des fleurs pour Juliette et des cadeaux pour le gosse. Comme ça, brusquement, sans même y avoir réfléchi.

Pour Joe, éloigné du Vera Cruz, la maison de ses frères était sans doute devenue son unique source de chaleur.

Et il essaya, le soir même, de faire le tri dans sa tête.

Il se remémorait, au Vera Cruz, les voyageurs fatigués qui parlaient peu, qui trimbalaient leurs messages dans leurs regards d'acier et qui ne jouaient même pas au poker, sans doute préoccupés qu'ils étaient par une grande cause.

L'impression d'avoir échappé à un danger catastrophique lui fit considérer la perspective de sécurité que représentait le mariage, comme un pèlerin trempé de pluie se dirige dans la nuit vers la lumière d'une auberge et son feu de bois. Il n'aurait même pas de gants blancs à acheter pour présenter sa demande en mariage. Il possédait une collection de gants beurre-frais très acceptables pour la circonstance.

Quant à son orgueil démesuré et mal placé, il n'aurait à souffrir d'aucun refus, ses deux frères ayant déminé le terrain.

Un cactus dans un bouquet de violettes de Parme

La sanglante querelle entre un groupe de chasseurs corses, que Joe allait raconter devant Adeline et ses parents, n'avait pas pour but de choquer les deux minuscules coquillages nacrés qui servaient d'oreilles à la jeune fille. Joe ne préméditait jamais ni le bien ni le mal.

Déraciné dans ce pays et le salon de ses frères, il revendiquait seulement son identité corse. Il parlait d'ailleurs français avec un léger accent, un accent qui sentait « la châtaigne » (le fruit du châtaignier s'entend) alors qu'il parlait l'anglais comme un Américain du peuple.

— Est-ce que vous savez ce qui peut arriver chez nous à cause de la queue en trompette d'un chien de chasse ? commença-t-il à raconter.

— Une queue en trompette ? s'amusa Adeline au début.

Elle ravala son sourire comme une mauvaise médecine lorsque Joe détailla « la tuerie du col » déclenchée par cinq chasseurs, à une poignée de kilomètres de Rogliano, dans une forêt de chênes. Quatre morts, et le survivant qui s'était traîné sanglant sur le bord de la route pour relater les choses.

— On a bien envie de la lui couper cette queue à ton bâtard, avait dit le plus âgé.

— Qui tu es, toi qui parles ?... C'est toi qui vas la lui couper cette queue ?... Allez... qui veut commencer ?... Qui est assez homme pour commencer ?... Voilà ce qu'avait répondu le maître du chien à la queue en trompette.

— Chez nous, un mot de trop c'est une insulte, expliqua Joe. Et une insulte ça ne se pardonne pas. Ça se lave dans le sang.

Alors le premier coup de feu éclata. Une décharge de chevrotines d'après le témoin. Et d'autres coups de feu à ne plus savoir qui avait tiré le premier. Des hommes tombèrent. Les chiens tournicotèrent en jappant à la recherche du gibier abattu. Mais il n'y avait que quatre corps d'hommes dont un était resté agenouillé, en appui sur sa crosse, le canon en terre, le cou plié malgré son épaisseur.

— Vous voyez le tableau ? conclut Joe avec une fierté un peu imbécile.

Adeline tamponnait ses narines de porcelaine avec son mouchoir de batiste et son père regardait le tapis d'Orient, ce que Joe prit pour de l'émotion alors qu'il ne s'agissait que d'une totale désapprobation.

Joe s'enlisa dans ce malentendu en précisant que le rescapé avait rampé sur le dos, les mains pleines de sa chaleur gluante, pressées sur son ventre... que la queue en trompette de son chien lui chatouillait parfois le nez en flairant sa blessure, jusqu'à ce qu'un paysan le ramasse et le ramène au village.

— Car il faut dire que, chez nous, le sang appelle la vengeance par le sang, discourait Joe malgré les signes discrets de ses deux frères pour qu'il change de conversation. Il s'enferra. Chez nous ce sont les femmes qui poussent les hommes à venger l'honneur de la famille. Elles conservent la chemise tachée de sang du mort et la montrent aux enfants, dès qu'ils atteignent l'âge de tenir le fusil.

Pauvre petite Adeline, pauvre petite chose qui parlait aux fleurs ne supportant pas qu'on les cueille.

Avec tout ce sang répandu par cet étrange fiancé, là, en quelques phrases sur le tapis d'Orient. Il est vrai qu'elle était végétarienne, et qu'il dévorait des steaks préparés pour des champions de rodéo... Qu'elle se levait à l'aube dans la délicatesse du soleil frisant, alors que lui, le joueur, se couchait à l'extinction des étoiles.

Que Waterloo était sa victoire, et celle de sa famille, tandis que, pour Joe, aucune page d'histoire ne voilerait le soleil d'Austerlitz. Quant à l'agonie du plus grand génie de l'humanité, à Sainte-Hélène, la perfide Albion le paierait un jour ou l'autre, par son isolement d'abord, suivi de sa disparition.

Les fiançailles entre Joe et Adeline se mirent à ressembler à un naufrage par voie d'eau que l'on chercherait à écoper à l'aide d'une tasse à café. Il y a souvent de l'amour dans l'espérance naïve, et les deux frères en avaient pour leur cadet. Ils en avaient tellement qu'ils ne le taxèrent pas de destruction mais simplement de maladresse.

Il devait se sentir écorché. Il avait sans doute seulement besoin de se lover dans le tiroir d'une définitive réussite sociale.

Il devait aussi souffrir de ne plus pouvoir jouer au poker, puisqu'il leur avait promis de ne plus retourner au Vera Cruz. Ils prenaient cette décision pour une décision du cœur envers eux, alors qu'elle découlait surtout d'une peur secrète.

Même s'il était toujours adepte du grand soleil à la barre fixe, et de la croix de fer aux anneaux, chez Joe, le courage physique ne suivait pas. Il se savait incapable d'affronter les coups, les blessures ni aucun succédané se rapportant à cette sorte de souffrance. Alors, l'éventualité de se frotter aux dentelures acérées des révolutionnaires mexicains lui foutait le trac. Un puits de contradiction, car il pouvait affronter les poignards et les balles s'il s'agissait de lutter pour défendre un des siens.

Ses deux frères n'avaient pour le temps présent — et ils ne l'auraient jamais — aucun accès à la complexité de ce tempérament, ils pensaient que Joe, privé des cartes, existait moins et tombait, par compensation, dans la provocation verbale. Ils lui offrirent d'entrer dans leur cercle privé. Du cuir, de l'acajou, des liqueurs, des cigares, la politique et les affaires. Avec, par-ci par-là, une provocation en duel à cause des femmes. Lesquelles, bien qu'interdites de présence, continuaient d'arbitrer les passions.

L'élégance de Joe s'insinua entre les glaces biseautées et les reflets du cuivre incrusté le long du bar. Il bénéficiait toujours du premier abord. Le sentiment que, au sein de ce club feutré, il n'était qu'un cactus planté dans un champ de violettes de Parme ne s'installerait que plus tard.

Ça commencerait par le poker. Comme dans sa vie, tout commencerait et finirait par le poker.

Autour de la table ronde en marqueterie, en face de lorgnons et parfois d'un monocle, Joe entreprit un plumage systématique de notables. En trente-deux cartes ou en cinquante-deux, il n'utilisait même pas le furtif glissement de l'as à chaque donne. Il jouait sur la fatigue. À la fin de la nuit, le joueur perdant, qui tente de se refaire en bâillant sur les cartes, a moins de défense qu'un hanneton becqueté par un canard.

Si les regards des femmes satisfaites se bordent parfois de reconnaissance, les regards des joueurs du club finirent par se border de méfiance à l'égard de ce rafleur de mises. Bientôt, pour le jeune Corse de vingt-cinq ans, les partenaires se firent aussi rares que des poux sur une banquise.

Une colère grimpante contre ces matelassés de dollars, qui n'avaient même pas le panache de savoir perdre, et n'avaient que la dérobade à opposer à la noblesse d'un combat les cartes à la main. Et puis qui lui avait foutu une société pareille, s'apitoyant sur les difficultés de la vie des riches !

Joe leur avait balancé en plein club les « tourments » d'une certaine mamie Fisher, à New York. Pour renouveler ses soirées, elle avait obligé ses invités à parler bébé, tandis que, dans la demeure d'en face, le milliardaire Harry Lehr donnait un dîner pour chiens.

Il jugea anormal, voire hostile à son endroit, que ses frères ne démissionnent pas à leur tour de ce cercle d'hypocrites, étayé sur des valeurs en putréfaction. Antoine et Simon ne savaient plus où trouver les matériaux pour endiguer les colères déferlantes de cet esprit décalé. Ils s'y essayèrent cependant, avec la voix douce et égale héritée de leur père Sam. Joe ne pouvait pas toujours avoir raison. Par exemple pour Adeline, avait-il conscience des propos qu'il avait tenus ?

— Quoi ?... Quels propos ?... Alors on n'a même plus le droit de parler de la Corse... que les lièvres, les chevreuils, les cerfs et les sangliers se multipliaient pour les chasseurs... que la mer regorgeait d'oursins, de palourdes, de violets, de homards, de langoustes et de bancs poissonneux épais comme des forteresses... que trois cents jours de soleil par an adoucissaient la déchirure des côtes et mouraient chaque soir dans la palette d'un peintre de génie... pas le droit de dire que j'attrapais des truites à la main, que les forêts profondes aux lumières théâtrales veillaient parfois, l'après-midi, sur mon sommeil quand j'avais du chagrin, quand je pleurais d'être séparé de vous, mes frères...

Il en pleurait à nouveau, en face d'eux, car les larmes emplissaient facilement la coupole de ses paupières. Et ils s'en trouvèrent gênés. Antoine plus retenu et Simon à le serrer dans ses bras.

Pourquoi ne voulaient-ils pas le comprendre ? L'aider à haïr Mita la marâtre et à faire rendre gorge au père.

Pourquoi n'aimaient-ils plus la Corse ? Pourquoi le laissaient-ils tout seul en face de son amour de la Corse ?

— Joe, écoute...

La voix de Simon n'était plus qu'un murmure.

— ... tu n'as pas exactement parlé comme ça de la Corse à Adeline ni à sa famille. Tout le mal vient de là.

Il l'avait tellement dans le ventre, cette Corse, dans le ventre de sa mère. Comment aurait-il pu en parler autrement ?

— Tu n'as parlé que de vengeance, de carnage. Même en leur parlant du monastère en haut du village, tu as dit que les moines avaient conquis l'emplacement le fusil à la main.

L'abîme se creusa pour Joe entre ses paroles et son âme

pour le faire disparaître dans sa solitude. Sans doute n'avait-il pas évoqué que les aubes pastellisées et les eaux turquoise des rivières.

— Et même quand le père d'Adeline a parlé des impôts, tu as dit qu'en Corse le collecteur des taxes avait disparu, lui et son attelage, en faisant le tour du Cap. Et aussi que les Corses refusaient de travailler pour les vautours de l'État.

Il l'avait dit. Et il le pensait. Il était pour le peuple.

— Mais dans ce pays neuf, les tricheurs seront chassés, écrasés comme des cafards.

Son regard bleu ne croisait déjà plus celui de ses frères. Il ne touchait que leurs fronts qui se dégarnissaient aussi.

Écarté du bar Vera Cruz pour cause de révolution ;

Écarté du club privé de la bonne société pour refus de porter un masque ;

Écarté d'un futur mariage pour grave divergence sur le sens de l'honneur ;

Riche de bons sentiments ne s'extériorisant que dans la mauvaise foi.

— Il vaut mieux que je m'en aille.

Le silence ne quitta pas la pièce et aucun geste ne déplaça le moindre souffle d'air.

Un tripot peut en cacher un autre

Et il s'en alla, y ajoutant une destination inconnue.

Il quittait Richmond dans la peau d'un martyr.

Le cœur chahuté par le sentiment d'avoir été échangé contre une révolution par sa maîtresse mexicaine, et contre les barreaux d'une échelle sociale par ses deux frères.

Il avait seulement appuyé sa joue contre celles de Simon et d'Antoine. Un progrès, si on comparait cette séparation d'avec celle entre son père Sam et lui sur le port de Bastia. Une séparation qui avait ressemblé à la cassure sèche en deux parties d'un objet.

Il était devenu un spécialiste des ponts dynamités, tout en se plaignant de ne pouvoir les franchir à nouveau dans l'autre sens.

Le train qui l'emportait vers New York n'était plus le même. Il avait gagné en luxe. Dans le wagon-restaurant on le servit sur une table individuelle. Il lui fut donc impossible de choisir une conversation de querelle, mais, comme il n'aimait pas attendre entre les plats, il s'en prit à un serveur, qui lui réclamait un peu de patience dans un américain ravagé par les monts Oural. Bon dieu, quand est-ce que tous ces émigrés se décideraient-ils à apprendre correctement la langue de ce pays ?

Il ne dressait jamais le bilan de ses actes. Il cherchait un bouc émissaire.

Un tremblement de terre venait de détruire San Francisco et la police et l'armée tiraient à vue sur les pillards. La vie était aléatoire. Il convenait donc de ne regarder que droit devant soi.

Il se retrouvait à New York avec une malle-cabine aux angles d'acier au lieu d'une valise en rotin : des tiroirs pour le linge et une penderie pour les costumes. Il avait, en plus de ses quelques louis d'or du départ, deux liasses de dollars roulés très serré, compressés par un large élastique. Et il portait moustache. Une fine, une soyeuse, décollée aux extrémités, qu'il maintenait en plis la nuit à l'aide d'un fixe-moustache (une bande de tulle tendue par un fermoir derrière la tête).

Dans la journée, lorsqu'il s'asseyait, si son pantalon découvrait ses chaussettes, on ne les voyait jamais s'affaisser sur ses chaussures, car elles étaient tirées vers le haut par un système d'agrafe entourant le mollet.

Un taxi automobile le déposa dans un hôtel sans doute beaucoup trop cher pour ses revenus, car il n'était employé par personne, ni commerçant à son compte, ni chef d'industrie. Il n'était qu'un joueur de cartes, ayant pour toute relation à New York trois mafiosi.

Les trois Calabrais qui n'étaient plus que deux. Le jeune, abattu dans une embuscade, leur manquait tellement qu'ils donnaient toujours l'impression d'être trois. À des éclairs de regard latéraux ils soulignaient l'absence, le vide, la tête manquante, dans le créneau des deux autres.

Joe rebondit d'une taverne à une autre d'un entrepôt à un autre et un réseau d'hommes davantage que discrets l'achemina dans une académie de billard attenante à un cabaret populaire. On pouvait y acheter des cigarettes, une femme, un passeport, une arme non identifiable, de l'alcool frelaté ou un tueur à gages. La mort d'un ennemi tarifée à deux cents dollars ou deux mille dollars, suivant qu'il était loup ou agneau, puissant ou misérable.

Tout devenait possible devant une pinte de bière brune, tandis qu'une paire de fesses ondulait sur une estrade. Les deux Calabrais, un sourire par-ci, une menace par-là, tenaient la barre. Ils avaient aussi des intérêts dans des blanchisseries exploitées par des Chinois. Et ils devaient obéissance au borsalino de soie claire qui régnait sur ce quartier Nord.

En parlant de leurs costumes, ils demandèrent à Joe « comment il les trouvait ». Il y eut un moment difficile. Comment parler d'élégance à des hommes qui fourraient leurs paquets de cigarettes dans la poche de devant de leur pantalon, et leurs portefeuilles, épais comme des jambonneaux, dans la poche arrière ?

On ne mettait pas une cravate bordeaux sur un gilet rouge. Sur le rouge il fallait du vert tendre. Au doigt, à la rigueur une chevalière ovale avec un brillant. Mais pas une chevalière énorme, cubique, comme un coup-de-poing américain.

À quoi pensait donc ce sympathique et encore jeune fils de bonne famille ? La chevalière faisait justement office de coup-de-poing américain permanent.

Les Calabrais s'adoucissaient en soupirs de soufflet de forge tout en éclaircissant, pour Joe, la noirceur de leurs petits yeux, enfouis comme un guet-apens dans l'ossature granitique de leur visage.

Joe était-il revenu dans ce port de New York pour se réembarquer vers sa Corse natale ? Les familles mafieuses étendaient leurs tentacules et il y avait un travail d'avenir pour une jeune recrue, à condition que d'enfreindre la loi ne l'empêche pas de dormir.

Il lui faudrait faire du méchant et Joe, en dehors de ses délires colériques verbaux, n'était pas méchant.

Et il ne voulait pas retourner en Corse non plus. Ses rêves de retour, et il en avait, prenaient la forme de fanfares le précédant, lui, piloté par un chauffeur noir dans une grosse automobile, avec tous les habitants de Rogliano aux fenêtres. Les circonstances ne s'y prêtant pas encore, il pria les Calabrais de le mettre en rapport avec la colonie corse de New York dans un besoin de rester près de son arbre.

Et puis ce qu'il avait vu ces derniers jours, dans

l'ambiance des Calabrais, le fascinait tout en l'effrayant. Il ne se reconnaissait pas dans cette rugosité du terroir qui naviguait sans frontière entre l'égorgement d'un animal et celui d'un homme.

Joe était prié de ne pas oublier leur adresse. Dans la jungle new-yorkaise il aurait peut-être besoin d'un coup de machette providentielle, maniée par un ami, et eux, les Calabrais, ils seraient toujours, pour lui, ce coup de machette là.

Les Corses, ni trop violents, ni trop honnêtes, ni fonctionnaires, ni inconscients, bossaient dans l'import-export. Le premier avait débarqué en Louisiane au début du siècle dernier. Fatigué d'arpenter l'Europe et l'Égypte à pied, sous le regard conquérant de Napoléon Bonaparte, il avait déserté. Et, à l'annonce d'un traité prévoyant de restituer la Louisiane à la France, le déserteur remonta jusqu'à New York, en son devenir du plus grand port des États-Unis.

Il était natif de Corte et, au fil des années, les Corses du centre, s'expatriant, tombaient goutte à goutte sur New York comme la sève pleurant de la saignée d'un arbre.

Un Corse accueilli par une famille de douaniers devient douanier, ou souteneur chez les souteneurs, ou avocat chez les avocats.

Le déserteur des armées napoléoniennes s'appelait Hyacinthe Valinco. Débutant dans l'import-export en 1802 avec un ballot de tabac et, en retour, un tonnelet de bière, il avait formé une colonie de Corses doués pour ce travail d'intermédiaire. Ils accueillirent Joe dans leur domaine portuaire. Bureaux et hangars résonnaient de la langue corse. La musique des musiques pour les oreilles de Joe. Ils faisaient du transport de tout ce qui pouvait se vendre et s'acheter, s'expédier et se réceptionner des quatre coins du monde. En se réservant l'exclusivité de la vente sur ce territoire américain de certaines marchandises plus lucratives les unes que les autres.

Les cépages des grands crus blondissant comme de l'or

sous le soleil français se monnayaient comme de l'or, pourvu que le vendeur soit au niveau de l'élégance des prestigieuses étiquettes.

Joe, une sorte de luminosité dans le costume et le regard, s'empara de la fonction avec l'autorité de Bonaparte au seuil de la campagne d'Italie. Il visita jour et nuit les bars, les hôtels, les restaurants et les clubs privés qui n'acceptaient, l'hiver, que les pelisses doublées de zibeline et, le reste du temps, la haute couture, les costumes de soie et les diams à vous faire exploser la rétine.

Joe parlait du vin et des alcools comme on parle des grands seigneurs, et il donnait à ses clients l'impression d'accéder à l'intelligence pure en laissant couler dans leur gorge le génie vinicole français.

Joe circulait en taxi avec la ruineuse habitude de prier le chauffeur de l'attendre pendant qu'il essayait de vendre une cargaison de château-yquem au patron d'un palace. Il vivait comme un type qui monte le chauffage par un hiver glacial tout en ouvrant portes et fenêtres.

Son entrée dans quelques parties de poker assez fermées n'avait posé aucun problème de méfiance, bien que la coutume soit de se méfier du visage inconnu s'inscrivant sous la lumière des lampes basses. Des fauteuils confortables autour d'une table ronde ou ovale, des portes capitonnées pour isoler de la salle mitoyenne parfois bruyante et, suivant les ambiances, une arme sous une aisselle dans l'entrebâillement d'une veste.

Joe échangeait toujours son fauteuil contre une chaise. Il savait que l'avachissement réduisait l'acuité. Ses adversaires étaient toujours plus âgés que lui et plus riches aussi.

Il mobilisait donc tous ses gains de courtage pour se carrer à la bonne hauteur. Pour empêcher l'adversaire d'aller aux cartes, la force de l'argent était le meilleur langage. C'est pourquoi Joe préférait les parties dans lesquelles on poussait devant soi la liasse de dollars ou la petite pyramide de pièces d'or. Au moins, on savait ce qu'on allait gagner et, surtout, l'adversaire savait ce qu'il allait perdre en suivant pour voir.

Il avait loué un appartement dans la Troisième Avenue, surplombé par un train aérien reliant Batter à Harlem et dont la ligne vapeur venait d'être électrifiée.

Le républicain Taft, le vingt-septième président des États-Unis, pesait cent cinquante kilos et Joe avait vingt-sept ans. Il venait de gagner mille dollars en pariant sur la victoire de Jack Johnson, le Noir, contre Jeffries, le Blanc, à Reno dans le Nevada. Il avait parié au cours d'un dîner-spectacle dans le cabaret d'un de ses clients. À la table voisine, un petit groupe d'hommes à la mise un poil trop voyante, accompagnés de deux femmes à la beauté un poil trop agressive, entretenait l'idée qu'un boxeur noir ne battrait jamais un boxeur blanc tant que le match serait arbitré par un Blanc.

Ils parlaient anglais avec cette pointe d'accent corse sur lequel un autre Corse ne saurait se tromper. Joe se fit présenter à ces gens par le patron et se mit à leur soutenir qu'une droite bien ajustée à la pointe du bouc obligerait l'arbitre le plus partial du monde à compter jusqu'à dix.

— Venez à cette adresse pour payer ou encaisser, dit le plus âgé du groupe dont chaque bouton de gilet était un petit brillant.

Joe empocha la carte de visite en n'y jetant qu'un bref coup d'œil, comme il le faisait en ramassant les cinq cartes de sa donne.

Au cours de sa dernière partie, une partie assez pauvre dans le folklore des Ritals fabricants de pâtes fraîches, il avait entendu parler de la méforme de Jeffries, le grand espoir blanc. Absent des rings depuis cinq ans, il n'y revenait que pour l'argent, debout sur ses jambes molles.

La victoire de Jack Johnson déclencha des émeutes raciales à travers le pays. Huit Noirs périrent dont un à La Nouvelle-Orléans, poignardé par un Blanc alors qu'il exprimait sa joie dans un tramway.

Les mille dollars du pari attendaient Joe dans un univers de machines à sous et tout ce qui fonctionnait en glissant de la monnaie dans une fente. Les Corses étaient cinq frères et ils enrôlaient leur main-d'œuvre chez les Portoricains.

Il fallait oublier d'être gentil pour protéger le matériel et récolter chaque jour les milliers de pièces dans des grands sacs de toile. Les frères Istria venaient de Bonifacio. Débarqués un par un suivant l'habitude, ça leur rapportait plus que de pêcher des langoustes une à une entre la Corse et la Sardaigne.

Joe ne compta pas les billets. Il n'aurait pas aimé que le gagnant comptât s'il les avait perdus. Et le clan y fut sensible. Ils trinquèrent, pourquoi pas, à des affaires communes. Joe connaissait bien New York et ils s'étaient renseignés sur ses attaches avec la grosse boîte d'import-export pour laquelle il plaçait du vin, des alcools.

Le jeu, les vins, les alcools, les machines à sous et les femmes, que voilà un fameux mélange. L'alchimie du diable, car il était bien le seul à faciliter la vie des pauvres humains. Dieu ne leur parlait que de pénitence.

Joe se trouva à l'aise dans la famille des Istria qui vénérait la mémoire de l'Empereur.

Quelque chose venait de se briser entre les Corses de l'import-export et lui. Invité dans la propriété d'Hercule et Horace Valinco, les héritiers du fondateur de la société, il s'y était heurté au culte de Pascal Paoli. Il s'étonna que des Corses se commettent à honorer ce Corse qui livra Bastia, Calvi et Saint-Florent aux troupes anglaises. Un traître renié par les Corses et suspecté par les Anglais eux-mêmes. Joe fut prié de ne pas oublier que Hyacinthe Valinco avait déserté des armées napoléoniennes et qu'on ne pouvait pas considérer comme un être humain un dictateur qui faisait marcher des soldats vingt heures par jour à travers l'Europe sous la pluie, la neige et le soleil brûlant.

— Et la grandeur dans tout ça ? !... Iéna, Eylau, Wagram, Austerlitz, les Pyramides !...

Du calme. Nous étions en 1910, en Amérique, à New York, et les Valinco allaient sans doute devenir les plus grands armateurs de ce quart de siècle. Un gâteau autour duquel Joe pourrait s'attabler au lieu de se quereller à cause d'un astre mort.

Mais justement, chez Joe les rancunes veillaient les morts comme des grands cierges inusables, des épées de lumière de soleil oblique, des regards implacables de grand-duc.

Et il ne mangeait pas de toutes les brioches. Il préférait rompre le pain avec ceux qui partageaient ses haines et, par voie de conséquence, ses amitiés.

Quelques jours plus tard il commença à perdre. En approchant de la première grande salle, Joe n'entendit que le crépitement des balles de ping-pong et il déboucha sur une vingtaine de corps frappant et sautillant autour des dix tables alignées sous la verrière du toit. Des onomatopées sur toutes les gammes établissaient une langue internationale, et Joe longea le mur de briques apparentes en suivant son guide, un Lituanien qui se prétendait russe et polonais, suivant les circonstances, si un profit immédiat en dépendait. Ses reparties en forme de lames de rasoir ne plaisaient pas spécialement à Joe qui craignait toujours d'en faire les frais, ce qui l'aurait rendu plus mal à l'aise qu'une mite sur une ampoule électrique.

Kovno, bien trop malin pour froisser la susceptibilité de Joe, introduisait le jeune joueur super-doué dans « la partie du siècle ». Il trouvait qu'il était immoral de travailler pour rien et prélevait quinze pour cent sur les gains.

Un escalier en colimaçon les descendit dans ce qu'il convenait d'appeler un tripot. Fonctionnel, sans luxe, la boule, le baccara, la roulette et le trente-et-quarante étalaient un matériel suffisant pour gagner et perdre des masses de fric. Les croupiers officiaient en bras de chemise. Les mains épaisses et parfois peu soignées de la clientèle se complétaient par des visages qu'il était conseillé de ne rencontrer que dans des lieux habités et très bien éclairés.

Mais les dollars en rouleaux ou en éventails circulaient sans poser de problèmes apparents. Joe essaya rapidement d'imaginer le genre de job de cette honorable clientèle. Trop rudes pour des notables et trop voyants pour des malhonnêtes. Sans doute des marchands de bestiaux ou de ferraille.

Une ou deux matrones imbaisables jouaient large, tandis

que des petites mignonnes patientaient sur les banquettes. Derrière le bar, un type, décharné comme une botte après la traversée du désert, servait des boissons non titrées qu'on pouvait aussi utiliser comme allume-feu. Il adressa un signe de connivence à Kovno et leur ouvrit la porte basse qui communiquait avec une salle en forme de rotonde.

Quatre hommes attendaient et Kovno leur présenta Joe, le Frenchman, comme le joueur dont il leur avait parlé. Un joueur qui désirait éclairer le tapis à une hauteur sympathique, un joueur à l'honnêteté garantie par Kovno à ses amis. Après quoi, il se retira. La lumière tombait sur la table depuis trois fenêtres hautes protégées par des barreaux. Une issue de secours ne permettait pas seulement de se sauver en cas d'incendie.

D'après Kovno, ces joueurs, des bouseux, des rancheros nouveaux riches, étaient des truffes. Des sanguins venus des grands espaces pour se vider les couilles avec les putes des palaces et se faire secouer le cœur par l'adrénaline du flamb. En repartant ils achèteraient un pendentif à leur honnête femme qui les attendait, le crucifix sur la poitrine.

Venu dans ce tripot avec l'intention de frapper fort et sans doute de repartir à l'aube avec cinquante mille dollars de bénef, Joe portait sur lui toute sa fortune disponible. Il posa deux conditions. L'heure finale de la partie sans prolongation pour les perdants, et la convention qui interdisait à la quinte flush royale de représenter la victoire absolue. Il proposa « la main du mort », la fameuse paire aux dix par les huit de Bill Hickok. Laquelle évidemment, si elle battait la quinte flush royale, serait battue par un modeste brelan. Ils acceptèrent les uns d'un signe de tête, les autres d'un mouvement de pouce vers le plafond.

Ils étaient bavards comme des croix de cimetière et le plus grand retira ses bottes qui semblaient lui serrer le cou.

Les cartes glissèrent pour la première donne et Joe surveillait les mains d'un air amorphe.

Il finit par remarquer une heure plus tard que le joueur de droite au front plissé comme un rideau de scène qu'on relève se grattait légèrement derrière l'oreille lorsqu'il bluffait. Il craignait toujours que ce genre de geste répétitif ne tienne lieu de code entre des complices. Mais il gagnait et rien n'était plus rassurant que l'amas de dollars qu'il comprimait sous un lourd cendrier.

La nuit parvenait au milieu de sa noirceur lorsque le cendrier de Joe comprima de moins en moins de billets tout en s'emplissant davantage de mégots. Au jeu, et en particulier au poker, la perte ressemble à un effritement par fissuration. Ça vacille, ça tremblote vers le haut alors que la base, les jambes, semble encore solide.

Joe ne comprenait pas. Ses mises, tour à tour, l'abandonnaient pour d'autres mains comme une femme qui vous laisse en face d'un placard vide et d'un petit mot sur la cheminée.

Il essaya même l'as du Greco du geste discret de l'index, mais l'as demeurait seul au milieu des quatre autres cartes disparates.

Un des joueurs perdait encore plus que lui et s'acharnait en relance vertigineuse pour se refaire. Joe avait suivi pour voir et il avait surtout vu le carré ou le full aux as du débotté d'en face. Il n'allait quand même pas se résoudre à enlever ses chaussures pour colmater la brèche.

Les autres dévoraient des steaks entre des tranches de pain avec une épaisseur de moutarde forte qui embuait à distance les yeux bleus de Joe.

Ils rotaient en alignant les canettes de bière et Joe n'osait plus consulter sa montre. Les barreaux des fenêtres se découpaient déjà sur le combat perdu de la nuit contre l'aube. Il ne voulut pas perdre totalement le sien sans provoquer la chance en poussant son tapis.

Il avait trois sept qu'il palpait entre ses mains manucurées et des doigts crevassés aux ongles rétrécis alignèrent trois huit. Il sortit sa montre de gousset. Une pièce de vingt dollars-or reliée par une chaînette en platine à cette montre extra-plate d'une indéniable élégance. Ils crurent qu'il voulait la monnayer pour continuer la partie. Mais les aiguilles indiquaient, à dix minutes près, qu'il était l'heure pour le plus balèze de rechausser ses bottes.

Il restait juste à Joe de quoi s'offrir un café et un beignet aux pommes. Il n'en ressentait aucune angoisse mais une sorte de suprême détachement. Une légèreté qui l'escortera toujours et à son oreille ce murmure, cette voix de l'inconscience l'assurant que rien n'avait vraiment d'importance en dehors de l'envie de se refaire.

La montre extra-plate rejoignit la poche du gilet fantaisie. Quelque quatre-vingts années plus tard, elle habitera le gilet de smoking de son fils José au hasard d'une soirée plus habillée qu'une autre.

Corses susceptibles recherchent cuisinier chinois indélicat

Une idée secrète, sans doute même assez mauvaise, l'empêcha de tourner les talons à ce tripot. Ses partenaires disparurent par la sortie de secours tandis qu'il franchissait la porte basse qui ouvrait sur cet empire rustique du jeu.

Si ce n'était avec sa petite fortune perdue, il n'avait rendez-vous avec personne. Sa maîtresse, une barmaid blonde du genre à pousser un cardinal à se shooter dans un tabernacle, allait et venait à sa guise entre son appartement de la Troisième Avenue et son bar à usage exclusif de whisky. En se croisant il leur arrivait de s'étendre sans jamais se parler d'amour. Les serments, paralysés quelque part comme les jambes d'un explorateur dans du sable mouvant.

Le tripot tenu par des Libanais aspirait de la monnaie vingt-trois heures sur vingt-quatre, se laissant la vingt-quatrième pour ramasser les mégots et les papiers de chewing-gums.

Joe traînait ses guêtres blanches entre les tables et il s'attarda finalement devant celle de la boule. Il nota une fréquence de deux tiers contre un tiers sur la partie gauche de la table. Deux fois sur trois la boule affectionnait ce secteur. Il se recula et se baissa pour une vision du bord de cette table à hauteur de son œil de dessinateur. Il se persuada qu'une cale invisible d'une infinie minceur existait sous un des pieds de la table. Il suffisait de la changer de place à l'heure de la pause pour modifier le secteur gagnant. Que la banque du tripot rafle les mises perdantes d'un côté ou de l'autre, l'arnaque restait la même.

Par association d'idées Joe se mit à penser que Kovno en croquait et qu'il s'empiffrait aussi rayon poker. Les quatre soi-disant bouseux étaient des compères et Joe marcha lentement dans la rue pour que l'air frais du matin l'aide à se remémorer la partie. Revoir défiler les relances, les regards comme un joueur d'échecs divise son cerveau en cases pour revisionner sa tour de H1 à H3 et qu'il aurait dû pousser en H4.

Toujours le même qui relançait excessif pour placer Joe dans l'œil du cyclone. Avec les deux autres qui attendaient sur parole et lui laissaient l'engagement ou pas. Un travail de pierre ponce qui l'avait usé à la douce sans éveiller sa méfiance. Une méfiance d'ailleurs endormie par la flûte charmeuse de serpent du Lituanien.

S'il venait de payer pour voir, Joe venait aussi de payer pour apprendre. Un peu cher à son goût mais l'expérience ne s'achetait pas en solde. Il pénétra dans son appartement tout en souhaitant de ne pas y trouver sa blonde et, dès qu'il constata qu'elle n'y était pas, il se sentit beaucoup trop seul, avec une soudaineté qu'il n'aurait, même pour sauver sa vie, su expliquer à personne.

Il explora toutes les poches de ses costumes car il oubliait parfois des dollars à droite et à gauche. Il en découvrit une vingtaine entre ses poches et le tiroir de sa table de nuit. Ce qui lui donna l'occasion d'y contempler son Smith et Wesson en acier bleu.

Le flingue posé là, petite masse immobile, semblait déjà savoir que la main de Joe ne se resserrerait pas autour de sa crosse pour partir en guerre. Les héros de l'Ouest n'agissaient seuls que sur un écran ou entre les pages d'un roman. Et Joe était dans la vraie vie, dans cet appartement meublé impersonnel, au centre d'une ville monstrueuse pleine de loups en costume cravate et d'hyènes, genre Kovno, le petit manuel du parfait détrousseur en bout de griffes.

Joe se savonna les mains, les brossant à n'en plus finir, passa un costume violine et piqua droit, sans hésiter, sur les frères Istria.

— Faut toujours remonter à la source, lui répondirent les hommes de Bonifacio.

Enfin un peu de bon sens, pensa Joe tout en se réjouissant du choix qui consistait à isoler Kovno dans un endroit tranquille pour lui proposer de dire la vérité, entre gens de bonne compagnie, ou bien de continuer à nager en eaux troubles avec les poissons de l'Hudson par cent mètres de fond. Le *Titanic* venait de sombrer, engloutissant mille cinq cents passagers. Avec Kovno, Dieu n'accueillerait au pire qu'un noyé de plus. Joe pensait qu'il ne serait pas responsable de la baignade de Kovno puisque le Lituanien pouvait se garder au sec en avouant son arnaque.

Ce que choisit évidemment ce petit futé qui avait déjà entendu parler de ce cimetière en eau douce, chaque corps debout, les pieds statufiés dans cinquante kilos de béton, avec, pour certaines dames, les cheveux ondulant dans le courant. Débarqué de sa Lituanie désespérante avec des rêves de vie confortable, il n'envisageait la mort que le plus tard possible, et de préférence pendant son sommeil. Il lui arrivait même de dire : « Si elle s'avise de frapper à ma porte, j'aimerais autant ne pas être là. » Il remboursa l'argent que Joe avait perdu contre les faux bouseux qui étaient en réalité des super-pros écumeurs de chercheurs d'or, et de certains dandys se prenant pour des joueurs de poker.

Kovno remit deux petits diamants, qu'il prétendit d'eau pure, aux Portoricains qui l'avaient secoué sur les ordres du clan Istria. Mais les Portoricains n'étaient pas experts en calibrage de diamants. Ils les acceptèrent donc provisoirement avec une lueur de doute dans leur regard jaune, ce qui déclencha chez Kovno une prière vers le Dieu des bijoutiers pour que les diamants soient blanc-bleu.

Les frères Istria déposèrent les deux étoiles sur leur fond de papier noir devant Joe. Il émergeait de l'attente. Une angoisse progressive qui lui avait tire-bouchonné l'estomac en tardifs regrets d'avoir déclenché ce genre d'opération. Il ne mesurait, comme toujours, l'importance des conséquences qu'une fois les actes accomplis. En face des aspérités scintillantes, un triomphe enfantin le dénoua et l'emplit d'une force qui appartenait aux autres. Ce fut son premier contact avec les diamantaires. Il assista à l'expertise. La loupe, les palettes perforées, la dureté qui rayait le verre ou non.

Il vendit en récupérant ses pertes à cinquante dollars près et en profita pour acheter du matériel d'expertise de diamants dans une officine tenue par un frère et une sœur, des Moldaves capables de vendre un ours polaire à un fleuriste.

Avant d'aller se gonfler d'importance devant Kovno pour savoir si en le regardant un peu mieux il le prenait toujours pour un pigeon, il demanda aux Istria ce qu'il devait pour « service rendu ».

Rien. Vraiment rien ?... C'était moins que peu, sauf... sauf l'arbre qui cachait une forêt tapissée de maléfices, sauf un engrenage qu'il faudrait alimenter en grains sous peine d'être broyé soi-même, sauf un escalier, lequel au lieu de se rapprocher du Créateur descendait droit vers la rôtisserie de Satan.

Puisque, d'après Joe, le tripot tenu par les Libanais ressemblait davantage à une industrie de plumage de volaille qu'à une transparente maison de jeux de hasard, il devait donner aux frères Istria les moyens de s'inviter à ce festin.

Les Libanais, père et fils, n'étaient que deux. Les frères Istria étaient cinq. De quoi convaincre un quinquagénaire et son fils, déjà amoindri par l'engraissement, d'entrer en conversation.

D'après Joe, du moment qu'on trichait à la boule en décalant la table, on le faisait certainement au baccara en truquant par avance les jeux de cartes soi-disant neufs. Il suffisait d'un point imperceptible au dos du neuf. Et en démontant la roulette on devrait démasquer un système d'aimantation de la boule sur un quart préférentiel du cylindre.

Joe paya donc sa dette en renseignant ses amis et en se répétant un peu trop souvent que le reste ne le regardait plus.

Et que, d'ailleurs, l'opération ne pourrait ressembler qu'à un loukoum se diluant dans la gorge. Une affaire paisible, onctueuse.

Mais les Irlandais, que les Libanais payaient pour assurer leur protection, ne donnaient pas dans la confiserie. Ils étaient partisans du travail bien fait pour sauvegarder l'éthique de leur profession de porte-flingue. À l'annonce des premiers échanges de balles qui n'étaient pas, cette fois, des balles de ping-pong, Joe s'affola.

Il aurait dû, à cette occasion, prendre acte du fait qu'il n'était pas taillé pour ce genre de fréquentations.

Et voilà que d'une partie de poker on enchaînait sur des fusillades, des corps balancés dans des poubelles. Si seulement il n'avait jamais rencontré ce Kovno. Si seulement il avait accepté la perte de son fric, il aurait pu en regagner facilement au lieu de confier ses intérêts à des dangereux. Et maintenant, si la police remontait jusqu'à lui ?... Il pensa à Simon et à Antoine, ses frères honorables qui regarderaient, hébétés, sa photo dans le journal. Et, au-dessus d'un numéro de matricule, on a toujours une mine patibulaire.

Il ne sortait plus de chez lui et ne se rasait plus. Déjà avec les Calabrais, il avait effleuré les emmerdes en se mêlant de ce qui ne le regardait pas. Pourquoi avait-il prêté de l'argent pour le passage clandestin de gens qui ne lui étaient rien ?

À cette heure il se trouvait dans la peau d'un type qui, pour éviter de glisser sur une peau de banane, se félicite de faire un écart et tombe dans une bouche d'égout ouverte. Sa blonde explosive jugeait que « le petit chat avait mauvaise mine ». Il en oublia la nuit de mettre son fixe-moustache. Les cheveux qu'il perdait à plein peigne, dès le matin, empêchaient, pour lui, le jour de se lever.

Il pensa à se protéger en rejoignant ses frères à Richmond, mais la révolution mexicaine qui sévissait l'en dissuada. Ils avaient eu raison sur toute la ligne contre lui et il ne voulait pas baisser la tête comme un gosse qui a vidé tous les pots de confiture. Sa Mexicaine devait guerroyer avec sa famille dans les rangs de Madero contre Porfirio Diaz, et les vingt mille soldats américains massés à la frontière annonçaient un arbitrage musclé.

Le plus jeune des Istria se pointa un soir pour avertir Joe que le moment d'agir était venu. Agir ?... Il espérait l'oubli et on l'inondait de projecteurs. Il aspirait tellement à se sentir rassuré que deux phrases lui suffirent.

La protection des Irlandais n'était plus qu'un parapluie retourné par la tempête. Et les Libanais étaient mûrs pour qu'on soulage leur conscience. Jusqu'à présent ils avaient triché pour eux. Dans l'avenir ils tricheraient au profit des hommes qui avaient découvert cette saloperie de défaut. En partant du principe que la vilenie partagée pèserait moins lourd pour chacun.

Joe reprit de l'importance aux yeux des frères Istria à chaque mise au jour par lui des pièges libanais tendus à la clientèle. Tout devrait donc continuer de fonctionner comme avant, avec un changement d'aiguillage sur la direction que prendraient les bénéfices.

Seigneuriaux, les Corses réservaient un couloir de vingt pour cent pour les propriétaires du tripot. Ils ne tenaient même pas à le racheter, laissant les Libanais en assumer la responsabilité. Une manière de ne pas se mouiller qui rendit à Joe toute sa confiance dans l'avenir. On lui abandonna le fief du poker, l'organisation des parties dans la salle arrondie qui avait connu son Waterloo.

Sans oublier qu'à Waterloo l'Empereur avait été trahi par Grouchy et d'autres, las de guerroyer et qui ne cherchaient plus qu'à profiter de leurs palais et de leurs femmes. Et, pour les conserver, mieux avait donc valu traiter directement avec l'Anglais.

Les Istria installèrent des baraques à sous dans la salle de ping-pong et ils se retrouvaient souvent avec Joe pour déjeuner chez un Chinois en parlant des lendemains clinquants.

Joe écrivit à ses frères, avec des pleins et des déliés, qu'il était propriétaire d'un cercle du meilleur standing, associé à des gens de chez nous. Des Corses à l'esprit d'entreprise.

Simon lui répondit en espérant qu'il s'agissait du pur

respect des lois et en lui demandant ce qu'il comptait faire pour régulariser sa situation. Joe ne devait pas oublier qu'en cette année 1912 il avait eu vingt-neuf ans, qu'il était toujours de nationalité française. Il était donc insoumis en regard du service militaire national. À moins qu'il ne se décide à prendre la nationalité américaine. La chose serait aisée puisque son père, sa mère et ses frères étaient citoyens américains.

La perspective lui déplut et, comme il en avait assez de recevoir des leçons de la part de ses aînés, il rédigea une lettre en termes emphatiques pour leur rappeler qu'il était corse, c'est-à-dire français, et qu'il n'envisageait pas de le renier. Ce coup de clairon le rétablit dans une ligne de conduite. Car une peur secrète de l'avoir perdue le contrariait. Il plaçait sa conscience sous un éteignoir plus grand qu'un chapeau mexicain et cette petite veilleuse s'obstinait à rougeoyer. Il se félicitait pourtant d'avoir sagement évité de demander aux Calabrais d'intervenir contre Kovno à cause de leur bestialité. Tout en oubliant que l'équipe d'Istria avait perforé d'impacts de 12 mm des Irlandais après avoir conduit Kovno à penser que sa vie ne tenait plus qu'à un fil.

Kovno savait compter. Ce fil, dans ces moments-là, valait un prix fou et les choses s'étaient arrangées au mieux pour le sommeil de Joe.

Il ne restait plus qu'à se réunir rituellement chez le Chinois en jouant des baguettes.

Le clan Istria s'agrandissait parfois d'une tablée voisine. Des Corses qui ne bossaient ni dans l'import-export, ni dans les baraques à sous, ni, semblait-il, dans aucun commerce dont on puisse parler à voix haute. À jour fixe, le lundi d'après ce que Joe avait pu remarquer, des jeunes femmes les accompagnaient. Ils donnaient dans la couleur. Des Asiatiques, des Africaines ou bien alors une rousse à la peau si blanche qu'elle faisait penser à un masque pour soirée vénitienne.

Les deux groupes échangeaient quelques banalités. Le plus grand des discrets, un noueux, un mal équarri, était natif du Niolo, la vallée corse des joueurs. Il fut recommandé à Joe de ne pas poser de regards insistants sur leurs femmes et de ne pas les brancher sur le poker non plus.

En commun il fallait se contenter de plaisanter le patron du Chinois, lequel acquiesçait à tout dans toutes les langues, pourvu que les additions s'allongent. À cause de son air faussement ensommeillé ils le surnommèrent « Face de lune dormante ».

La descente de police eut lieu vers la fin d'un repas de midi et ne sembla pas concerner la clientèle. Les uniformes alignèrent le personnel de la salle contre le mur du bout de leur longue matraque. Gentiment. Pas bouger. Tandis que les chapeaux mous au bord assez large, un peu cassé sur le côté, envahissaient les cuisines.

« Face de lune dormante » avait eu la bonne idée de s'absenter, ce qui lui épargna le spectacle des rats que les flics alignèrent sur le comptoir. Ils venaient de la chambre frigorifique, soigneusement écorchés et suspendus à des crochets, prêts à passer pour des émincés de veau à la sauce piquante.

Depuis des mois, « Face de lune dormante » faisait déguster du râble de rat aux Corses. Comme il avait dû se marrer en déposant ces délices sur leur table. Il triait peut-être aussi les charançons du riz cantonais avant que de le cuire.

Les regards des Corses s'assombrirent. Même celui de Joe virait à la mer du Nord. Ils s'en étouffaient. Alignés devant les rongeurs, ils étaient unis par une question muette mais plus envahissante qu'un nuage de sauterelles.

Où pouvait bien se planquer en cet instant cet enfant de cochon qui les avait humiliés de la sorte ?...

Les flics l'ignoraient aussi. Ils se contentèrent d'embarquer le personnel évidemment complice. Au passage le Corse rustique du Niolo assena au cuisinier un coup de tête qui lui amalgama le nez et la bouche dans un hachis de cartilages. Capable de redescendre de ses montagnes du Niolo avec deux mouflons en travers de ses épaules, il souleva le cuisinier pour le projeter contre un mur lorsque la bouche du lieutenant de police hurla à son oreille de « lâcher cet homme ».

Ce qu'il fit en le laissant choir à ses pieds comme une serpillière. Tous les gentlemen présents furent alors priés de ne pas se faire justice eux-mêmes et d'utiliser plutôt leurs loisirs à passer des tests médicaux de dépistage, les rats ayant la solide réputation de transmettre un éventail de saloperies de maladies. Dont la peste. Être venus d'aussi loin pour se faire contaminer par ce fils de pute de Chinois. Et, dans le meilleur des cas, être obligés de reconnaître qu'on les avait pris pour des sous-hommes.

Un vote à l'unanimité des plus démocratiques décida de la mort du patron de ce restaurant sur lequel les autorités venaient d'apposer des scellés. Trouver d'abord le responsable et le faire flamber ensuite. Ou bien le pendre. Ou bien le cribler de balles. Ou bien le noyer... ou bien lui faire bouffer du rat.

Quelqu'un émit l'idée qu'il aimait peut-être ça. Ulcérés dans leur orgueil, les Corses mystifiés n'osaient reconnaître que les émincés de veau, parfois à la groseille, de « Face de lune dormante » étaient succulents.

Ce qu'ils avaient fait. Ils en avaient redemandé. Le souvenir de leur gourmandise alimenta leur haine. Les affaires courantes furent délaissées. Les deux équipes de Corses fusionnèrent pour cette vendetta culinaire. Au menu, le bridé. Les armes étaient de rigueur. Joe, qui ne portait que des bretelles pour que son pantalon se tienne mieux au-dessus de ses chaussures, se trouva contraint de sangler une ceinture pour soutenir le poids de son Smith et Wesson.

Rien ne ressemblait davantage à un Chinois qu'un autre Chinois. Ils étaient sans âge. Le fuyard n'avait ni rides, ni bouc, ni aucun signe distinctif, et tous les Chinois que Joe et ses amis dévisageaient ressemblaient à la description. Des regards inexpressifs et des mouvements polis de la tête en signe de dénégation quand on leur demandait s'ils connaissaient ce pourri de restaurateur.

Ils le cherchaient sur les docks, dans les hôtels du pouilleux au palace, chez les blanchisseurs et, évidemment, dans Chinatown. Là on touchait au délire. Des dizaines de milliers de « Face de lune dormante ». Ils en avaient coincé et relâché plusieurs. Joe, dans la crainte d'une obligatoire méprise, s'abstenait. Il se laissait plutôt remorquer dans cette aventure. Son tempérament se serait contenté d'insulter le coupable, d'éructer sous son nez.

Des renseignements contradictoires tombaient sur l'entreprise des baraques à sous. À en croire leurs informations, les Corses auraient dû sillonner tous les États, plus le Canada, sans parler de l'Amérique du Sud. Et pourquoi, apeuré, le Chinois ne serait-il pas retourné tout simplement en Chine ?... Dans l'ordre des difficultés il s'avérait encore plus aisé de trouver un avare décontracté que de débusquer un Chinois en Chine.

La surveillance autour de son restaurant fermé ne donna rien et des diamantaires juifs que Joe s'était mis à fréquenter, des joueurs d'échecs dans des vieux bistrots de la ville, lui conseillèrent d'aller traîner ses cravates Régence et ses chemises amidonnées du côté de Harlem. Un quartier en pleine mouvance, un lieu de bifurcation, un brin de snobisme, une petite Russie mitoyenne des rescapés africains du coton. Et des Chinois bien entendu, et des écrivains bafouant les riches et des peintres nostalgiques de la Hollande, et des anciennes putes devenues bourgeoises et des jeunes putes travaillant pour les flics, et des joueurs cherchant à apprivoiser la chance, en bref, un quartier tout à fait capable d'offrir une étape à un homme traqué.

Et un quartier qui donna envie à Joe d'y rester dès qu'il posa son regard bleu sur ses différences délirantes.

Il se surprit à en oublier la recherche du restaurateur. Les tests médicaux s'étaient révélés négatifs, mais la rancune des Istria et des autres ressemblait toujours à un glaive pointé haut.

Assailli par de nouvelles impressions, Joe subissait sa capacité d'occulter ce qui, hier à peine, lui capturait l'esprit. Un hôtel choisi au hasard devint son domicile et il en oublia l'adresse de l'appartement qu'il partageait avec sa barmaid.

Avait-il vraiment connu les frères Istria ?...

Avait-il vraiment bouffé du rat et cherché le restaurateur pour le tuer ?... Seule la vision du Smith et Wesson posé sous la lampe de sa table de nuit ovale lui renvoyait encore quelques reflets de cette vendetta.

Il déambulait dans le quartier noir qui n'occupait que le centre de Harlem, avec tous ses dollars dans une poche de poitrine et un jeu de cartes. Les regards lumineux des enfants noirs semblaient dévorer leurs visages. Une multitude de petits négoces grouillaient encore tard dans la nuit, bordés au nord par la petite Russie, se heurtant aux Portoricains et Italiens à l'est, et englobant à l'ouest les bords de Saint-Nicolas Avenue.

Il déambulait, ne cherchant rien ni personne, regardant seulement les gens et les choses avec ses journées lisses déroulées devant ses pas.

Les reins des femmes se creusaient à la naissance des croupes drapées dans les étoffes violentes à vous chauffer le sang comme un plat trop épicé.

Joe déchiffra la pancarte d'assez loin : FOR SALE. Et elle lui apparut plus grande qu'elle ne l'était en réalité. Elle l'immobilisa, l'épingla comme un papillon sur un bouchon de liège. Il n'entra pas. Il regarda d'abord à travers une fenêtre divorcée d'avec les laveurs de carreaux. D'après ce qu'il put en juger, un bar doublé d'une petite restauration. Le total épousait l'angle d'une rue étroite et d'une plus large.

Il poussa la porte. Une négresse, profil aigu de médaille, servait des œufs sur le plat et des litres de café à une tablée d'Antillais qui parlaient dans leur langue. Joe apprit plus tard qu'ils refusaient en certaines occasions de parler anglais pour ne pas être pris pour de vulgaires nègres.

Derrière le bar un Blanc aux gestes lents servait en pensant à tout sauf aux verres qu'il remplissait.

En face de Joe, homme de race blanche, il entrouvrit les

vannes de la confidence. Non, ce n'était pas lui qui vendait le bar mais la propriétaire de l'immeuble.

Oui, il en avait marre car il avait progressivement abandonné tout espoir de voir les Blancs conserver leur prépondérance à Harlem. Surtout depuis que les mariolles cubains, portoricains, jamaïquains et tout ce que les Antilles pouvaient enfanter s'installaient en se croyant supérieurs.

Et si Joe, jeune homme élégant, s'intéressait à l'achat de ce coupe-gorge, il devait savoir que les Antillais étaient plus tortueux qu'un tire-bouchon. Les Africains les appelaient « les juifs de la race noire ». Ils élevaient le niveau et voilà pourquoi, précisa le barman, les Blancs n'avaient plus d'avenir à Harlem.

— Comprenez-moi... dès qu'un Antillais à dix *cents* de plus qu'un mendiant, il lance une affaire.

Joe répondit que le principe faisait partie de la tonicité américaine. Theodore Roosevelt, atteint d'une balle en pleine poitrine au cours d'une campagne électorale, avait poursuivi son discours dans le Wisconsin, debout, pendant quatre-vingts minutes : « Chers amis, je vous prie de bien vouloir faire le moins de bruit possible, j'ignore si vous réalisez que l'on vient de me tirer dessus, seulement il en faudrait plus pour m'empêcher de dire ce que j'ai à dire. » Il ajoutera plus tard : « ... En agissant comme si je n'avais peur de rien, j'ai fini par ne plus avoir peur de rien. »

Voilà pourquoi Joe aimait l'Amérique, sauf quand un Chinois y cuisinait des rats.

Consulté sur ce sujet, le barman de ce bar à vendre, un Prussien dont les favoris rejoignaient les commissures des lèvres, prétendit que les rats et les chats avaient sauvé de la famine beaucoup de villes assiégées, et qu'il convenait de parler de cette nourriture noble avec un certain respect. Et que, avant de croire absolument que l'Amérique n'était peuplée que de spécimens de race humaine, Joe ferait bien d'aller discuter avec la propriétaire de l'établissement.

Non, ce n'était pas l'Africaine qui servait. Elle, on l'exploitait tout comme lui. Joe devrait monter au deuxième étage de l'immeuble, sonner à l'unique porte du palier tout en évitant d'attendre en face de la porte.

À l'annonce d'une négociation difficile, Joe s'employa à se munir des meilleures cartes possible. La négociation était un combat qui lui allait bien, car il ne dépendait pas d'une violence qu'il ne savait jamais imposer jusqu'au bout. Sa violence à lui ressemblait à ces éclats de verre brisé dans un fracas et immédiatement inutilisables.

Il séjourna dans le bar jusqu'à ce que le Prussien et l'Africaine déballent tout ce qu'ils savaient sur leur propriétaire. Déjà un surnom : Pig Foot Mary. Et une avalanche de péripéties en comparaison desquelles la vie d'Abraham Lincoln ne fut qu'un long fleuve tranquille.

Joe écoutait en se référant à sa culture consistant à réciter des fables de La Fontaine et, accessoirement, des poèmes d'Hugo. Surtout ceux qui détruisaient Napoléon III qu'il détestait pour avoir usurpé la gloire du Premier.

« Va, cours, vole et pille
Voilà de l'or et des filles
Petit petit, Petit petit. »

Pour l'heure, dans ce bar embué de Harlem, l'actualité s'en tenait à la fable du Corbeau et du Renard. À seule fin que Pig Foot Mary ouvre un large bec et laisse tomber son pied de porc.

Il fut vrai que la porte s'ouvrit vers l'extérieur avec une force ne laissant debout que les visiteurs dignes d'en franchir le seuil. C'est-à-dire assez costauds pour rester debout ou assez malins pour éviter le choc.

Le corps monumental de Pig Foot Mary apparut, surdimensionné par une robe à carreaux bien amidonnée. En face de Joe, debout et serein, elle le rangea dans la catégorie des petits malins.

Il convenait donc de se méfier de cet élégant venu lui acheter le bar situé au rez-de-chaussée de cet immeuble qu'elle possédait dans sa totalité. Encore capable de monter un sac de charbon de cent kilos jusqu'à ses fourneaux, elle n'allait pas se mettre à finasser avec ce petit Blanc.

Alors, qu'il commence par se magner le cul en étalant ses dollars sur la toile cirée orange de cette table et, s'il n'était pas homme à porter tous ses dollars sur lui, à l'image des pionniers, la rudesse du quartier le réduirait à un trognon de pomme.

Joe avait les dollars sur lui, non pour jouer au pionnier, mais pour s'appuyer sur la puissance de l'argent liquide. Comme au poker. Pas de jetons. La force visuelle de la monnaie. Il aligna les rectangles. Elle ne savait ni lire ni écrire mais elle savait compter. Nom de Dieu, est-ce que ce petit jeune homme s'imaginait qu'elle allait vendre une affaire en or la moitié de son prix !...

Le regard bleu de Joe protesta contre cette méprise. Il portait trop d'admiration à cette femme qui après avoir gagné cinq dollars en avait dépensé trois pour acheter une planche sur deux roues, une grande bouilloire et, avec les deux autres dollars, des pieds de cochon qu'elle y faisait cuire.

Elle tenait cuisine près de la 66e Rue et, dès les premiers bénéfices, elle ajouta de la tripaille, du maïs et de la tête de porc. Guidée par une seule religion, l'économie, elle économisait, investissait dans du matériel pour économiser davantage. Elle avait suivi ses clients venus prospérer à Harlem et quitta la rue pour travailler sous le couvert d'une boutique de dix mètres carrés.

Aujourd'hui, ses propriétés s'évaluaient à quatre cent mille dollars et Joe affirma qu'un itinéraire allant de cinq dollars à quatre cent mille dollars, dans un laps de temps aussi court, était celui d'une sorte de championne, et qu'il était bouleversé de se trouver en face d'une telle championne pour lui acheter son bar. Il l'assura de toute sa compréhension, venant lui-même d'assez loin après avoir été dépouillé par une marâtre.

« Si votre ramage ressemble à votre plumage, vous êtes le phénix de ces bois. »

Pig Foot Mary se mit à penser qu'il ne manquait plus tellement de dollars que ça et que ce merveilleux petit French man avait raison de vouloir changer la clientèle du bar, ces vendeurs de boutons de bottines ou de verroterie pour sorciers de village transplantés.

Et comme il lui parlait bien de l'associer à la plus-value de l'affaire après avoir rénové le mobilier et la décoration du bar, et l'avoir fortifié en y installant des jeux pour ponctionner les bourses.

Une secrétaire établit sur-le-champ un bref accord écrit qui permettait déjà à Pig Foot Mary de rafler les dollars toujours étalés sur la table d'un geste précis de sa main épaisse comme un moule à gaufre.

Joe était d'ores et déjà libre de conserver à son service le couple de fainéants qui bossaient dans le bar ou de les foutre à la porte ce jour même.

Du sang sur les costumes de lin

Pour changer une clientèle il suffit de fermer et de rouvrir en annonçant autre chose. Et surtout d'augmenter les prix, pour voir entrer des chaussures mieux cirées et pour ne plus avoir à balayer de la sciure de bois arrosée de jus de chique.

Au-dessus de la porte, en lettres rouges avec un brin de relief en trait blanc :

LE FRANÇAIS

Parce qu'il était le seul Français à tenir un commerce à Harlem, et qu'il chercherait souvent à être unique.

Le patron confectionna lui-même une spécialité de pâtes aux fruits de mer et de calamars à l'armoricaine. Le patron tenait lui-même la partie de poker nocturne de l'arrière-salle. Le patron ne proposait que les meilleurs vins.

Et celui qui cherchait à traiter hautement une jolie femme venait lui faire déguster, chez le Français, une viande soyeuse et lui chauffer le sang à l'aide d'un grand bourgogne. Et d'autres clients sans femme venaient admirer les femmes des autres.

Dès 1913, la création d'un impôt sur tous les revenus, quelle qu'en soit l'origine, freina un peu la prospérité naissante de Joe. N'étant pas homme à amasser, il ne se mêla pas au concert des mécontents qui qualifiaient la loi d'agression à main armée. Son personnel le préoccupait davantage. Il n'arrivait pas à le garder. Renseignements pris, il payait barmaid et serveuses plus que partout ailleurs. Il intervenait souvent dans leur vie privée pour les aider à l'occasion d'un décès, d'une maladie.

Et elles lui claquaient la porte au nez à en faire péter les vitres. Ce n'était cependant pas pour quelques petites réflexions anodines... Qui prendrait des phrases humiliantes, des reproches injustes, pour des réflexions anodines ?...

Il avait le réveil de la sieste des plus sombres. Se prenant à siffloter en poussant la porte du bar, il était submergé par un brusque sentiment de colère inexplicable dans le temps que la porte se referme.

Et là, un verre oublié sur une table, ou une bouteille mal alignée derrière le comptoir, ou un cuivre moins brillant, ou la porte du fond entrouverte, ou encore une imperceptible tache sur un tablier suffisaient à déclencher une série d'apostrophes mordantes, dégradantes, qui débordaient de sa bouche.

Autant de blessures ouvertes dans le cœur et l'âme de ce personnel déstabilisé, incapable de comprendre pourquoi un homme si généreux déversait autant de haine. Ils le quittaient en regrettant de ne pouvoir s'en empêcher.

Pig Foot Mary disait que Joe s'en tirait au meilleur compte car elle l'eût volontiers trempé dans sa marmite avec ses pieds de cochon s'il s'était avisé de lui manquer de respect à l'époque où elle officiait. Et elle ajouta : « Même aujourd'hui. »

Il trouva enfin une Yougoslave pour le supporter. D'une mauvaise foi chronique, il se servit de son exemple pour démontrer que les autres mécontents n'étaient que des hommes et des femmes incapables de s'entendre avec un patron raisonnable.

Aveuglé par la satisfaction de soi, il ne s'aperçut que deux années plus tard que la Yougoslave le volait. Elle ne piquait pas dans la caisse. Elle innovait en achetant une bouteille de whisky dans un magasin et en l'écoulant à coups de petits verres, encaissant pour elle-même trente fois le prix de la bouteille. Elle faisait du commerce sans avoir à payer ni patente, ni impôts, ni aucun des frais fixes du bar.

Et on n'aurait même pas pu l'accuser de vendre la marchandise de Joe en détournant l'argent. Elle le volait subtilement et cette finesse de vue la rendait insensible à ses insultes. Il y a des compensations plus jouissives les unes que les autres.

Ce joueur, cet oiseau de nuit, ne s'endormait pas à l'aube. Il la vivait. En saison froide, il marchait dans les rues vêtu d'une chaude pelisse, attentif aux bruits de l'éveil, saluant les petits métiers des débuts de journée car, au bout de ses contradictions, il était socialisant.

Sous les températures plus douces, il restait au seuil de son bar en bras de chemise et gilet fantaisie. Il tirait lentement sur un très court fume-cigarette en argent prolongé par une aristocratique cigarette. Il polissait à l'infini entre le pouce et l'index la pièce de vingt dollars-or suspendue par une chaînette à sa montre de gousset et invitait le laitier à boire un café.

Aucune femme ne l'attendait dans son lit pour lui demander où il avait passé la nuit.

N'ayant de fidélité qu'envers le jeu, il optait pour des rencontres féminines de la demi-journée, parce que, solitaire ou non, il passait tous les après-midi dans le lit de sa chambre d'hôtel. L'hôtel le débarrassait des tracas routiniers, le linge, le ménage, et il prenait ses repas dans son bar-restaurant ou bien dans le secteur de la petite Russie pour s'entretenir l'œil à l'estimation des bijoux avec des diamantaires juifs.

Il écrivait à ses frères et regardait souvent les photos des deux enfants d'Antoine dont la femme en attendait un troisième, pour deviner à qui ils pouvaient bien ressembler. Il s'efforçait d'y trouver les traits de Toussainte sa mère, avec cette fierté nichée dans les pommettes hautes.

Au poker, d'une semaine sur l'autre, il gagnait plutôt. Personne ne s'étant encore ruiné, les habitués se regardaient toujours avec bienveillance. Joe remboursait progressivement Pig Foot Mary. Il mangeait, jouait, dormait et ne s'informait que de la politique.

Cinquante mille Antillais venaient de s'infiltrer dans Harlem qui absorbait le flot comme une éponge, et personne ne se posait la question de ce qui arriverait lorsque l'éponge serait gorgée à en éclater. La presser ?... Les exclus ne se manipuleraient pas aussi facilement.

En 1913, il n'était sans doute plus temps d'analyser pourquoi les Blancs très bien nantis laisseraient la place à ce qui deviendrait un ghetto noir.

L'usine à rêves de l'Amérique fonctionnait encore. Pour soixante-quinze dollars par mois, Cecil B. De Mille loua une écurie en Californie, dans un lieu encore inconnu : Hollywood. Il y tourna *Le Mari de l'Indienne,* l'histoire d'une jeune Indienne qui sauva la vie d'un aristocrate anglais, lui donna un enfant et finit pas se suicider.

De 15 450 dollars prévus au départ, le budget atteignit 47 000 dollars car, le premier négatif ayant été détruit, il fallut tourner le film une seconde fois. À ce prix-là on ne pouvait qu'espérer que le deuxième film serait meilleur que le premier. Certains parlaient de septième art, mais l'expérience établira qu'il s'agissait, de toute évidence, d'art industriel.

Ce business balbutiant n'alimenta guère les conversations. Chacun continua à ne s'occuper que de soi, les Noirs à s'habiller de blanc avec des plis de pantalon fins comme des rasoirs, et les Grecs à s'habiller de lin.

Joe évitait d'attarder son regard sur les pantalons de cette étoffe qui ressemblaient à deux tubes de chiffon enfermant les jambes. De plus, la couleur n'en était pas franche. Ni blanche, ni grise, ni écrue, ni même la tentative d'être blanche.

C'est alors qu'insidieusement les silhouettes en lin se précisèrent. Surtout en fin de matinée, pour s'interposer entre la réalité du moment et le souvenir d'une relance perdue ou gagnée au poker. Car Joe repassait dans sa mémoire certains passages hasardeux de ses nuits.

Qu'est-ce qu'ils venaient foutre, ces Grecs, reniflant les

deux grosses baraques à sous encadrant l'entrée du bar comme des renards autour d'un poulailler ?...

Le patron de ce bar, ce petit Français bizarre, ce dandy qui cuisinait ou balayait parfois le sol de son bar en sortant du poker, ferait mieux de virer ses deux baraques à sous et prendre celles des Grecs. Parce que celles des Grecs ne distribuaient jamais de jackpot. On glissait cinquante *cents* dans la fente et on voyait s'agiter une pin-up de vingt centimètres de haut. À la fin, si la pin-up s'offrait dans une position suggestive, le joueur avait gagné. Si la pin-up disparaissait dans une trappe, il avait perdu. La machine ne recrachait jamais la monnaie et, d'après les Grecs, ça plaisait beaucoup quand même. Tout était bénéfice. Joe ne devrait donc pas hésiter à virer ses machines et prendre celles des Grecs.

Les conditions ?... non pas 50/50. Soixante-dix pour cent pour les Grecs et trente pour cent pour Joe. Des conditions que beaucoup de bars, hôtels, voire magasins, avaient acceptées, car les Grecs pouvaient s'impatienter.

Si Joe voulait voir son bar haché en petits morceaux de la taille de ses chaussures miroitantes, s'il voulait jouer aux dominos avec ses dents ou faire du tricot le temps que ses os se ressoudent, rien n'était plus facile. Il n'avait qu'à refuser la proposition. En attendant, qu'il réfléchisse pendant deux petites journées et surtout qu'il se renseigne auprès du prétentieux dont l'hôtel avait brûlé la semaine précédente.

Les costumes de lin lui semblèrent encore plus avachis et plus tire-bouchonnés que d'habitude. Son éthique de joueur lui interdisait d'empêcher un joueur d'espérer pouvoir palper un gain à un moment ou à un autre. Et dans ces putains de machines des Grecs, il ne pourrait jamais palper la pin-up en cartonnage articulé qui gigotait pour mieux le voler.

Le Smith et Wesson en acier bleu attendait dans le tiroir-caisse. Dans un western, il aurait dit : « Vous m'avez demandé une réponse... », et il aurait criblé de balles les deux Grecs qui se pavanaient dans son saloon.

Et ce, à titre d'avertissement. Mais là, dans la vie véritable, il regardait son arme sans que sa main lui obéisse et se pose dessus. Il n'était fort que de son talent de négociateur. Fort d'une faiblesse inavouée qui le conduisait à s'abriter derrière quelqu'un tout en se persuadant qu'il ne s'abritait derrière personne.

Il en découlait un oubli des gens qui l'avaient soutenu, un besoin d'effacer sa propre faiblesse. Mais il découvrait toujours une merveilleuse raison pour masquer son retour vers la protection.

Il invita les frères Istria à manger des beignets de farine de châtaigne et des figatelli comme s'il ne s'agissait que de se réunir entre Corses autour de produits corses arrivés en droite ligne de cette île dans laquelle ils se feraient enterrer, à moins qu'ils ne terminent leurs jours au fond d'un océan.

Si Joe ne leur avait guère donné de ses nouvelles après les histoires entremêlées de Kovno, des Libanais et du restaurateur chinois, c'est qu'il attendait de pouvoir les traiter dignement chez lui. Et à ce propos, est-ce que le Chinois découvert dans les égouts, le corps à moitié dévoré par les rats, était bien le même que leur homme ?

Ça se pouvait bien... Ça se pouvait bien...

Il était recommandé de conserver certaines précisions au fond de la gorge, la meilleure garantie contre les indiscrétions.

Est-ce que Joe, à la suite de ces retrouvailles autour des saucisses de foie de porc, cet âpre goût du terroir, n'aurait pas envie d'honorer son bar à l'aide de quelques lucratives machines à sous des cinq frères ?...

Eux qui étaient venus en amis, en éventail comme les cinq doigts de la main.

Rien n'aurait plu davantage à Joe, mais un léger problème avec des Grecs assez venimeux l'obligeait à refuser les machines à ses amis. Dommage, car il aurait même pu les installer dans son arrière-salle de poker en transférant cette salle dans l'appartement libre au premier étage.

Des Grecs pourris rackettant le quartier et qui parlaient aussi de lui imposer un Italien, un tricheur international, dans ses réunions de poker pour plumer quelques nantis dont Joe s'acharnait à maintenir la confiance.

Intolérable. Mais Joe était seul. Pas tellement s'il acceptait que les hommes de Bonifacio désinfectent le terrain comme on le fait pour des cancrelats.

À partir de là, l'éteignoir de la conscience de Joe se mit à fonctionner comme une vieille habitude, comme une manière de se raser en attaquant toujours le poil sur la même parcelle de peau du visage.

Le choc entre les Grecs et les Corses ne le concernait plus et il ne se sentit pas obligé de prêter crédit à certaines affirmations sur de toutes récentes fusillades. Un costume de lin perforé et taché de sang, ça ferait toujours un costume de cette saloperie d'étoffe en moins.

Et les machines à sous des Corses étaient très sympa. Ils en avaient même de nouvelles que Joe ne connaissait pas. Celles qui attiraient davantage de clients mettaient en action une petite grue s'efforçant de saisir un objet et de le lâcher dans une ouverture au bénéfice du joueur. Si la prise glissait, l'objet tombait à côté.

La barmaid le volait toujours scientifiquement et il avait toujours des réveils de sieste aussi dévastateurs.

Le ventre de l'Amérique se gonflait de races et de langages différents. On y buvait de l'espoir et du sang. On y contractait toutes les fièvres et celui qui n'en vivait aucune mourait dans l'indifférence.

INTERDIT AUX CHIENS ET AUX ACTEURS

Des pancartes aux portes des établissements publics de Los Angeles.

Cet eldorado, cette fièvre du cinéma, cette vague encore déferlante de nos jours, enfantait dans la douleur. Les habitants de la ville parlaient de calamité. Mais les enjeux inestimables imposaient déjà leur loi. On tournait partout sans autorisation. On engageait les gens dans la rue.

Un certain Griffith exaltait dans son film *Naissance d'une nation* les thèses du Ku Klux Klan. Et ça défrisait jusque dans le bar de Joe pourtant éloigné de Los Angeles.

Mais le talent du réalisateur annula les critiques sur le thème. On finit par saluer l'artiste, tous les artistes, en séparant la forme donnée à leur sensibilité du propos lui-même.

Un peu compliqué pour Joe qui pensait que pour accomplir son passage sur la terre il ne fallait obligatoirement que baiser, manger et dormir.

Et jouer. Car l'homme devait sans doute déjà jouer des griffes d'ours, assis sur le sol de sa caverne.

L'insoumis

Sarajevo, vous connaissez ?... Et la Bosnie ?... Pas davantage. Même la petite barmaid voleuse yougo, qui était « pourtant du coin » comme disait Joe, ne savait pas où se nichait cette ville dont on parlait depuis le 28 juin 1914.

Pas exagérément. Surtout à Harlem. Il s'agissait de l'assassinat de l'archiduc François-Ferdinand. Un archiduc ?... C'était quoi exactement ?

Pour l'attentat, rien de bien nouveau en Amérique, ce pays dans lequel on brisait la vie des chefs d'État comme des pipes en plâtre aux fêtes foraines. Le détail dont Joe entendit davantage parler tenait au sang-froid de l'archiduc. Il avait pris la bombe du siège de sa voiture et l'avait jetée, de ses mains, dans la rue.

Onze blessés. Cet héritier du trône austro-hongrois s'en était apitoyé à juste titre. Miraculé, il s'était rendu à l'hôpital visiter les blessés. Mal lui en prit car un jeune homme sorti de la foule avait sauté sur la voiture et avait abattu l'archiduc à bout portant ainsi que sa jeune femme, la duchesse de Hodenberg.

Deux morts qui ne semblaient prêter à aucune conséquence en cette douceur de début d'été.

Sans doute parce qu'elles étaient couronnées, ces deux têtes entraînèrent la mort prématurée de cinq millions d'hommes dans les armées alliées, plus trois millions quatre cent mille dans les puissances centrales et la bagatelle de vingt-neuf millions de blessés, tous uniformes confondus.

Il avait suffi d'un jeune lycéen de dix-neuf ans voulant venger les Serbes de l'oppression. Il avait suffi d'un archiduc voulant accorder leur autonomie aux peuples slaves avec le soutien de la Bosnie.

Il avait suffi, dans l'État voisin de Serbie, de la revendication d'un grand État slave englobant la Bosnie et la Croatie.

Les Américains déclarèrent donc qu'ils ne goûteraient pas à cette soupe satanique que des ingrédients par trop insolites rendraient aussi peu facile à avaler qu'un hérisson en colère.

Le président Wilson appela le peuple américain à « être neutre et impartial en actes, en paroles et en pensées ». Antoine et Simon en profitèrent pour signaler à Joe, leur cadet, qu'il n'était pas américain mais toujours citoyen français, insoumis, et néanmoins mobilisable. Qu'avec la guerre son cas s'aggravait d'autant, une loi martiale fusillant les déserteurs.

Un choix à vous perturber au point de vous faire perdre votre culotte autour d'une table de poker. Un tourment lorsqu'on ne peut parler de ça à personne.

Il y avait bien ce colonel de l'armée de terre qui venait souvent déjeuner avec une danseuse noire avant d'aller la coincer entre deux draps. Beaucoup de clients rivaient leur regard sur la cambrure de reins dont les fesses poussaient l'embrasement jusqu'à rester parfaitement rondes même en s'asseyant.

Joe avait du respect pour les galons, les décorations et les titres de noblesse. Il s'informa d'abord auprès du colonel de la future éventualité d'une entrée en guerre de l'Amérique.

Impossible. Un Océan les séparait de cette boucherie et l'espace maritime était neutre. L'Amérique regarderait de loin et, comme toute guerre se termine un jour, l'Amérique participerait à la reconstruction de ce que la connerie des hommes aurait démoli. De la haute conjoncture.

Mais les sous-marins allemands rêvaient de terreur, du moment qu'invisibles ils n'étaient pas du côté des terrorisés. Cent trente Américains moururent dans le torpillage du *Lusitania* parmi mille deux cents autres victimes. Une attaque préméditée qui remit en cause l'entrée en guerre de l'Amérique.

Vivant d'une partie de poker à une autre partie de poker, Joe éprouvait une impression de glissement. Une peur secrète, les vibrations que les animaux sauvages sentent sous leurs pattes. Ce message ancestral qui circule en pleine terre, l'annonce de quelque meurtrier tremblement et même, parfois, une surchauffe de l'air qui leur parle d'un incendie encore très lointain.

Déjà le président Wilson, réélu en 1916, déclarait « Il y a un prix trop lourd à payer pour la paix. Cela s'exprime en une phrase : le respect de soi n'a pas de prix. »

Le colonel de la danseuse en arrivait au slogan : « Si tu veux la paix, prépare la guerre. »

Le Kaiser, toute sa cervelle logée dans l'extrémité de son casque à pointe, applaudissait à chaque paquebot coulé par un de ses U-boat. Ne tablait-il pas sur la conquête des mers pour contrôler les ravitaillements ?

Quant à l'éventuelle entrée en guerre de l'Amérique, il s'en fichait comme de son premier monocle. Il l'aurait gagnée, cette guerre, avant que le moindre cow-boy ne débarque en Europe avec son serviteur nègre. On lui avait raconté que chaque soldat américain faisait nettoyer ses armes et couler son bain par un esclave. Il y aura toujours dans la cour des grands des bouches spécialisées dans les propos qu'ils souhaiteraient entendre.

Le 6 avril 1917, les Américains déclaraient la guerre à l'Allemagne, assaisonnée de cette phrase du président Wilson : « Le monde doit être assaini en vue de la victoire de la démocratie. »

À Harlem, chez Joe, les Noirs disaient que cette affaire concernait les Blancs, et les Blancs ne disaient rien. Surtout ceux d'origine allemande, priés de fermer leur gueule si ce n'était pour crier « Vive l'Amérique ! ».

Le 18 mai 1917, le Congrès ordonna la circonscription pour tous les Américains de sexe masculin âgés de vingt et un à trente ans.

Joe en avait trente-quatre. Il était français et les Français se battaient contre l'envahisseur depuis déjà trois années. Une guerre dont il ne savait pas grand-chose, sauf qu'il aurait dû la faire, mais sa position d'insoumis ne l'encourageait pas à se présenter officiellement.

Son orgueil l'empêchait de chercher conseil auprès de ses frères. L'orgueil, néanmoins, le rendait sensible à sa propre honte. Et un jour que le colonel, partant pour la guerre, payait une tournée qui marquait ses adieux, Joe se laissa entraîner à prononcer des phrases emphatiques sur le patriotisme.

Un genre de débordement qui vous conduit tout droit à vous engager. Ça tombait justement bien. Il parlait anglais, espagnol, italien et surtout français. Et le corps expéditionnaire allait opérer en France. Le colonel pouvait l'introduire comme interprète. Au moins, comme ça, ce ne serait pas Joe qui lui faucherait sa danseuse.

Boucherie
pour végétariens politiques

Ouvriers, pharmaciens, avocats, peintres, médecins, écrivains, voire poètes, commerçants, sculpteurs, industriels, paysans, cuisiniers, instituteurs, boxeurs, coureurs cyclistes, hôteliers, charbonniers, viticulteurs, hommes de nations différentes qui ne se connaissaient pas et qui n'avaient aucune raison de s'en vouloir et qui se jetaient, à l'aube, les uns contre les autres.

Qui sautaient de leurs tranchées avec un quart de rhum dans le nez, traversaient les champs passés au hachoir par les mitrailleuses d'en face, survivaient, pour certains, sautaient enfin dans la tranchée des autres hommes, plongeaient les baïonnettes dans leurs corps, les traversaient, les clouaient contre la terre nourricière, ils n'étaient plus devenus, eux et les autres, que des regards exorbités.

N'étaient plus, eux, les braves gens du temps de paix, que des tueurs, des équarrisseurs, eux, les gentils des réunions de famille sous les ombrages, eux, sensibles à la moindre plainte, devenus sourds aux agonies, aux gargouillements des artères rompues.

Les ordres d'un dictateur ou, bien pire, ceux d'une poignée de professionnels de la politique, des élus du peuple jetant les peuples dans des trous d'obus infestés de rats repus de cadavres, ils avaient donc tous obéi à ces ordres. Et ceux qui donnaient des ordres n'allaient jamais au feu. Ils se contenteraient, plus tard, de prononcer des discours, des « plus jamais ça » devant des monuments aux morts.

Lui, Joe, qui ne semblait avoir obéi à personne, était là malgré tout. En uniforme avec son Smith et Wesson, un jeu de cartes, des dollars et quelques louis d'or, cette monnaie universelle. Il ne pensait plus à son bar de Harlem qu'il avait bradé à Pig Foot Mary. Joueur, il croyait toujours qu'une nouvelle fortune l'attendait à la prochaine donne des cartes.

Il s'était montré à ses frères en uniforme. Ils demeurèrent imperméables à ses harangues guerrières d'autant que Joe n'aurait qu'à traduire des messages d'état-major.

Et il fut sur le front, avec des marmites explosant sur le toit des casemates. Avec de la terre et du plâtre qui lui tombaient sur les épaules. Lassé de brosser son uniforme, il guettait les messages d'optimisme, mais ne traduisait que ceux des contre-attaques allemandes.

Depuis le 27 mai 1918 les armées de Ludendorff reprenaient l'offensive au Chemin des Dames. Les Allemands atteignaient encore une fois la Marne. Les Français et les Anglais n'avaient plus grand-chose à leur opposer. Le Kaiser pouvait croire à la marche triomphale de la 7e armée allemande sur Paris. Il se heurta aux divisions du général Pershing.

Joe, attaché à cet état-major, vécut sans une minute de silence pendant des semaines.

Le Verdun de Pershing, chaque mètre de terrain pris et repris plusieurs fois par jour. Les blessés s'agglutinaient dans les casemates de l'état-major. Le secret des traductions se perdait dans les plaintes et les hurlements des ordres et contrordres.

Ne sachant plus que dire, un prêtre répétait aux mourants qu'il s'agissait d'une guerre juste. Joe vit comment un homme calme pouvait basculer dans la folie rien que sur un petit éclatement d'obus de plus. L'éclatement de trop avec ses éclaboussures de lumière dans sa cervelle. Un Texan silencieux ponctuant ses phrases de coups de pied, de coups de feu en l'air tirés sous le nez des officiers.

Des phrases qui demandaient où se planquaient ces

fumiers de U-boat qui avaient torpillé des Ricains ? On lui avait dit qu'il se battait pour ça et il ne voulait tuer que les équipages des U-boat car, chez lui, on s'en prenait directement à celui qui avait descendu votre frère, votre ami ou votre père et pas au voisin. Et s'il ne pouvait pas se venger sur les véritables responsables, il était bien capable de tirer dans le bide des galonnés, ce ramassis de menteurs qui l'avaient trompé sur la marchandise.

On le maîtrisa, le désarma car sa justice du bon sens ne concernait pas la justice. Une balance avec deux plateaux dans lesquels on ne mettait jamais tout, dans lesquels, plus tard, Joe jetterait son combat pour sauver son plus jeune fils. Dans la mort de l'aîné abattu dans une rixe, la balance ne fut pas concernée.

Mais pour le plus jeune il y avait le poids de la guillotine dans un des plateaux et dans l'autre la simple présence d'un Père au regard bleu qui ne se baissera devant personne, ce regard qui savait que ce n'était pas juste. Ce regard de faible devenu fort qui m'accompagne encore de sa douceur invisible.

Peut-être davantage en ce jour même où j'écris, dans ce bistrot paisible d'un village de montagne. Pourquoi ?... Je me demande si ce n'est pas en voyant glisser sur le lac enneigé ma fille Marie-Josée, ma princesse, sur ses skis de fond, tirée en pleine course par son chien polaire.

Oui, si ce n'est pas à cause de ce genre d'image d'un bonheur entier, compact et lisse comme de l'onyx, ces pulsions du cœur qui m'inondent, me soulèvent sous les aisselles.

Oui, Père, c'est cela, c'est à cause des bonnes cartes que tu me distribues chaque matin.

Et surtout, ne me glisse pas un as par en dessous. Il y a un demi-siècle que je ne me gare plus en double file.

Et Satan fréquentait Shéhérazade

Un million de soldats américains, dont le 15e régiment de Noirs, participèrent au combat sur le Rhin, recouvrant les casques à pointe du voile noir de la défaite.

Le 11 novembre 1918, Hindenburg demanda l'armistice et Joe ne traduisit plus que des messages de victoire.

Aucun ne faisait état d'une génération sacrifiée ni, par exemple, des poètes, des savants et des grands esprits de l'humanité perdus dans cette guerre. Des déposeurs officiels de gerbes sur la tombe du soldat inconnu pleurnichèrent avec hypocrisie, oubliant de parler de leur responsabilité dans ce carnage.

Ils crurent suffisant de décerner, dans des parades, les bâtons de maréchal à Joffre et à Pétain.

Du gaspillage face à un avenir qui se planquerait derrière une Société des Nations plus stupide qu'une dinde et plus fuyarde qu'une gazelle.

Bien qu'irréaliste, Joe se fit délivrer l'acte officiel de sa présence au front dans l'armée américaine. Sur le pavé d'un Paris en liesse il reconstitua sa garde-robe. Il ne connaissait de la France que Marseille et Bordeaux, les étapes de son voyage d'émigrant en 1900.

À trente-six ans, il assumait sa calvitie en faisant pouffer sa couronne de cheveux et il entretenait sa fine moustache de duelliste comme la robe d'un cheval de parade. L'état-major américain occupait toujours un palace en bordure des Tuileries et lui concédait encore une chambre au dernier étage, avant qu'il se rembarque pour l'Amérique. Il faudrait bien qu'il se décide à avouer qu'il ne se rembarquerait pas. Qu'il se détournerait, sans trop savoir exactement pourquoi, d'un pays qu'il aimait.

Shéhérazade. Le spleen d'un cabaret russe, des violons embrumés par le chagrin des Russes blancs déracinés par les rouges et, sur la piste, le dernier couple de danseurs qui ressemble aux accents longs de la musique.

Joe, qui ne sait pas danser, admire cet homme et cette femme d'une élégance nonchalante. Et voilà qu'il se décide à parler, à se confier au capitaine américain qu'il a entraîné jusque-là. Il aura fallu à Joe cette soirée qui n'en finissait plus pour oser dire qu'il ne retournerait pas en Amérique.

Le capitaine, le regard chaviré par le Mumm cordon rouge, les lèvres humides autour d'un cigare impressionnant, cet agent de liaison, fils du roi de la brique, avait ce soir-là quelque chose d'attendrissant. Il se mit à marmonner que Joe avait bien raison de ne pas retourner en Amérique, de rester sur cet incomparable territoire de plaisir.

À la vérité, Joe ne savait pourquoi il voulait rester en France. Sa destinée lui présentait pourtant la réponse sur la piste de danse, en la personne du type de haute taille, les cheveux plaqués en arrière, le costume flou.

Mais comment aurait-il pu deviner que ce danseur tenait entre ses mains étrangement fines le futur calvaire de ses deux fils ?

— Vous êtes corse, il me semble.

La voix de l'inconnu raclait, comme certaines maladies de la gorge. Il était, hélas, en parfaite santé. Il avait dû entendre Joe s'adresser aux serveurs en français avec une pointe inséparable d'accent corse.

Oui, Joe était corse. L'inconnu aussi.

— Paul Santos, se présenta-t-il.

Une contraction de son nom. Il était de Cervione, un village du centre.

Le capitaine tenta de saluer la jolie femme mais retomba sur son siège de velours.

— Reine... ma femme, ajouta Santos.

Un prénom qui lui allait aussi bien que des yeux de biche à une biche.

Dans la conversation, les mains aristocratiques de Santos voletaient comme de grands papillons blêmes. On captait en le regardant mieux des ondes de cynisme et le grasseyement populaire de sa voix atténuait sa grande allure.

Le capitaine le comprenait parce que Santos parlait lentement. Il faisait état de ses relations. Par exemple dans le groupe assez bruyant du fond de la salle il y avait un jeune homme à la chevelure léonine et au nez de boxeur, journaliste au *Journal des débats,* aviateur et Russe blanc, dont il fallait retenir le nom : Joseph Kessel. Le capitaine américain et ce Corse aux yeux bleus voulaient-ils lui être présentés ?

Pour Joe, Santos se mit à ressembler à un squale qui présentait d'autres poissons les uns aux autres pour se constituer un garde-manger plus durable et plus varié à portée de mâchoire.

Comme le capitaine larmoyait encore sur ses regrets de quitter la France, Santos lui offrit de passer le reste de la nuit et même la journée entière suivante dans un lit avec sa femme. Aux sons déchirants des violons tsiganes, rien d'impossible.

— Ma petite participation à la victoire, ricana Santos.

Une légère infirmité à la main la maintenait allongée. Il n'avait donc pu la refermer sur la crosse d'un fusil, mais il l'avait refermée, à l'arrière du front, sur la croupe de certaines femmes délaissées par les combattants, et sur les billets de banque de quelques trafics.

Son cynisme gênait Joe comme une pluie soudaine sur une noce champêtre.

Paul Santos avait le talent de paraître odieux et de redevenir sympathique en une seule phrase, à chacun ses pirouettes.

Sympathique au premier abord, Joe basculait dans l'antipathie en une seule phrase.

Santos s'informa sur la discrimination raciale en Amérique. Il lui fut répondu que la guerre y avait remédié par le combat des Noirs aux côtés des Américains blancs.

Santos se lança alors dans une horrifiante démonstration. Chez lui cela relevait de la provocation pour mieux capter l'intérêt général. Les Noirs n'étaient pas venus se battre sous la bannière étoilée en signe de paix raciale, mais simplement pour tuer le maximum de Blancs. Ils avaient dû penser que, dans les rangs allemands, subsistaient sans doute quelques fils de négriers. Le racisme handicaperait l'Amérique de plus en plus. D'autres arguments déferlèrent comme autant de banderilles plantées sur le capitaine. Pour finir, Santos lui conseilla de rapatrier une partie des industries familiales en France qui aurait besoin d'un maximum de briques pour reconstruire les ruines.

Santos évitait de parler pour ne rien dire, il connaissait des promoteurs qui seraient heureux par avance de discuter de l'avenir avec le capitaine.

Les serveurs bâillaient aux sons des violons exténués.

La Mercedes-Benz, trois tuyauteries brillantes sortant en boucle du moteur, crachait un boucan infernal sur les routes de l'aube. Paul Santos conduisait et Joe n'avait accepté de l'accompagner que pour rejoindre un casino situé dans une petite station thermale, Bagnoles-de-l'Orne et ses eaux sulfureuses ou ferrugineuses au choix, à l'abri des collines de Normandie. Santos se désignait comme étant propriétaire des jeux de ce casino.

La Mercedes décapotée avait deux places à l'arrière protégées par un pare-brise angulaire spécial. Le pontage de la carrosserie était boisé comme celui d'un grand canot automobile. Et Santos s'endormait au volant par brèves absences d'une seconde ou deux. Des troupeaux de vaches, de bœufs ou de moutons encombraient assez souvent les routes étroites aux abords des villages. Santos avait un fouet dont Joe, debout devant son siège, aurait dû se servir pour s'ouvrir un passage.

Mais il ne le faisait claquer qu'inutilement et Santos décida alors de lui laisser le volant. Sa main droite, faussement handicapée, ne semblait plus le gêner en rien et surtout pas pour tenir fermement le manche du fouet.

La guerre s'était cantonnée entre Paris et le Nord, et les deux hommes ne rencontraient ni ruines ni traces de privations, ce qui autorisait Santos à prétendre que la populace était disponible pour un autre casse-pipes. Joe, sensible, notait l'absence de jeunes hommes. On ne voyait que des adolescents et des dos déjà courbés.

Santos se mit à plaindre les jeunes femmes mal servies la nuit venue. Il avait fait œuvre d'utilité publique en se faisant réformer pour s'occuper d'elles. Il accompagnait son propos d'un bruit de tuyauterie engorgée ne parvenant pas à se libérer, la retenue humide et rauque qu'on devait considérer comme un rire. Une bizarrerie qui empêchait Joe de savoir vraiment à quoi s'en tenir sur les propos précédents.

Et cette démarche glissante de Santos, le pied posé exactement dans le prolongement de l'autre, donnait à son corps l'imperceptible ondulation du serpent.

Bien que tout séparât Joe de ce personnage, rien n'aurait pu l'en séparer dans l'instant.

Quand un joueur rencontre une Terrienne

Le casino pour curistes tristes s'alourdissait de plâtres dorés au plafond et de lustres difficiles à dépoussiérer. Santos avait simplement omis de dire à Joe qu'un affreux veinard avait fait sauter la banque la semaine précédente et que, si on n'alimentait pas la caisse avant quarante-huit heures, on perdrait l'espoir de ponctionner les prochains curistes annoncés. Il fallait que le casino continue de tourner pour accueillir ces coloniaux fatigués, riches de leurs économies forcées pendant toute la guerre.

Alors Santos profiterait de l'ambiance de boum momentané pour vendre le casino à un pigeon. Joe, en échange de l'argent frais qu'il aurait avancé, croquerait sur les bénéfices de la vente totale.

Dans ces moments-là Santos parlait corse. Il savait bien qu'entre eux les Corses, dans leur langue, se sentent en famille, protégés contre toutes les turpitudes du reste de l'humanité, de tous les menteurs qui ne parlent pas le corse.

Santos promenait Joe entre les tables de jeu recouvertes d'un drap, un spectacle, d'après lui, plus triste que l'ossuaire de Douaumont. Il fallait un sauveur, un homme de passion, et Joe serait cet homme-là. Paul Santos aurait pu accéder à une tribune politique si une condamnation pour un petit larcin de jeunesse ne lui barrait ce chemin-là. Il se contentera de jouer les éminences grises auprès d'un autre Corse très doué, un héros qui avait perdu un œil à la guerre, un certain Simon Sabiani, très vite élu député.

Joe appliqua donc un masque à oxygène sur la caisse du casino en y investissant les dollars gagnés en Amérique. Il eut aussi l'impression de tourner la page de ce pays-là.

La grippe espagnole faisait vingt millions de morts, Jack Dempsey devenait champion du monde des poids lourds en trois rounds, Cottin tirait sept balles sur Clemenceau l'atteignant trois fois mais il en fallait davantage pour abattre un tigre, Mussolini bougeait déjà en Italie, l'Europe attendait l'aide américaine du plan Hoover et Joe, copropriétaire du casino de Bagnoles-de-l'Orne, le dirigeait en fait.

Paul Santos glissait entre les jolies femmes de sa démarche particulière et signait généreusement les additions du restaurant de certaines tablées, ce qui grevait le budget du casino mais amplifiait des relations devenues personnelles, qu'il exploiterait plus tard.

Ce renard avait une sœur, Émilie, âgée d'une trentaine d'années. Brune, de petite taille, un visage de caractère dégagé par un chignon. Il émanait d'elle une détermination et un sérieux dont le personnage flottant de Joe avait sans doute un secret besoin. Elle habitait Paris et travaillait comme vendeuse aux Galeries Lafayette. Védrines venait de s'y poser sur le toit, aux commandes de son avion, empochant ainsi vint-cinq mille francs.

Veuve de guerre, Émilie élevait une fillette de quatre ans, Léa, une peste que Joe amadoua en la couvrant de cadeaux. Émilie sentait qu'il aimait les enfants. D'origine simple, elle était flattée par la fréquentation de ce fils d'une grande famille corse. Son père n'était-il pas consul des États-Unis en Corse ? Et, au premier coup d'œil, les mains tellement poncées de Joe lui avaient plu. Elle n'eût pas toléré le contact d'une main d'ouvrier abîmée par le travail. Elle ne se maquillait pas, ce qui rassurait Joe, et, entre son salaire et sa pension de veuve de guerre, ne dépendait de personne.

Elle partageait un appartement de la rue Saint-Vincent avec Reine, sa belle-sœur. Elles s'entendaient parfaitement, tant elles étaient dissemblables.

Reine ne rangeait ses vêtements que lorsque les sièges ne pouvaient en supporter davantage.

Émilie, que Joe appela très vite Lilie, rangeait jusqu'aux boutons par ordre de couleur et de grandeur dans les casiers.

Lilie travaillait.

Reine vendait ses charmes dans les palaces.

Lilie était forte.

Reine était faible, fascinée par Santos qu'elle entretenait le plus souvent.

Lilie avait de l'ambition.

Reine vivait sans lendemain et c'était la première fois que les immenses bouquets de fleurs qui encombraient l'appartement ne lui étaient pas destinés, à elle, la plus belle.

Lilie, comblée, hésitait cependant. Bien que la faiblesse de Joe lui permît de conserver son autorité, elle n'était pas certaine qu'il voulût s'établir. Le casino de Bagnoles-de-l'Orne ne lui plaisait pas. Elle voulait être patronne chez elle et caressait un projet d'hôtellerie. Elle lisait les petites annonces et elle les lira le restant de sa vie même en n'ayant besoin de rien.

Un petit hôtel était à vendre à la porte Saint-Denis, et Joe venait de gagner au poker un tableau : *Le Martyre de San Sebastián* signé par un petit maître italien de la peinture baroque du XVe siècle. Lilie griffonnait déjà des chiffres sur un papier. Le tableau, plus la part de Joe sur le casino, même en se faisant truander par Santos, ça permettrait d'acheter l'hôtel, de le rénover et de le revendre.

En quelques années Joe et Lilie édifieraient une fortune stable et, puisqu'ils aimaient tous les deux les enfants...

Celui par qui le malheur arrivera

C'est ainsi que Joe, en tablier bleu à bavette pour protéger sa chemise de soie et un chalumeau à la main, se retrouva en train de brûler les punaises dans les recoins d'un petit hôtel. Lilie courait les salles des ventes pour renouveler le mobilier.

Reine et Santos furent les témoins de leur mariage, ce qui n'empêchait pas Santos de ricaner sur leur investissement dans ce quartier pouilleux bourré de putes au rabais. Sans doute, mais savait-il combien peut rapporter une chambre louée vingt fois en vingt-quatre heures à des soldats américains pour caramboler une petite Française ? Sans parler des chambres fonctionnant normalement et du bar qui ne désemplissait pas grâce à la connaissance des langues de Joe. Surtout ce langage populaire des Américains qu'il possédait au point qu'on le prenait pour l'un deux.

Seule Reine, qui connaissait Santos (elle aimait même ses défauts), décela qu'il était jaloux de sa sœur et de son beau-frère. À cause peut-être de son regard qui jaunissait parfois. Une jalousie meurtrière que Reine, la frivole, la gentille, se reprochera beaucoup plus tard de ne pas avoir dénoncée au grand jour à seule fin d'en protéger Joe et sa femme.

À peine si la prospérité du petit hôtel laissait à Joe non le temps d'une valse mais celui d'un poker. Tard dans la nuit Lilie lui dictait la tenue des livres de comptes. Une main courante que Joe honorait de sa magnifique écriture sans rien comprendre à la balance des chiffres.

Il se reposait sur l'organisation bétonnée de sa femme. Sa vie de joueur ne lui apparaissait plus comme un vaisseau errant dans le brouillard avec toutes les chances de se fendre en deux contre une banquise

Sur le principe « le client a toujours raison », Lilie organisera un service de colis pour soutenir le petit séjour en prison de certaines clientes épinglées pour infraction aux mœurs. Joe portait les colis à la Roquette. Ça revenait cher car il faisait attendre le taxi qui l'avait amené pour ne pas se fatiguer à trouver celui du retour. Lilie, aux aguets, le voyait revenir avec le même taxi et déclenchait des scènes. L'occasion d'échanger leurs premières insultes, tout en constatant qu'elles ne laissaient aucune trace.

Ils n'éprouvèrent donc pas le besoin de s'en priver à l'avenir, alors même que les oreilles de leurs enfants recueilleraient ce flot qui les souillerait comme la grande marée pouvait souiller une grève encore intacte.

Joe était moins à l'aise que Lilie dans cette fréquentation de l'univers pénitentiaire, les murs, les grilles et, par la suite, les récits des libérées qui fêtaient l'événement dans leur bar au son de la pétarade des bouchons de champagne. Lilie, les récits de hors-la-loi, elle connaissait ça depuis l'enfance. Son père avait terminé sa carrière en qualité de surveillant-chef au bagne de Cayenne. Et, avant Cayenne, il y avait eu le bagne de la Nouvelle-Calédonie. Les trois enfants de garde-chiourme, Lilie, Marie et Santos, avaient grandi dans le bruit des chaînes et des boulets.

Marie, la sœur aînée, avait épousé un collègue de travail du père, de trente ans plus âgé qu'elle. Ce qui faisait ricaner Santos sur les origines de Lucienne, la fille de Marie. Lucienne, une porcelaine, des attaches de pur-sang, des mains de pianiste, n'était pas, d'après Santos, issue de parents rugueux, voire ordinaires, mais plutôt d'un « garçon de famille ».

Il entendait par là certains bagnards sélectionnés pour travailler au domicile des gradés de la pénitentiaire. Parmi ces réprouvés, on comptait des escrocs de haute volée, des médecins et quelques braqueurs beaux comme des dieux. Et Marie, la sœur aînée de Lilie, n'avait pas peur du loup ni même de plusieurs.

Il déplaisait à Lilie que Santos dénigre leur sœur en présence de Joe. Elle donnait alors une autre origine possible à la chose. Sur les trois-mâts, les voyages au long cours entre le bagne et la France s'éternisaient et Lilie se souvenait que Marie ne refusa pas de se tromper de cabine entre la sienne et celle d'un officier de marine, un hidalgo vigoureux.

Pour Lilie, une aventure avec un de ces serviteurs-bagnards était une infamie, tandis qu'une petite entorse avec un officier de marine s'apparentait au romantisme.

Pour Lilie, un ouvrier qui s'abreuvait de vin rouge était un ivrogne tandis qu'un élégant titubant dans les vapeurs du champagne était un noceur. Ce genre de point de vue laissait Joe d'une indifférence olympienne, que Lilie, en rage, prenait pour de la supériorité, alors qu'il ne s'agissait que de paresse cérébrale.

Joe en eut marre de ce quartier dans lequel personne ne savait se tenir à table. Il négocia la revente de leur hôtel de la porte Saint-Denis à un niveau de bénéfice qui transforma Lilie en bonbon de miel.

Elle se lança dans une énumération de projets qui côtoyaient la folie des grandeurs et qui trouva dans l'orgueil de Joe l'adhésion d'un timbre-poste sur l'enveloppe de l'avenir.

Lilie ne voulait pas thésauriser. Elle obligea Joe à tout réinvestir dans l'achat d'un autre hôtel, le Richepance. Les murs et le fonds.

Le Richepance se situait rue Richepance près du magasin

des Trois Quartiers. Il y avait bien encore quelques putes dans ce quartier de la Madeleine, mais elles étaient de meilleure tenue.

Le soldat inconnu venait d'être inhumé sous l'Arc de triomphe et, comme l'expliquera beaucoup plus tard Bertrand Tavernier dans son film de profonde réflexion, *La Vie et rien d'autre,* les autorités évitèrent que dans le cercueil ne reposât un juif ou un nègre.

Le hasard fit naître le premier enfant de Joe et de Lilie le 10 novembre 1921 et l'on fêterait son anniversaire en même temps que celui de l'armistice. Ce fils, Barthélemy, on l'appellera Barthy le restant de sa vie, d'ailleurs assez courte, puisque stoppée par une balle dans une mauvaise querelle au seuil de sa vingt-cinquième année.

Pour lui, Lilie voulait un vrai foyer et non deux chambres d'hôtel communicantes au Richepance.

Joe acheta donc un petit hôtel particulier à Neuilly, boulevard Binot, et dans le même élan un manteau de vison pour l'heureuse maman. Lilie, affairiste métallique, sauvegardait un peu d'émotion en allaitant son fils.

Et Joe, entre deux parties de poker, s'attendrissait. Il oscillait entre des courtiers en assurances et les gens de la mode. Il gagnait le plus souvent et ornait les doigts et les oreilles de sa femme de bijoux qu'il achetait dans des cercles assez fermés de diamantaires.

Il mettait ainsi en pratique les connaissances acquises en la matière chez les juifs new-yorkais et chez ceux de la petite Russie de Harlem.

Lilie ne s'apercevait pas encore que l'éclat d'un nouveau diam correspondait à une incartade de Joe. Des étreintes avec des femmes dont il détestait tout, le langage, le maquillage, les cigarettes, sauf évidemment les fesses et une liberté dans les positions.

Ce n'étaient pas des effeuilleuses et pourtant il n'eût pas accepté de sortir avec elles, ni dans la rue ni dans un restaurant. Il se méfiait d'une liaison suivie, source d'infinies complications capables d'empiéter sur le temps sacrifié au poker comme on sacrifie à un culte.

Il ne réfléchissait pas aux paramètres de l'existence. Il ne lisait pas ou peu et détestait l'Opéra dont sa femme raffolait, se refusant à payer et à enfiler un smoking pour voir un homme poignardé en plein cœur chanter encore à tue-tête pendant trente minutes. Lilie croyait à Lourdes et donc aux miracles. Et Joe, pour y croire, attendait qu'un unijambiste se baigne dans l'eau de la grotte et en ressorte avec ses deux jambes.

Léa, la fille de Lilie, grandissait comme un buisson d'épineux. On ne pouvait ni la punir ni la caresser sans souffrir soi-même. La faiblesse de Joe envers les enfants prit son élan dans ses rapports avec cette fillette dont il n'était qu'un père de remplacement. Cette faiblesse rassurait Lilie qui n'eût pas toléré que l'on punisse l'orpheline de guerre. Sa mégalomanie se refusait à admettre que la petite Léa se délectait des larmes qu'elle faisait couler comme un inquisiteur des tourments s'échappant de la forge.

Joe récompensait ce qu'il aurait dû châtier et cette tendance ne venait pas des sentiments qu'il portait à Lilie ou à l'enfant, mais d'un blocage.

On ne peut séparer le blé de la terre ni les hommes du point d'eau. On ne pouvait davantage séparer la faiblesse de Joe du manque de tendresse ressenti dans son enfance.

Le soleil se couchait cependant dans l'émotion des couleurs violentes et tous les lendemains de sa famille chantaient comme un orchestre de merles et de pinsons dans les aubes forestières.

Leur deuxième enfant, un autre fils, naquit en juin 1923 dans un hôtel que Joe venait d'acheter avec les bénéfices amassés par Lilie en exploitant le Richepance. Ce nouvel hôtel, l'Élysée Star, était situé à l'angle de la rue Vernet et de la rue Galilée.

José venait de naître dans une famille à la fortune grandissante et il dormait dans un berceau capitonné. Une mauvaise fée lui prédit quelques cachots et une autre, plus optimiste, une carrière dorée de raconteur d'histoires. Si de tels propos étaient tombés dans une oreille raisonnable, la crédibilité des deux fées eût perdu pied. Mais les fées, personnages invisibles, ont-elles des pieds ? Moi qui séjourne parfois dans mon camping-car, dans un lieu-dit « la mare aux fées », il me faut toute mon imagination pour prendre rendez-vous et leur dire que, finalement, elles ne s'étaient pas trompées.

Si la naissance de Barthy concordait avec ce jour immortel de l'armistice, celle de José coïncida avec les prémices de la Seconde Guerre mondiale. Dame famine était enceinte d'une croix gammée. Les Allemands refusaient de payer leurs dettes de guerre et, en représailles, les Français occupaient la Ruhr. En Allemagne, il fallait cent trente-six mille marks pour acquérir un seul dollar et une valise pleine de marks pour acheter un kilo de pommes.

Joe, qui comme tous les Corses pratiquait le discours politique du café du commerce, disait que les Anglais nous obligeraient à restituer la Ruhr pour ne pas perdre notre clientèle sur l'anthracite. Et Santos persévérait dans ses sarcasmes au sujet d'une guerre qui n'avait même pas réussi à donner du talent aux sculpteurs des monuments aux morts.

Reine voyait souvent Lilie, sa meilleure amie. Elle venait à l'Élysée Star se plaindre de Santos sans jamais pouvoir s'en séparer. Victime sur mesure, elle attendait qu'il s'enrichisse pour le plaquer. Elle ne voulait pas laisser ce rapace dans le besoin alors même qu'il occupait une suite dans un palace et n'évoluait qu'en tenue de soirée.

Il est vrai qu'il ne construisait rien de solide, n'abandonnant derrière lui que les cendres de la fortune des femmes qu'il ruinait. Il paradait parfois chez Lilie et Joe en amenant sa dernière relation célèbre, le boxeur Georges Carpentier, l'homme à la droite dynamite. Il arrivait que l'on ait à peine le temps de s'asseoir dans les fauteuils de ring que déjà, au premier échange, l'adversaire de Carpentier s'endormait pour le compte.

Paul Santos regardait Joe du haut de son intelligence. Il

ne lui trouvait aucun esprit et le coinçait parfois en situation de radotage. Car Joe, dès qu'il se satisfaisait d'une formule du style « le communisme c'est donne-moi ta montre et je te donnerai l'heure de temps en temps », la répétait inlassablement.

Santos restait à l'écoute de toutes les tendances. Il fréquentait à la fois les grands avocats, Vincent de Moro-Giafferi, Henri Torrès, le pouvoir, le préfet de police Jean Chiappe, l'écriture chez Joseph Kessel, et les agitateurs du moment, Doriot, secrétaire des Jeunesses communistes, et Sabiani qui tentait, dans cette même famille, une OPA permanente sur Marseille.

Santos ne perdra jamais l'équilibre, ce qui ne l'empêchait pas d'être envieux. Il surveillait Joe comme un renard guette le premier vol hésitant de l'oisillon hors du nid, Joe qui prenait des parts dans des casinos de la côte normande, Joe, sa voiture de maître, une Panhard Levassor, et son chauffeur Stanislas, d'Europe centrale, en casquette et uniforme.

Joe et sa table réservée au cercle de l'Étoile et à celui de l'Aviation.

Mais, d'après Santos, « la référence parisienne » consistait à être accueilli chez Nine rue Victor-Massé. Un restaurant exigu, six tables réservées à l'élite de la truanderie, de la politique, et aux femmes les plus en vue. Les imbéciles allaient au Lido, précisément là ou Joe réveillonnait en régalant une bande de pique-assiette qui le haïssaient.

Même lorsque Nine s'agrandit en achetant la boutique voisine, Joe, par esprit de contradiction, refusa d'y mettre les pieds.

Plus ses deux hôtels enrichissaient Joe, plus ses préoccupations devenaient puériles. Les colères arrogantes de ses réveils de sieste le diminuaient dans l'esprit des gens, alors même qu'il en espérait devenir plus dominateur.

Lilie, maladroite, lui opposait le rayonnement de Santos dont la seule apparition déclenchait une fête. Alors que le simple bout des chaussures de Joe raréfiait l'oxygène.

Mais personne ne le voyait, regagnant sur les fins de nuit

sa demeure de Neuilly endormie, se pencher sur le berceau de José le dernier-né.

Personne ne voyait monter dans ses yeux une humidité qu'il acceptait devant la petite bouille ronde. Il en approchait sa fine moustache pour sentir passer le léger souffle de vie, cette vie qui serait son véritable combat, qu'il tiendrait suspendue au bord du gouffre jusqu'à ne plus craindre personne, jusqu'à accéder à un héroïsme quotidien pour lequel n'existe aucune décoration, aucune plaque commémorative, à moins que ce livre n'en soit une. Le livre écrit de la main de l'enfant parvenu jusqu'à l'automne de sa vie et qui s'apeure, certains jours, à l'idée que l'hiver ne vienne l'emporter avant l'inauguration de cette plaque.

Donc, l'enfant dormait et Joe le caressait du doigt dans sa passion à le voir bouger et lui sourire peut-être. Mais José hurlait dès qu'il ouvrait les yeux. Et Lilie surgissait pour demander à ce père indigne si oui ou non il se déciderait à rentrer à des heures convenables, si oui ou non il se déciderait à ne confondre sa famille ni avec un jeu de cartes ni avec des putes de passage ?...

Lilie, comédienne refoulée, retombait dans la grande scène du deux, et accusait Joe de ne respecter ni le sommeil sacré d'un enfant ni surtout celui de sa femme qui travaillait seize heures par jour pour tenir des hôtels afin qu'il fasse le beau dans les cercles.

Mauvaises cartes pour décision sans appel

Le charleston agitait les danseurs à la cadence d'un fouet battant des œufs en neige. Ex-danseur mondain, Santos en cette année 1926 s'en tenait au tango. Joe, lui, ne dansait pas et un Écossais, John Baird, venait d'inventer la télévision.

Le début de dix années folles qui allaient anesthésier la lucidité du monde. Dès que les femmes sont court vêtues, les hommes, élus compris, se mettent à croire au bonheur éternel.

Hitler avait beau dominer le premier congrès du parti national-socialiste et l'Italie adopter le régime fasciste de Mussolini, on s'intéressait davantage à une Américaine qui venait de traverser la Manche à la nage en quatorze heures trente-neuf minutes. Tandis qu'Aristide Briand, le Pèlerin de la paix, saluait l'entrée de l'Allemagne à la Société des Nations en ces termes : « Arrière les fusils, les canons et les mitrailleuses ! Arrière les voiles de deuil. Place à la sécurité, à l'arbitrage de la Paix. »

Joe y croyait, bien que certains diamantaires juifs qui avaient des antennes en Allemagne lui aient prédit le contraire. Dans sa grandiloquence il croyait aux grandes phrases des tribuns, « arrière les voiles de deuil, etc. ». Il allait parfois aux assises, effrayante prémonition, pour entendre plaider Me de Moro-Giafferi.

Lilie, terre à terre, le traitait de naïf et disait qu'on n'était même plus capable d'encaisser les dettes de guerre. Les Alliés baissaient culotte, son premier mari était mort pour rien et Léa, âgée d'une douzaine d'années, en profitait pour glapir que tout le monde s'en foutait que son père soit mort pour rien, Joe le premier, qui couchait avec Lilie, sa mère.

Contre certaines attaques il se taisait. À d'autres il répliquait par une bordée d'insultes parmi lesquelles on pouvait relever qu'il n'avait, dans tous les cas, pas épousé Lilie pour sa dot.

La proximité de la naissance d'un troisième enfant apporta un peu de ciment dans les lézardes de leur union. La difficulté de l'accouchement déborda de la salle de travail de la clinique, pour envahir les proches couloirs d'un va-et-vient trop rapide. Joe y patientait en compagnie de Marie, la sœur de Lilie, et de son époux aux allures de cep de vigne.

Joe les détestait. Ils n'étaient présents que sur la prière de Lilie qui cherchait toujours à étaler son bonheur auprès d'une famille que Joe qualifiait de « famille de merde », Santos en tête du peloton.

Et si Lilie allait lui jouer le mauvais tour de mourir ? Mais il l'aimait. Il l'aimait. Il le lui dirait enfin si elle consentait à vivre.

Oui, malgré les sinistres visages de l'équipe médicale appelée en renfort, elle luttait pour vivre, comme avait vécu la jeune Polonaise qui avait tellement hurlé sur le bateau des émigrants. Elle avait bien vécu, elle, chahutée par la houle et privée d'hygiène dans l'entrepôt aux odeurs d'ammoniaque.

Maintenant Joe écoutait une bouche démesurée qui s'ouvrait et se fermait comme un aboiement pour lui demander qui on devait sauver ?... Sa femme ou l'enfant ?... Qui, monsieur ?... Qui ?... Une mauvaise donne avec laquelle il fallait se débrouiller, jouer à celui qui décide de la vie et de la mort.

— Ma femme.

Elle avait trois enfants, cette femme. Le quatrième, une petite fille qui se présentait mal, personne ne le connaissait. Joe sentait bien une douleur dans le bas-ventre quand il imaginait tout cet écartement des chairs, ce combat que menait un être pour prendre place dans le monde des vivants.

Ce bébé mourut et sa femme, délivrée, vivrait. Et Joe était toujours dans ce couloir, ses artères le frappant aux tempes. Qu'aurait-il dû faire ?... Sans doute rejoindre Lilie, lui tenir les mains, lui parler de la vie qui l'attendait, d'un autre enfant qu'ils pourraient avoir, la consoler de la perte de cet être minuscule qui n'avait pas eu le temps de souffrir.

Il n'avait plus de poumons. Il n'avait plus qu'un cœur prenant toute la place à grands coups de sang. Il n'était plus que les phrases d'amour qui se coinçaient dans sa gorge et qu'il dirait en pleurant sans doute, lorsque Marie s'offusqua de ne pas avoir été consultée dans la terrible décision qu'il venait de prendre seul.

Elle était quand même la sœur !... Ça, une sœur ? Cette vulgaire, cette poissarde affublée d'un spécimen qu'on aurait dû empailler comme une étape de l'évolution de la race humaine à travers les âges, cette conne, cette caricature de la jalousie qui lui torturait les traits dès qu'elle posait les yeux sur la richesse de Lilie. C'est ce pot de saindoux que Joe aurait dû consulter ?...

Qu'elle aille se faire foutre avec ses socquettes par-dessus ses bas, ses dix doigts qu'elle suçait à table.

Qu'elle aille se faire baiser si elle trouvait un homme assez héroïque pour le faire.

Joe s'était débloqué. Mais qu'étaient-elles devenues, les phrases émotionnelles ? L'explosion les avait dispersées comme les feuilles mortes sous le vent de l'orage. Joe, muet, pénétra dans la chambre de Lilie, allongée, le regard n'arrivant plus à émerger de la profondeur des orbites.

Joe ne trouva rien à faire de plus efficace que de s'asseoir dans un fauteuil et de s'y endormir.

— Monsieur... vos ronflements gênent certainement votre dame.

Une infirmière intervenait et le désarroi l'emplit de solitude. Il n'était plus dans cette chambre de clinique avec sa femme dans ce lit. Il n'était nulle part et, pour échapper à cette solitude, il écrivit à ses deux frères en Amérique. À ceux de son sang, comme il disait.

Il en reçut l'apaisement qu'il attendait de l'écriture appliquée de Simon, en termes ampoulés. Ils correspondaient parfois. Antoine avait maintenant quatre enfants et était propriétaire, avec Simon, de la raffinerie sucrière.

Dans sa réponse, Simon l'exhortait au calme et glissait des nouvelles de leur père Sam, de Mita la marâtre et des trois rejetons du deuxième lit. Tiens, c'est vrai, Joe les avait oubliés ceux-là.

Mita habitait Bastia avec sa fille et ses deux garçons pour ne pas laisser à Sam, devenu industriel (une marque d'apéritif du cap Corse portait son nom), la bride trop longue. Joe pensa que plus personne n'entretenait la tombe de sa mère Toussainte à Rogliano. Il n'y mettrait jamais les pieds lui-même. Il n'était pas homme de cimetière. Ce que Lilie lui reprochait souvent lorsque, au bout des scènes, elle ne trouvait plus rien d'assez blessant à lui crier.

Moi non plus, Père, je ne viendrai jamais sur ta tombe. Et tous les deux, nous savons bien que cela n'empêche pas les sentiments.

N'empêche pas d'habiter l'un avec l'autre. Moi dans la froideur de ta tombe et toi dans la chaleur de mon foyer. Comme ce soir, par exemple, à l'arrivée de mon fils Paul et de ses enfants Vincent et Marine pour des vacances de neige.

Eux, que tu n'as pas connus. Nous parlerons de toi. Tu vois que tu es bien vivant assis autour de la grande table. À côté de moi pour que je t'entende leur dire qu'ils tiennent mal leur fourchette. Ton regard bleu est là aussi puisque mon fils Paul a le même.

Mais, comme on a moins de force lorsqu'on sort du tombeau, tu ne pourras pas te saisir d'un détail stupide pour éclater, tonner jusqu'à ce que Lilie sorte de table. Parce que vois-tu, Père, elle ne sera pas là. Elle ne revient jamais nous voir. Elle attend sans doute qu'on l'appelle mais c'est impossible entre les vivants et les morts.

Ils doivent venir sans qu'on les appelle et c'est ce que toi seul as compris. J'écris aujourd'hui sur cette différence-là. Tu étais toujours venu auprès de mon malheur sans que je t'appelle. Alors c'est bien ta place aujourd'hui de venir près du bonheur qui me reste.

Assieds-toi, Père. Bois ce verre de vin. N'aie plus ni peur ni froid. Je suis là, toujours debout pour toi.

Les Bugatti des galopins sont avancées

La meilleure cliente de l'hôtel Élysée Star était une sorte d'aventurière. Elle conservait même sa chambre pendant ses déplacements à l'étranger. De grande taille, elle affolait ses cheveux pour masquer un début de déplumage.

Dans un train reliant la France à la Roumanie, elle avait aimanté un jeune commandant chargé de mission. Elle le présenta à Joe et à Lilie, sachant que l'uniforme flatterait Joe. La table était bonne et d'autres uniformes amis du commandant acceptèrent les invitations fastueuses de Joe.

Il se demandait ce que le commandant Daine, d'une belle stature, pouvait trouver à cette femme qui approchait du chemin du retour. Force était de reconnaître qu'elle avait su le décoincer. Ces brillants sujets sont parfois tardifs sur le sexe. Elle avait surtout réussi à lui faire croire qu'il l'avait conquise comme une place forte.

Elle le conduisait à faire sa demande. Mais les autorités militaires exigèrent qu'on fît une enquête sur elle.

Elle transformait des robes de haute couture, dégriffage et faux raccommodages, pour tromper la douane et les revendait en Roumanie dans la bonne société de culture française en leur rendant leur lustre d'origine. Pour que le mariage réussisse, Joe établit des certificats mensongers de bonnes mœurs, domiciliant la grande Germaine dans son hôtel particulier.

Parce qu'une femme seule habitant l'hôtel à l'année, ça faisait marginal.

Le genre de service que Joe venait de rendre à cette femme, personne ne le lui aurait rendu.

Santos, qui se débrouillait pour tout savoir, disait à sa sœur Lilie qu'un service de ce style valait pas mal de fric. Qu'au moins avec le fric on n'était jamais déçu. On l'encaissait et on ne courait après aucune reconnaissance. En attendant, Joe s'enivrait de la sarabande des galons. Jusqu'à grouper à sa table, en soirée, deux lieutenants-colonels, pour que Santos en perde sa salive. Mais, chez le renard, la soif était un signe de rage.

Il était venu avec Reine dont le physique à provoquer des duels risquait moins d'inquiéter Germaine, sécurisée par son mariage avec le commandant.

Un certain soir, Santos se pointa, en plus de Reine, avec une riche provinciale impatiente de se frotter à la vie frissonnante de la capitale. Veuve d'un industriel de la tannerie, elle campait encore sur des charmes assez hauts. Santos calcula sans doute que la présentation à une tablée d'officiers supérieurs lui inspirerait confiance, car il projetait de la faire investir dans un « placement sûr » de son invention. On la sentait déjà sous le charme de l'esprit de Santos, distillé par une voix qui, pour la sensibilité des femmes, évoquait une luxure secrète.

À cette époque foisonnante de nouveaux riches, on soupait au champagne des hors-d'œuvre aux pâtisseries. Les bijoux de sa femme Reine se mirent sans doute à briller un peu trop sous les lustres et la provinciale l'en complimenta, alors même qu'il ne s'agissait que de strass. Mais ces fantaisies en imposaient néanmoins par leur audace, surtout un pendentif oblong qui caressait le décolleté de Reine à la naissance des seins.

Un bijou sensuel que Santos, assis entre les deux femmes, détacha du cou de Reine pour l'attacher délicatement autour du cou de l'autre femme. L'insolence du geste et l'effleurement des doigts de Santos expédièrent une bouffée de chaleur au visage de ce qui venait de devenir une conquête.

Elle eut une amorce de geste pour rendre le bijou, une gêne dictée par sa bonne éducation, lorsque les mains de Santos, fines à en être inquiétantes, paralysèrent son mouvement.

— Mais non, mais non... Ma femme est sincèrement ravie de vous l'offrir en signe de bienvenue, prononça cette voix qui semblait toujours venir du fond de son être, du meilleur de lui, alors qu'il n'y avait précisément rien de bon en lui.

Et, d'un bref coup d'œil à Reine, il déclencha son imperceptible acceptation et un sourire de bon ton qui soulagea les officiers supérieurs ne tenant pas à mélanger la langouste avec des problèmes de conscience.

Santos se lança dans un brillant exposé démontrant que l'amour avait besoin d'anticonformisme, le tout étayé par des exemples puisés dans ses nuits montmartroises. Joe, s'imaginant que les galons s'ennuyaient à force d'écouter les frivolités de Santos, y alla de sa pesanteur habituelle en leur demandant s'ils avaient lu *Mein Kampf*. ... Stupeur, ils ne l'avaient pas lu, peu intéressés par les élucubrations d'un extrémiste. Bravo ! car, pour Joe, il ne fallait pas confondre Hitler avec le 18 Brumaire et il enchaîna sur la projection du *Napoléon* d'Abel Gance à l'Opéra de Paris.

La seule fois qu'il mettrait les pieds à l'Opéra. L'aventure du plus grand génie multiforme de l'humanité projetée sur trois écrans à la fois.

Comme on lui demandait des précisions sur cette nouveauté technique et qu'il restait court sur la question, il se lança sur la guerre de mouvement inventée par l'Empereur. Que voilà un sujet digne d'intéresser les militaires !

Joe, si subtil un jeu de cartes à la main, analysait mal les fiascos d'ambiance. Santos était déjà parti avec son cheptel. Lilie, dans son bureau, avait le nez sur ses comptes. Et Joe, attardé aux cigares et aux liqueurs, insultait la mémoire de Talleyrand et de Wellington devant le commandant Daine et sa femme qui étaient restés les derniers à l'écouter par pur mercantilisme.

L'été, Joe louait une de ces immenses villas à Houlgate, ou à Trouville, à proximité du casino dans lequel il avait des actions. Les baies et les terrasses donnaient directement sur la mer et ses kilomètres de sable fin. Et, comme le disait Cocteau, « la mer, en se retirant, y suçait ses salives ».

Bien des années plus tard, je retrouverais la dernière villa dans laquelle nous avions passé des vacances, et je la louerais pour tourner une séquence d'un de mes films, *Le Gitan,* avec Alain Delon, Paul Meurisse, Annie Girardot et Georges Wod.

Joe et Lilie offrirent donc pendant une bonne décennie des vacances à une bande de parasites parmi lesquels la famille de Lilie était revenue en force. Marie la sœur, son abruti d'époux, leur fille unique Lucienne, adolescente, avec le fiancé du moment.

La largesse de Joe acceptait qu'ils invitent des copains, une jeunesse dorée, des gominés et des sucrées, des paresseux méprisants qui mériteraient bien la défaite à venir.

Du très mauvais exemple pour Barthy et José. Additionné à la mauvaise habitude de les couvrir de cadeaux, qu'ils se conduisent bien ou mal. Joe revenait toujours avec les jouets les plus coûteux, et rien n'aurait pu l'empêcher de les leur distribuer. Pas même l'incontournable Germaine, la femme du commandant, se plaignant de José qui lui avait craché à la figure.

Pourquoi aussi voulait-elle le plonger de force dans l'eau de mer fraîche, alors qu'il n'aimait pas l'eau ?

Les crises de colère de José faisaient saillir une veine entre ses deux yeux à la racine du nez et alors il cassait tout ce qui lui tombait sous la main. Joe retrouvait en lui ses colères d'enfant lorsque, à Rogliano, il se révoltait contre sa marâtre et il prenait cela pour « du caractère ».

Du moins son plus jeune fils était-il transparent.

Barthy, l'aîné, au contraire ne montait jamais en première ligne. Il semblait s'accommoder de tout, mais à y regarder de plus près, quand il avait pris ses décisions, rien ne le faisait dévier d'un pouce.

Lilie, plus sévère que son mari, bouclait-elle à clé certains jouets des deux frères ?... Barthy lui volait les clés ou fracturait la porte, ou cassait un carreau pour pénétrer dans la pièce pendant que son cadet faisait le guet. Il utilisait le vélo supprimé ou la Bugatti électrique. Placée devant le fait accompli, sa mère pouvait gesticuler, hurler, le jeune garçon restait muet, imperméable à tout, comme si elle s'adressait à quelqu'un d'autre.

Et Joe ne disait rien. Il était tellement fier de voir ses deux garçons « lutter ensemble contre l'adversité ». Il leur avait acheté une Bugatti de course modèle réduit à chacun. La réplique exacte de la vraie, avec son arrière pointu et ses courroies serrées autour du capot. Cinquante kilomètres de rayon d'action et trente kilomètres à l'heure, propulsée par un moteur électrique. Un jouet de prince que seuls quelques enfants très nantis possédaient. La fille de Georges Carpentier, les enfants d'un grand parfumeur et de quelques industriels.

On organisait des rencontres et même des courses. Âgé de sept ans en 1928, Barthy gagna celle du circuit de Buffalo, complétée par un gymkhana.

Il ne reste aujourd'hui de tout cela que la coupe d'argent gravée, gagnée par Barthy, que je caresse encore du regard. Un objet que Joe avait inconsciemment sauvé de tous les désastres.

Sur le bord de la piste, Joe avait vécu de grands moments, n'essayant même pas d'analyser les dons de conduite de son fils aîné qui auraient pu s'épanouir professionnellement.

On doit à la vérité de dire qu'il lui était difficile de prévoir que cet enfant piloterait seulement avec maestria les voitures de la truanderie. De toutes les manières, Joe ne se projetait jamais de façon utile dans l'avenir et Lilie ne se préoccupait que de consolider sa fortune, un œil déjà tourné vers l'achat d'un palace du côté des Tuileries.

Pour Joe, l'amitié du commandant Daine, devenu lieutenant-colonel, suffisait, semblait-il, à sa réussite sociale. Dans une maison un porte-couteau placé du mauvais côté sur la table du repas le préoccuperait davantage qu'une brèche dans la toiture.

Ses domestiques rendaient à ses invités la vie facile, et lui saccageait l'atmosphère en exigeant des heures de repas fixes à douze heures et dix-neuf heures, qui privaient la jeunesse des meilleures heures de plage et de celles de l'apéritif du soir à la terrasse des bistrots.

Entouré de monde, il était seul. À table, ses deux fils, l'un à sa droite, l'autre à sa gauche, étaient servis les premiers. Dans toute leur éducation il n'aura surveillé que leur tenue à table. Mais il n'aurait pu distribuer des gifles comme il en avait reçu au même âge de sa grand-mère à Rogliano. Il rectifiait d'un geste doux, gardant ses colères pour Léa qui s'épilait les sourcils.

Il dessinait un œil sur la nappe avec un sourcil naturel et le même avec un trait mince en face du sourcil et jurait, bordel de merde, qu'on n'avait pas le droit de se durcir le visage à ce point-là, qu'il fallait vraiment être la reine des gourdes pour passer des heures devant une glace afin d'obtenir une caricature de regard.

Une avalanche, ça peut commencer par une boule de neige. Léa le renvoyait vers les pots de peinture montés sur deux cuisses qu'il lorgnait dans son casino, en le traitant de voyeur complexé. Il la traitait de sale petite allumeuse avec ses jupes courtes, voire de pute, et Lilie lui lançait à la tête, pour lui apprendre à salir la réputation de sa fille chérie, assiettes ou couverts, ça dépendait. Et elle sortait de table. Joe ne s'excusait jamais pour la faire revenir.

Des excuses, les premières de sa vie, il ne les prononcera que pour sauver son jeune fils du supplice.

Alors, la nurse envoyait Barthy et José cajoler leur sainte mère pour la ramener à table dans son uniforme de martyre. Un souffle de banquise était passé dans la somptueuse salle à manger donnant sur la mer. Et Joe, ours têtu, se renfrognait en arrondissant les épaules.

Il parachevait son despotisme en affichant des moyens enfantins pour ridiculiser les jeunes gommeux qu'il hébergeait et dont les copines aux charmes bien placés, Lucienne et Léa comprises, semblaient se satisfaire.

Le matin, torse nu sur la terrasse de sa villa, il tirait sur un sandow à cinq branches. Il le développait dans tous les sens avec sa redoutable force des bras. Et il mettait au défi le premier petit jeune homme qui apparaissait de développer seulement deux de ces branches.

Il venait de donner à Léa l'occasion de se venger de lui. Elle utilisa une de ses copines, une blonde platinée qui, le soir venu, soulignait ses seins, ses hanches et ses fesses dans des robes fourreau à rendre la gorge des hommes, et surtout celle de Joe, plus sèche qu'un puits ensablé. La blonde minauda sur la puissance des bras et des épaules de Joe. Est-ce qu'elle pouvait se permettre d'y toucher ?

Les appétits culinaires ou charnels annulaient chez Joe toute capacité de raisonnement. Un coup de chalumeau qui portait la température de son sang à un dangereux degré d'irresponsabilité. Ça ressemblait aux freins rompus d'une voiture en pleine pente, à un marin foudroyé à la barre, à un aveugle privé de chien et de canne blanche.

Le feu aux couilles, il se livra au déshabillage de la blonde dans la propre chambre qu'il partageait avec Lilie. Il ne restait plus à Léa qu'à le dynamiter en le dénonçant à sa mère. Qu'elle comprenne enfin qui elle avait épousé pour remplacer son père, ce héros mort à Verdun.

Léa, « fille indignée », jouissait doublement du scandale car elle détestait sa mère autant qu'elle haïssait Joe. Elle souffrait déjà du moindre signe d'amour de Lilie envers Simone, la dernière-née. Elle irait raconter à Santos, dont elle était l'antenne et qui la conseillait parfois, comme un chimiste entretient un bouillon de culture, dans quelle mélasse elle avait précipité Joe et Lilie.

Depuis le couloir elle percevait la tempête engouffrée

dans la chambre, devinant qu'elle emportait Lilie et Joe dans le même tourbillon. Secouant peut-être Lilie encore davantage. Joe s'en tirait mal en insultant la blonde, une pute payée par quelqu'un pour briser son ménage. Lilie n'était pas pour la destruction, elle se contenterait du départ de Joe pour Paris. Tous leurs invités s'en trouveraient d'ailleurs soulagés. Joe ne savait-il pas qu'ils le détestaient ?...

Joe rentra donc à Paris seul, en plein été, simplement inquiet de ne pas avoir tellement envie de faire un poker. Un sentiment de vide inhabituel, qui le renvoya en pensée vers ses frères, vers l'Amérique. Pour s'en rapprocher davantage, il acheta une pièce de vingt dollars-or frappée de l'année 1929, la suspendit à la place de l'autre à sa montre de gousset.

P'tit Louis se pointa à l'Élysée Star en fin de matinée. Joe n'avait pas vu son demi-frère depuis une trentaine d'années. Il ne l'eût pas reconnu dans la rue, mais il remarqua immédiatement sa perruque. Il avait des enfants et une femme, Marianita, d'une étrange douceur. Il était en passe de se faire escroquer par son frère Jules, sur son héritage, et il venait évoquer avec Joe de plus clairs souvenirs. Ceux des virées de leur enfance, lui assis sur le guidon du vélo de Joe. La tendresse déferla sur Joe avec la même ampleur que ses colères. Le monde entier se transformait en gouttelettes de rosée sur des pétales de fleur.

Sam, son père, voulait le revoir. D'accord. Très volontiers. À la fin des vacances, Lilie, charmée de rencontrer ce personnage de soixante-douze ans, chef d'une si grande famille, l'était encore plus à l'idée de le recevoir dans son camp du drap d'or. Et Joe, davantage qu'elle encore. Il alla le chercher à la gare avec son chauffeur et sa nouvelle voiture.

Une Farman au capot long comme une piste de danse sous lequel ronronnait l'orchestre de douze cylindres en ligne. Un moteur d'avion.

Sam, immuable barbiche et moustache blanche Napoléon III, était en compagnie de Jules, l'aîné de son deuxième lit, et de sa fille Catherine, surnommée Titie. Oubliant ses répugnances de jeunesse, Joe les embrassa, le regard mouillé comme une brume poétique sur la lande.

Sam insérait à table le coin de sa serviette sous son col de chemise, à l'image de certains vieux notables. Lilie appréciait déjà le ton mesuré de cette partie de la famille et surtout les compliments dont ils l'honoraient avec un sens ecclésiastique de la flatterie.

— Sam (Joe ne l'appelait déjà plus « Père »)... tu te souviens de Toussainte ma mère ?... Tu ne te souviens pas par qui tu l'as remplacée ?...

Au cours de tous les repas Joe dressait le bilan des brimades organisées par Mita la marâtre qui avait poussé les trois enfants du premier lit à s'expatrier. Jules et sa sœur Titie écoutaient en silence les insultes dont Joe habillait leur mère. Le nez dans leur assiette, un sourire de contrition étirant leurs lèvres minces, ils avalaient un peu chaque jour les hosties du diable.

— Pardonne-moi, mon fils, je ne pouvais pas savoir..., répétait Sam inlassablement.

Lilie, honteuse qu'on puisse ainsi tourmenter un homme dont la voix ressemblait à la plainte d'un violon, quittait souvent la table. Et Titie, hypocritement onctueuse, allait la chercher, lui disant que Joe n'était pas « un méchant homme ». Surtout qu'ils en avaient finalement besoin pour transférer leur industrie Vins et liqueurs à Paris.

Joe, qui se payait en les humiliant à travers cette cupide, ce coucou, cette voleuse de nid, cette Mita qu'il aurait dû jeter au fond d'un puits, ne réclamait jamais une broque de son héritage à son père. Il écoutait Jules, docteur en droit, lui exposer de récentes mauvaises affaires et Joe, plein de morgue, s'imagina leur porter l'estocade en leur signant un chèque pour les installer, bureaux et entrepôt, à la halle aux vins.

Lilie, dans l'alcôve, lui démontra que ses rancunes coûtaient un prix fou et que ses frères d'Amérique étaient plus intelligents que ça. Qu'elle-même était plus intelligente que ça.

— Toi, intelligente ?... Attends qu'on te le dise !...

Barthy, l'aîné, s'éveillait parfois pour aller écouter à leur porte et il avait surpris sa demi-sœur Léa sortant de sa chambre avec le jeune homme inconnu qu'elle raccompagnait jusqu'à l'entrée principale.

Il en apprenait des choses la nuit, cet enfant de dix ans, dans l'hôtel particulier silencieux. Et il réveillait aussi son jeune frère José pour lui raconter que c'était quand même bizarre que Jules et Titie, oncle Jules et tante Titie comme il les appelait, restent aussi longtemps la nuit dans la même chambre.

Le luxe et le jeu empêchaient Joe de ressentir que les regards de ses deux fils n'étaient plus les mêmes. Surtout ceux qu'ils posaient sur le père étrange qu'il était et sur son étrange famille. Un certain délire emportait l'imagination des deux frères vers de dangereux rivages. Des rivages sur lesquels il n'était pas bon de débarquer trop jeune avant de pouvoir trier entre le bien et le mal.

— Monsieur... deux gendarmes demandent Monsieur...

La voix de la gouvernante un matin de bonne heure avant le départ des enfants pour l'école.

Le visage de Barthy et de José s'écrasant contre la vitre d'une fenêtre pour voir Joe traverser le jardin entre les deux gendarmes et monter dans leur voiture de service.

Avec ce petit geste qu'il eut envers eux, de la main, sans avoir le courage de se retourner.

Celui par qui le malheur arrive

Insoumis.

L'administration militaire venait de déglutir sa situation d'insoumis et elle avait la digestion difficile. Une caserne accueillait Joe, réserviste de quarante-sept ans, marié et père de trois enfants. Et non dégagé, envers la France, de ses obligations militaires.

Une blague, une mauvaise farce, sa présence au front dans l'armée américaine n'ayant pas davantage d'utilité qu'un maillot de bain pour un Esquimau. D'après Daine, devenu lieutenant-colonel, une dénonciation avait remis les paperasses à jour.

Joe, anéanti dans la promiscuité d'une chambrée et d'un réfectoire malodorant, passait en revue tous ceux à qui « profitait ce crime ». Il y réfléchissait entre deux parties de belote-bridgée sur la couchette inférieure d'un châlit.

Et d'abord qui connaissait sa situation irrégulière, cette absence de livret militaire ?

Ses deux frères en Amérique.

Son père et sa clique.

Lilie, sa femme.

Et Paul Santos auquel il avait, un soir, bêtement avoué sa situation.

Rien de mauvais ne lui viendrait jamais du côté de ses frères d'Amérique. Quant à ceux de Rogliano, ils étaient venus le taper et ils n'avaient aucun intérêt à lui porter un tel préjudice.

Lilie l'aimait. Elle était la mère de ses enfants et elle était corse. Même en crise profonde de jalousie, elle n'eût pas livré son mari aux pandores de la République.

Et Santos ?... Il régnait à présent sur trois cabarets à Montmartre, dont le célèbre Palermo. Surnommé le Napoléon de Montmartre, son personnage, croisement d'hyène et de renard, avait inspiré à Joseph Kessel, dans *Belle de jour,* le personnage de Husson et, dans *Les Nuits de Montmartre,* le personnage de Marc Antoine.

Et Santos brillait comme le diamant maléfique de quelque légende païenne.

Joe, tout en accomplissant la corvée de chiottes de la caserne, se souvenait qu'il avait viré Santos après l'épisode de l'échange de bijou entre les deux femmes. Santos avait dû ruminer une vengeance. Dans son désir de faire place nette, Joe ordonna à Lilie, venue demander audience au colonel de son régiment, de ne plus voir personne ni de sa famille ni de la sienne.

Que ceux de Rogliano commencent par faire leurs valises.

Mais Lilie, fascinée par les relations de son frère Santos et sa vivacité d'esprit, alla implorer son aide pour abréger ce dégradant service militaire. Il est vrai qu'en uniforme de deuxième classe Joe se sentait aussi ridicule qu'un amant planqué en catastrophe dans un placard.

Si Lilie avait pris la précaution de lire *Belle de jour* de Kessel, elle en eût retiré un portrait édifiant de son frère. Kessel en avait fait dans cette histoire celui par qui le malheur arrive. Il y écrivait que « sa douceur respectueuse était celle qui entoure les victimes qu'un Dieu a choisies », que « sa voix ne s'adressait pas à l'ouïe seulement mais à toutes les cellules nerveuses, dissolvantes et secrètes ».

Joseph Kessel, avec une sensibilité toujours lucide, avait perçu que Santos, « émacié, frileux, demandait sa volupté non pas aux servitudes d'un corps, mais à la flexion des âmes ».

Lilie n'avait lu que *Les Deux Orphelines* et elle se trouva assez démunie, un certain après-midi, au Palermo, devant Santos. Il faisait répéter les futurs numéros de cabaret dont il assurait le renouvellement et les artistes, sauf les filles disposées à s'offrir, se sentaient mal à l'aise sous ce regard mince et usé qui ne bougeait jamais. Et cette voix « qui semblait toujours chercher en vous quelque chose que l'on ne voudrait pas ». Cette voix qui annonçait calmement à Lilie que c'était lui qui avait parlé de la situation d'insoumis de Joe. Que Lilie ni ne s'indigne ni ne se révolte d'aucune manière.

Et Joe, qu'en pensait-il ?... Il le haïssait, n'est-ce-pas ?... Qu'importait !... Lilie devait se persuader que Santos planait au-dessus des stupides petites rancunes. Il aimait les situations claires comme l'eau des calanques corses lorsque, adolescent, il plongeait pour ramener des langoustes à la main. Et puis quelle meilleure preuve de sa sincérité que de reconnaître qu'il se jugeait responsable de la présence de Joe dans cette caserne aux odeurs d'eau de Javel.

Même indirectement, alors que personne n'aurait pu le savoir.

Santos allait donc aider Joe à sortir de cette impasse et ce, à double titre. Il fréquentait les hommes politiques corses, qu'ils soient de droite ou de gauche, et une intervention rapide déclencha en faveur de Joe des permissions qui s'enchaînèrent, le ramenant chez lui trois semaines sur quatre.

Joe finissait pas inviter le colonel de son régiment qui partait dans la longue voiture de maître de son permissionnaire. Traité au caviar et à la fine Napoléon millésimée, le colonel priait pour qu'on lui envoie un deuxième classe aussi exceptionnel à chaque conscription.

Santos se délectait au miel de la duplicité. Il était devenu le sauveur, insoupçonnable de traîtrise. Et même davantage lorsque Joe, dans une accolade pathétique, s'excusa, une boule dans la gorge, d'avoir douté de lui, d'avoir cru qu'il était l'auteur direct de la dénonciation.

— Ce n'est rien, Joe... Tu es le frère que je n'ai jamais eu.

Joe et Lilie, bouleversés, n'y virent que de la noblesse. Ce n'était pas l'affaire du démon qu'il portait en lui, ce démon seul à savoir que Santos avait bel et bien dénoncé directement Joe aux autorités militaires. Une manœuvre destinée à faire retomber le couple entre ses mains. Il lui était insupportable de se sentir écarté de cette sœur tellement riche, mariée à un homme faible dont il pourrait, l'heure venue, disposer à sa guise. Non seulement Joe ne sentit pas le danger, mais il vécut des soirées au Palermo, acceptant même quelques passades téléguidées par Santos.

Entre « frères », c'était la moindre des choses. Joe ne se méfia que du secteur poker. Il avait ses parties, dans son cercle parisien, et son expérience de ce côté-là lui interdisait de s'attabler à Montmartre en face de partenaires qui jetaient des louis d'or en vrac dans des chapeaux mous renversés. Avec, le plus souvent, des calibres dans la ceinture.

Des histoires de brigands, il en entendait assez avec sa femme qui craignait de plus en plus de se faire assassiner par son chauffeur. Lorsqu'il descendait de la voiture pour ouvrir la grille de la propriété de Neuilly, elle se tassait sur la banquette arrière, l'imaginant revenir pour l'étrangler et lui voler ses bijoux.

Ce n'étaient pas les souvenirs de sa jeunesse vécue dans les bagnes auprès de son père garde-chiourme qui l'aidaient à se rassurer. Et Joe, retenu par les cartes, n'était pas là. Pour compenser son absence, il acheta un berger allemand déjà dressé, Diabolo, avec un pedigree long comme un jour sans carré d'as.

Joe ne comblait jamais ses insuffisances de lui-même. Aujourd'hui un chien policier, demain la force trop précoce de ses deux fils.

Finalement Lilie refusa de continuer à traverser le parc et choisit de s'entourer de bitume avenue Victor-Hugo dans un somptueux appartement d'angle. Le lycée Janson-de-Sailly n'était pas loin. Ça serait mieux pour les gosses qu'une école à la campagne (comprendre que Neuilly était à ses yeux un coin perdu de cambrousse). Qu'elle déménage donc... qu'elle organise, qu'elle installe, qu'elle décore, bref, qu'elle décide du principal et des détails.

Pendant ce temps, lui, le joueur, flottait entre ses repas à heures fixes, le glissement des cartes neuves sur le tapis de table, et le déboutonnage de la robe de la gouvernante du moment. Il avait conservé ce petit côté de fils de famille attardé qui couche avec la bonne de la maison.

Antonin Magne venait de gagner le Tour de France, Jean Renoir tournait *La Chienne,* on avait kidnappé le fils de Charles Lindbergh, et l'hitlérisme allait son petit bonhomme de chemin dans l'indifférence internationale générale.

Lilie, pour éblouir sa famille et pour mieux se persuader qu'elle avait l'étoffe de devenir une des plus grandes hôtelières de son époque, emmena Joe visiter le Normandy, un grand hôtel à vendre, situé rue de l'Échelle, près des Tuileries. Certains travaux en feraient un palace, moins grand que certains, mais plus apte à devenir un véritable petit bijou. Joe devrait négocier la vente de leurs deux hôtels, le Richepance et l'Élysée Star, et l'achat du Normandy.

Joe devrait réussir à vendre très cher et acheter le moins cher possible.

Et puis ça lui laisserait un peu moins de temps pour lorgner Victorine, la nouvelle lingère, parce que s'il croyait que Lilie, malgré un travail écrasant, n'avait pas remarqué son manège ridicule, il se trompait.

Et les enfants dans tout ça ?

Si par hasard Barthy et José obtenaient de bonnes notes, ils faisaient signer leur carnet à leur mère. Joe se trouvait d'office écarté de cette satisfaction. Ne lui étaient réservées que les notes désastreuses accompagnées pour Barthy de « Intelligent mais paresseux » et pour José de « Arrogance, inconduite, prochaine convocation parentale au conseil de discipline ».

Joe signait en exhalant un murmure de reproche inintelligible qui s'éteignait dans une contrainte de sourire. Parfois il s'entendait dire plus nettement : « sacrés gosses ». Et il se présentait seul devant le proviseur pour répondre qu'« on ne savait peut-être pas prendre ce petit ».

Au retour il racontait à Lilie qu'il avait réclamé contre les deux garçons les punitions les plus exemplaires.

Le dimanche matin, les deux garçons démarraient du Pavillon royal, près du lac du bois de Boulogne, au volant de leurs Bugatti respectives. Joe les suivait dans la Farman conduite par Stanislas et Diabolo, le chien-loup, courait sur l'allée cavalière.

Sur leur passage l'étonnement arrondissait la bouche des plus blasés.

À midi, ils déjeunaient avec Lilie dans une auberge de luxe de Saint-Germain ou de Rambouillet. Les deux garçons, habillés de velours, chaussures vernies et chemise blanche, n'avaient le droit de jouer dans le parc qu'à condition de ne pas se salir et de ne pas écorcher le vernis de leurs chaussures sur les graviers des allées.

Très vite Barthy fabriqua une sorte de traîneau, une planche montée sur quatre roulements à billes avec une planchette de direction. Avec son jeune frère à l'arrière, ils dévalèrent les rues en pente et Barthy s'était acoquiné avec des gosses moins riches pour aller jouer à l'Alma, sur les quais de la Seine, dans des labyrinthes formés par d'énormes blocs de pierre de taille superposés. On y rigolait davantage et les lance-pierres apparaissaient. Un jour que les deux frères descendaient à fond de train le trottoir de la rue Galilée sur leur planche, Barthy manqua le rivage et le traîneau passa tout droit dans la rue Vernet, sous le ventre du cheval de trait attelé à la voiture du glacier qui livrait des pains de glace dans leur hôtel. Le choc du traîneau contre le trottoir d'en face propulsa José qui se blessa au front.

Lilie boucla l'engin dans la cave et interdit à l'avenir, à son aîné, de courir de tels risques et de les faire courir à son jeune frère.

Cette véhémence n'entra ni dans son oreille droite ni dans son oreille gauche.

José, le voyant passer le long des baies vitrées de l'hôtel, se débattit entre les mains de Lilie pour le rejoindre. L'intensité de ses crises de rage faisait toujours craindre une rupture d'anévrisme.

Lilie le lâcha.

Ravalant déjà ses sanglots il courut, le pansement au front, après ce frère si attractif. Il n'en était séparé que par dix-huit mois. Insuffisant pour ne pas pouvoir le suivre. Le suivre jusqu'aux abîmes, une petite douzaine d'années plus tard. Une chute si soudaine et si profonde qu'il ne devient plus possible de remonter la pente à deux.

Il n'y aurait personne sur la pédale de frein pour enrayer cette descente. Les pieds de Joe ne lui servaient qu'à se faire cirer ses chaussures.

Sommé par Lilie de réagir contre l'épisode de la planche à roulettes, il resta muet devant ses deux fils.

— C'est la faute des roues en fer qui glissent, tu pourrais pas nous acheter des roues en caoutchouc ? demanda tranquillement Barthy.

Voilà donc les coupables... les roues en fer. Et ce pauvre gosse qu'on accusait à tort ! Pas étonnant qu'en face de cette injustice il fracture le cadenas de la cave.

— Pardonnez à votre père, les enfants...

Il achètera des roues caoutchoutées... demain... non, plutôt dans une heure... là... tout de suite... Pour ses fils, il laissera déferler sur ses épaules la rancœur de Lilie, qui lui lancera qu'elle aurait dû se douter qu'« un joueur était plus irresponsable qu'un oiseau des îles ».

Ce à quoi il répondit que « l'oiseau des îles » avait acheté leur premier hôtel avec un tableau de maître gagné au jeu et non avec la dot de sa femme.

Renfrognés, ils pouvaient rester une semaine sans s'adresser la parole.

Millionnaire corse
pour village natal

Et tout s'accéléra. Comme la marche du monde.

Un monde qui donnait l'impression de ne plus être qu'une immense toile autour de laquelle on avait attelé des chevaux sauvages qui tiraient furieusement dans des directions opposées. Des craquements annonçaient des déchirements, des lambeaux comme ceux d'une chair torturée.

Joe, après avoir vendu les deux hôtels et tout réinjecté dans l'achat du Normandy, avait senti s'ouvrir sous lui le gouffre des travaux entrepris par Lilie. La folie des grandeurs de sa femme, « sa brave épouse » comme il l'appelait, cette marche forcée en avant, réussissait à le rassurer néanmoins, car il ne se déterminait sur rien. Bien qu'il ne puisse s'empêcher d'en frissonner comme un animal fragile menacé par un danger larvé contre lequel il sera sans défense.

L'actualité internationale entretenait en lui cette crainte au quotidien. Les soulèvements sociaux, l'envahissement du chômage, le hérissement des grèves, ce climat vacillant sous les fissures, avec au centre de l'Europe le bruit des bottes qui profiteraient de toutes les faiblesses.

Et Joe, de plus en plus riche, se sentait de plus en plus faible sans pouvoir confier la chose à quelqu'un.

Il revoyait souvent p'tit Louis, son demi-frère affectueux, et, à son contact, il décida de se rapprocher de son arbre. Du village de Rogliano, ses racines.

Léa refusa d'y accompagner la famille pendant les vacances suivantes. Elle pensait ne pouvoir ni gigoter sur les rythmes de danses à la mode ni gigoter tout court sur des lits de rencontre. Lilie accepta à condition de pouvoir marquer royalement son passage. On lui offrit de devenir la marraine des cloches de l'église et elle sollicita la présence d'un évêque pour les bénir. Juste une question de hauteur de don.

Une grue déposa la Farman à Marseille sur le pont du bateau et une autre la redéposa sur les quais du port de Bastia. Tout un spectacle pour les badauds, à s'en attraper le torticolis.

Sur les routes étroites du Cap en partie terreuses, la longue limousine occupait toute la largeur. Joe, assis à côté de Stanislas le chauffeur, klaxonnait à chaque virage. Le système s'actionnait en tirant sur un câble qui finit par se coincer. Ce klaxon s'intitulait « le cri du bœuf ». Il importunait au point de se faire prendre pour cible dans cette région encore sauvage qui comptait une arme à feu par habitant.

Il fallut désamorcer ce hurlement et rouler privé d'avertisseur. Ils ne croisèrent qu'une seule voiture, une sauterelle à l'arrière pointu que la Farman impressionna jusqu'à la repousser contre le talus en position de bascule.

L'arrivée dans le village concrétisa tous les rêves revanchards de Joe.

Lilie se plaignait déjà de la chaleur dont souffrait Simone, la dernière-née, une enfant qui d'habitude ne se plaignait jamais. Par bonheur, l'ultime côte débouchait sur Rogliano. La grosse voiture racla un peu le mur d'une maison dans l'étroitesse de l'approche.

L'austérité du cap Corse ne poussait pas la population de Rogliano à un accueil en forme de liesse. Lilie, qui s'attendait à être reçue comme Cléopâtre, ne rencontra que le silence plafonnant sur des regards aiguisés.

Les ramifications de la famille du père de Joe se partageaient les deux grosses maisons bourgeoises que Sam l'Américain avait fait construire avec la fortune de sa femme Toussainte.

Lilie, qui aimait les situations nettes, n'était pas douée pour ménager les susceptibilités. Joe lui avait tellement empoisonné de repas avec l'héritage qu'il réclamerait un jour qu'elle établit clairement que toute la richesse de cette famille ne venait que de Toussainte, la mère de son mari. Et elle se fit conduire sur la tombe de Toussainte pour mieux enfoncer le clou.

Joseph Marie, le frère de Sam, était présent. Sa fille Marie-Jeanne vivait toujours là aussi. Elle s'était mariée avec un Luigi et les deux enfants (Josette, trois ans, et François, douze ans) pourraient jouer avec Barthy et José. Marie-Jeanne répondait au même prénom que la grand-mère qui avait élevé Joe et elle nourrissait la même aversion que lui envers Mita qui avait fait une OPA sur la fortune de Joe et de ses frères.

Lilie se sentit davantage chez elle que ne l'était toute cette famille, puisqu'elle était mariée à l'un des héritiers de cette fortune. Elle en devenait hautaine, ce qui ne l'aida pas à s'incorporer. On lui reprochait, derrière son dos, d'être corse sans pour autant parler le corse et Marie-Jeanne lui distribua du linge de maison, en se gardant bien de lui confier la clef de l'armoire.

Joe, lui, discutait déjà politique avec les hommes du village. Il jouait les mécènes, promettait un élargissement des routes et un dépôt de pharmacie et de meilleurs locaux pour un médecin. Il rappelait, dans l'émotion des réunions de bistrot, qu'une absence de soins rapides avait tué sa mère.

Pourquoi ne pas confier la mairie à un homme de cette envergure, natif, en plus, du village ?... Des parties de belote solidifièrent le pacte. Joe, sur son tapis volant, demeurait inconscient de l'isolement de Lilie.

Elle occupait tout un étage et ne cessait d'évoquer son luxe parisien aux membres de cette famille hautaine qu'elle prenait pour des lourdauds imperméables à tout raffinement. Dans sa mégalomanie, elle ne remarquait même pas qu'on ne lui adressait plus la parole, Marie-Jeanne parlait directement à Joe. Elle était la nièce de son père Sam, et Lilie n'était qu'une vague étrangère, devant laquelle on ne s'exprimait plus qu'en langue corse.

Lilie ne pénétra jamais derrière ce rempart familial et l'évêque débarqua à temps pour éviter que la tension ne mène à la rupture.

Après le pompeux baptême des cloches, l'évêque proposa à Lilie un tour de Corse en voiture et un pèlerinage à Cervione, le village d'origine de la famille de Lilie. Le côté triomphal du voyage emporta Lilie dans sa Farman comme une conquérante à la proue d'une blanche caravelle.

Joe restait seul avec les deux garçons. Lilie emmenait la gouvernante et sa petite fille Simone. Il partait à la chasse avec les hommes du village tandis que Barthy et José râpaient leurs fonds de culotte en jouant avec leur cousin François sur les rochers alentour. La vie rustique de Joe devait répondre à un besoin viscéral, il ne se rasait plus, portait de grossières chemises de toile et un pantalon de velours soutenu par de larges bretelles, ce qui n'empêchait pas le fond de lui descendre sur les jarrets. Mais il était heureux. Il avait même traîné sur les vestiges des huttes de charbonniers laissées par les émigrés italiens, les amis de sa jeunesse.

Et il se sentait bien. Bien comme on l'est quand on l'est parfaitement.

Comme il avait pris un coup de soleil sur le crâne, une vieille lui conseilla de le parsemer de rondelles de pomme de terre crue. La recette éviterait à sa peau l'humiliation de la pelade.

En revenant de son périple, Lilie tomba sur ce spectacle. Âgé d'une cinquantaine d'années, Joe en accusait une large dizaine de plus. Des rondelles de pomme de terre étalées sur le crâne !... Sans doute pour amuser les enfants... Elle lui détailla leurs genoux croûtés, leurs pieds crasseux dans leurs sandalettes poussiéreuses. Qu'est-ce qui lui avait fichu un pays pareil, capable de faire plonger en deux semaines sa famille dans l'état sauvage !... Heureusement qu'elle avait récupéré à Bastia ses draps de fil brodés sur le rabat, expédiés depuis Paris. Les draps rugueux de Marie-Jeanne lui irritaient la peau. Ses draps à elle et ses épaisses serviettes en éponge, voilà ce qu'il était convenu d'appeler du linge de maison.

Critiquée sur son armoire à linge, le lieu sacré de sa maison, Marie-Jeanne eut l'impression qu'on venait de lui cracher au visage. Bien que de deux années plus jeune que Lilie, elle exigea des excuses.

À voix très haute, pour qu'on entende bien et pour éviter toute réconciliation, elle annonça par avance qu'elle les refuserait.

Lilie boucla ses malles et retint deux suites dans un palace de Saint-Raphaël pour y achever des vacances saccagées par une jalouse à moitié cinglée.

Les qualités de négociateur de Joe ne s'avérèrent pas plus efficaces qu'une bible chez les cannibales. Lilie en remit en priant Joe d'avertir ses frères d'Amérique du comportement hostile des habitants de leur maison de famille, et de prendre des dispositions pour flanquer à la porte toutes ces sangsues dès qu'ils auraient récupéré leur héritage. Joe fit la sourde oreille.

En revanche, il promit, dans le village, de revenir faire de la politique. Et il tint parole.

En remettant cette histoire d'héritage d'actualité, Lilie lui recalait un os sous les mâchoires. Il n'aurait qu'à continuer à le ronger et ne pas lui reparler de ce village avant que d'avoir réglé le problème. Elle le connaissait assez pour savoir qu'il ne le réglerait jamais et que cette volonté de réclamer son héritage resterait à l'état velléitaire.

Elle ne remit jamais les pieds à Rogliano. Après un petit détour au fond des abîmes, je suis retourné au village, sur les traces de mon Père. Marie-Jeanne veillait toujours sur ses armoires à linge, sur ses draps un peu rêches. Elle ne mourut qu'en 1972.

Elle me reçut dans la plus grande des deux maisons. Elle me parla de mon Père pour lequel elle avait de la tendresse. Jamais elle ne prononça le nom de ma mère, qui vivait pourtant toujours elle aussi. Pour Marie-Jeanne, Lilie était morte depuis les années 30 avec ses draps de fil au rabat brodé en guise de linceul.

Sauvagerie à tous les étages

L'Américaine, la Miss-loco, comme l'avait surnommée le personnel, sirotait de l'eau de Cologne, transportait un serpent dans son sac et tenait un renard en laisse. Elle avait beau être la femme d'un constructeur de locomotives, avec une fortune plus longue que des voies ferrées à perte de vue, tous les palaces parisiens l'avaient priée de porter ailleurs ses esclandres quotidiens.

Mais Lilie, à la tête de l'hôtel Normandy et fière d'appliquer sa devise « le client a toujours raison », avait relevé la gageure de conserver cet épouvantail autant qu'elle désirerait honorer le Normandy de sa présence. La plus douée des cartomanciennes n'aurait pu prévoir que Lilie venait d'inviter toute sa famille, du moins Joe et les gosses, à prendre place sur un toboggan dont personne, s'il en revenait, n'en reviendrait indemne.

Et ça commença par la mort de Diabolo, le berger allemand, cette splendeur canine qui veillait sur les siestes de Joe, qui allait chercher les garçons au lycée Janson-de-Sailly, sans jamais se tromper sur les heures irrégulières de sortie, qui sautait en hauteur une cabine de bain, qui rapportait pendant les vacances les journaux du matin et la baguette fraîche dans un panier et qui se couchait, d'instinct, devant la porte palière des enfants si les maîtres sortaient en soirée.

Pourquoi se trouva-t-il dans la zone odorante du renard

de Miss-loco ? Stanislas le chauffeur, qui l'avait ramené à l'hôtel en faisant des courses, en perdit sa place.

Diabolo piquait droit sur le renard qui imprima une redoutable secousse à sa laisse. La main de Miss-loco s'ouvrit et la poursuite démarra dans les grondements sauvages du chien-loup et les glapissements du renard. La chasse escalada tous les étages, à peine le temps pour Miss-loco de prononcer le nom de trois avocats célèbres. Et la chasse hurlante redescendit pour tracer un huit dans le vaste hall dans une accélération qui retrouva Lilie encore suspendue au téléphone pour alerter les pompiers. Joe ne pouvait que courir et, s'il avait moins débité sa gamme de jurons en appelant son chien, il eût conservé davantage de souffle.

Près des combles, dans un couloir en cul-de-sac, le renard illustra un certain courage. L'échine au mur, la lâcheté, même pour les humains, n'est plus d'aucun secours. Avant de broyer la gorge du renard, Diabolo se sentit transpercé par les fines dents aiguës.

Mais la barbarie insensibilise. La mort faisait silence. Diabolo léchait ses babines pleines de sang. Il ne comprenait pas pourquoi on essayait de lui taper dessus alors même qu'il venait de protéger ses maîtres en tuant un animal sauvage. Pauvre chien-loup qui n'avait même pas réussi à ce que Miss-loco quitte l'hôtel.

Même l'explosion de la Bourse de Wall Street, suivie par l'élection de F. D. Roosevelt qui ferma les banques pour enrayer la fuite des capitaux, même ça ne suffit pas à réexpédier Miss-loco en Amérique. Toute la clientèle américaine, sympathisante de Joe qui parlait si bien leur langue, avait déserté l'hôtel. Lilie ne pouvait plus payer les lourdes échéances des travaux entrepris et les créanciers se pressaient à sa porte, poussés dans le dos par le déferlement de la crise.

Cette haute vague sous laquelle les petits hommes s'affolaient à travers le monde. Sauf ceux déjà misérables qui n'avaient plus grand-chose à perdre.

Donc Miss-loco résista. Son milliardaire de mari avait de

quoi flotter sur l'inondation. Elle absorba juste davantage d'eau de Cologne.

Et Diabolo mourut. Les morsures du renard lui avaient-elles déstabilisé le caractère ? Il devint dangereux et une piqûre chez le véto supprima le problème.

Joe, qui ne pouvait atténuer son chagrin en se parfumant le gosier, regarda la vie d'un œil toujours bleu bien qu'assombri.

Hitler devint chancelier du Reich et Lilie tomba malade. Elle ne prenait jamais soin d'elle, et une occlusion intestinale nécessita le bistouri du chirurgien.

Joe, seul en face des dettes dont il se refusait à lire le montant, seul en face des problèmes d'inconduite scolaire de ses deux fils qu'il dut se résoudre à mettre en pension au collège Stanislas, seul en face des jérémiades de la sœur de Lilie l'accusant de ne pas avoir veillé sur la santé de sa femme, Joe avait l'impression que sa vie n'était plus qu'un Yo-Yo au bout d'une ficelle. Un jouet, une mode, qui faisait fureur. Il allait faire sa sieste au chevet de Lilie qui se remettait lentement et lui répétait la même phrase d'une voix encore faible :

— Où allons-nous trouver l'argent pour nous en sortir ?

Vendre l'hôtel ?... À qui ?... Même la Farman qui consommait quarante litres aux cent kilomètres était invendable. La faillite prenait le même visage que les émeutes, et les gouvernements exténués les réprimaient, avec maladresse, dans le sang.

Tout. La famille perdrait tout. Voilà ce qui ceinturait le front chauve de Joe comme un cercle de fer dont Lilie tournait la vis.

Il licencia du personnel. Le service s'en ressentit et mécontenta le peu de clientèle encore présente.

Sauf Miss-loco. S'il n'en restait qu'une, elle serait celle-là. Un jour, Santos demandera à Joe pourquoi il ne l'avait pas appelé. Il eût collé l'excentrique dans son lit pour la soulager de ses bijoux et de son compte en banque.

Joe n'avait pas ce genre de talent, il se réfugia dans le jeu.

Miss-loco ne jouait pas au poker. Mais une petite partie de baccara ? C'est amusant, ces cartes qui sortent d'un sabot. Elle pourrait même poser sa bouteille d'eau de Cologne et son serpent sur la table. Et puis, BANCO ! ça sonnait bien. Une boîte à frissons. Joe, certain qu'il tenait sa sauvegarde, transforma une des suites de l'hôtel en tripot. Un croupier professionnel et tous les accessoires inspireraient confiance. Les faux joueurs avaient des physiques respectables. On y glissa quelques titres de noblesse.

Au début Miss-loco gagna. Puis on l'aida sans doute à perdre. Joe remboursa les créanciers les plus hurlants, ce qui redonna à Lilie des forces nouvelles.

Son retour chez elle coïncida avec la plainte déposée par Miss-loco. Joe apprit qu'elle avait été conseillée par un maître d'hôtel en souvenir d'une humiliation infligée par Joe.

La brigade des jeux débarqua, plaça les scellés, confisqua le matériel.

Joe, devant Lilie, arrondissait le dos comme un gosse qui s'est empiffré de chocolats à la liqueur. Il fallait se défendre. Prendre un avocat. Préparer ce qu'on dirait au juge. Et aussi, peut-être, tenter un arrangement à l'amiable pour que Miss-loco retire sa plainte.

Pourquoi Lilie avait-elle dépensé autant d'argent dans ces travaux ?... Mais comment avait-il pu se montrer assez irresponsable pour avoir monté cette arnaque de jeu dans leur hôtel ?... De la morale, Lilie s'en foutait. Mais pas de son hôtel et pas d'une telle maladresse non plus.

Des reproches jetés à la tête comme des objets lourds et un nom au bout de leur fatigue : SANTOS.

Les étoiles des années folles s'éteignaient, noyées dans les soupes populaires. La gestion des cabarets de Santos n'était pas conduite pour durer. Un peu comme les affaires de l'État avec, d'un gouvernement à l'autre, des hommes politiques très bons nageurs. Santos s'éloignait des naufragés sans se retourner. Les mises de départ n'étant pas les siennes, il n'avait rien perdu.

Joe le trouva dans une suite au Plaza. Il était insolvable et la direction patientait quand même. L'homme était connu pour ses redressements. Le dollar venait de se dévaluer de soixante pour cent. Les derniers richards américains se recroquevillaient chez eux.

Santos, « magnanime », offrit d'abandonner son « luxe indépendant » pour venir s'installer au Normandy. Il tenait absolument à se rapprocher de sa famille pour mieux l'aider à combattre. Joe, d'émotion reconnaissante, faillit en humidifier sa cravate Régence. Déjà, arpentant le salon, Santos dressait un plan de bataille à la fois lucide et brillant.

Le suicide d'Alexandre Stavisky jetait la France sous les projecteurs de la corruption. Aux yeux de l'opinion publique, son « suicide » arrangeait tellement de monde que la justice entra « en crise de propreté ».

Joe devrait donc se mettre au vert dans la campagne normande chez une amie de Santos. Un grand avocat, Moro-Giafferi ou Torrès, des amis de Santos, le représenterait auprès du juge et on penserait à un certificat médical. Gagner du temps... gagner du temps... En son absence Santos et Lilie régleraient tous les problèmes. Henriette, la copine de Santos, aimait les cartes. Joe patienterait en jouant au rami ou à la belote.

Joe sentait la chape de plomb décoller de ses épaules comme une montgolfière s'élève dans le ciel bleu. Il embrassa sa fille Simone et alla invoquer un voyage d'affaires au collège Stanislas pour embrasser ses fils.

Son plus jeune fils, José, ne supportait pas la discipline des hommes d'Église et le collège envisageait de le flanquer à la porte.

Barthy, silencieux, était néanmoins noté comme un sujet capable d'une sournoise influence qu'on ne pouvait malheureusement pas prouver. Joe réclama l'indulgence en regard des difficultés familiales dont les deux garçons devaient secrètement souffrir.

Il s'installa chez Henriette, environné d'un paysage de douceur piqueté de volumineuses vaches laitières. La demeure était celle d'un marchand de biens, une sorte de maquignon de la pierre, décédé en plein repas gastronomique d'une attaque d'apoplexie.

Henriette, la veuve, avait appris dans le lit de Santos à dénouer ses sens et les cordons de sa bourse. Elle en parlait comme d'un dieu vivant. Et Joe se taisait. Il essaya, à l'aide du vélo du jardinier, de renouer avec les exercices de sa jeunesse, mais il avait nettement franchi la cinquantaine, ce qui augmentait le pourcentage des bosses.

Il était mis à l'écart comme un irresponsable. On se contentait, depuis Paris, de l'informer des décisions prises. Un astucieux dépôt de bilan. Et les fourrures, les bijoux et les meubles signés les plus chers mis en lieu sûr. De quoi repartir dans une affaire juteuse découverte par Santos.

Le courrier ne manquait pas de souligner à Joe que tout était sa faute, le scandale déclenché par Miss-loco ayant renforcé le droit des créanciers. Gérant de la société qu'il avait créée pour acheter le Normandy, il serait sans doute interdit à l'avenir de toute nouvelle gérance. Lilie et Santos jugeaient que c'était un moindre mal en regard de son inconséquence. L'Américaine avait effrayé le juge d'instruction avec son serpent, les mots d'auteur de Moro-Giafferi avaient fait le reste, et le juge devenait sympathisant.

Joe n'avait emporté qu'une valise. Il pria Lilie de prendre soin de sa garde-robe. Une réponse acerbe l'avisa qu'un conseil de discipline s'apprêtait à exclure José du collège pour révolte ouverte contre un prêtre, une bataille à coups d'encrier et de plumier pour répondre à une gifle donnée par cette soutane. Quant à Barthy, il jouait de l'argent aux cartes, aux billes, malgré de fréquentes interdictions. Voilà où la désastreuse éducation de Joe avait mené ses fils, concluait la lettre de Lilie.

Il tenta de réagir en écrivant à Germaine Daine qui lui devait sa situation sociale. Elle était maintenant Madame la générale Daine. Joe demandait que le général intervienne auprès de la direction du collège Stanislas qui s'enorgueillissait du passage de Guynemer entre ses murs et serait sensible à la démarche d'un haut gradé.

Joe reçut une mauvaise lettre moralisatrice dans laquelle il était question de laisser ces deux chenapans payer les conséquences de leurs actes. Il se délesta dans une lettre d'insultes à cette vieille bique, se félicitant que son jeune fils lui ait craché à la figure.

Mais Henriette était une diplomate. Elle avait pour mission de surveiller ses débordements et l'incita à déchirer la lettre. Il écrivit alors à ses frères. Ce cadet de cinquante ans révolus demandait enfin conseil. Antoine et Simon croyaient-ils possible qu'il revienne près d'eux avec sa femme et ses enfants ?...

Simon, méfiant, lui répondit en lui demandant « s'il avait vraiment l'accord de sa femme »... Joe ne l'avait pas et ne l'aura jamais puisqu'il ne lui posera jamais la question. Il conservera l'impression de l'avoir posée, cette question, et beaucoup d'autres aussi qui tournicotaient en lui comme des feuilles mortes dans le vent de l'automne. Est-ce que les gens ne pourraient pas se décider à deviner les questions qu'il ne posait pas ?

L'assassinat du roi de Yougoslavie et du ministre des Affaires étrangères Louis Barthou à Marseille accapara l'opinion publique. Elle se désintéressa de la campagne « propreté morale » de l'époque et le juge profita des contradictions de l'Américaine pour classer le dossier de Joe.

Le roi était mort d'avoir privilégié les Serbes contre les Croates. La foule française criait : « Vive la Serbie ! » mais le flingue d'un Croate porta la contradiction. Johnny Weissmuller se balançait de liane en liane sur les écrans dans le rôle de Tarzan. Et Joe rentra à Paris pour constater que les acrobaties de Santos débouchaient sur l'inauguration de ce que « le Tout-Paris n'oublierait jamais », un cabaret-spectacle situé à Montparnasse, rue Delambre.

Les lettres trouaient la nuit dans des variations de couleur : L'ATLANTIDE Santos évoluait entre les tablées de célébrités de sa démarche reptilienne. Les photographes fixaient ce que publierait la presse du lendemain. Lilie jetait quand même des regards inquiets vers l'hémorragie des dépenses, bien que Santos affirmât de sa voix piégeante qu'« il fallait bien semer le grain pour voir pousser les épis ».

Si L'Atlantide ne fut qu'une terre ingrate pour Joe et Lilie, il resta pas mal de sacs de grains dans le grenier personnel de Santos. Il y eut toujours une moitié de la salle qui ne payait rien et qui lui devrait une certaine « reconnaissance ». Il misait sur l'avenir en ruinant son commanditaire du moment.

Joe ne pouvait pas donner son avis et encore moins monter une partie de poker dans le cabaret. Comment critiquer celui qui l'avait à la fois sauvé du service militaire et peut-être de la prison ?

Dans bien des années, son fils Barthy, traqué par tous les flics de la criminelle, l'accusera de ne pas avoir deviné que les services rendus par Santos étaient les plus chers du monde.

Pour le moment, le pire pour Joe consistait à poser les yeux sur Marie, la sœur de Lilie, et son gnome d'époux. Santos les avait installés dans un bel appartement au-dessus de L'Atlantide. Ils avaient pris de l'arrogance car le mari, « fonctionnaire en retraite intègre », servait de prête-nom dans l'affaire.

Même la générale Daine réapparaissait pour donner des conseils à cette chère Lilie mariée à un inconscient.

Joe aurait pu supporter l'ensemble à un seul exemplaire. Mais la décoration du cabaret, basée sur une disposition d'immenses glaces, lui renvoyait ces grimaciers en les multipliant à l'infinie. Une armée de tantes Marie, un escadron de gardes-chiourme, un défilé de Germaine.

Le général, flairant la déroute, s'abstenait. Il eût mieux fait de s'inquiéter de celle qui guettait l'armée française au grand complet dans un proche avenir.

Isolé, Joe se lança dans l'indépendance. Il réalisa ses parts dans le casino de la côte normande, acheta une voiture plus modeste que la Farman et alla mener campagne électorale en Corse pour se faire élire au conseil communal. Il militait pour le pouvoir d'achat du peuple, seul capable d'arroser l'économie. « Même si les nantis mangeaient deux biftecks, voire trois ou quatre chacun, ça ne remplacera jamais les millions de steaks dévorés par la masse. »

Pendant ce temps-là, Lilie perdait tout. Les coups de marteau d'un commissaire-priseur firent passer dans les mains des marchands les bijoux, les fourrures et les meubles signés Premier Empire. Lilie implorait Santos qui l'obligeait ainsi à tirer les dernières cartouches.

— Les enfants... mes enfants... Il faut penser aux enfants...

— Les enfants, ils ont leur oncle, répondait-il pompeusement.

Sa mort immédiate avec une balle du Smith et Wesson, dont Joe ne s'était jamais séparé, aurait évité à José et à Barthy d'attraper la peste de l'âme que Santos véhiculait depuis sa naissance.

Soc de charrue pour famille en détresse

Joe, de retour, écouta de la bouche de Lilie les raisons du désastre qu'il ne demandait d'ailleurs pas : Lilie et Santos n'y étaient pour rien, c'était la faute du Front populaire, de la semaine de quarante heures et des quinze jours de congés payés. S'il fallait entretenir des employés partis en vacances, comment pouvait-on gérer une affaire ?... Il y avait aussi cette saloperie de guerre civile déclenchée en Espagne et jusqu'à Mistinguett qui chantait pour les grévistes. Sans parler de la fin du monde, il s'agissait quand même de la fin d'un MONDE. Le franc s'agenouillait à moins trente pour cent.

La famille ne pouvait plus payer le loyer de l'avenue Victor-Hugo, dont la salle des ventes avait dévoré les derniers meubles.

Le soir de son retour, Joe et les siens couchèrent dans un trois pièces-cuisine dépendant d'un commerce d'épicerie fine en faillite. Une combine de Santos en cheville avec le syndic, ça maintenait le commerce ouvert pour en faciliter la revente. Joe et sa famille n'avaient plus qu'à se mettre au boulot. Joe commença le premier avec un tablier à bavette.

Les yeux bleus de Joe ne semblaient plus rien regarder, tandis que les orbites de Lilie s'étaient agrandies et qu'un regard intense, presque sauvage, y palpitait. Elle devenait la mère de famille des *Raisins de la colère.* Elle n'abdiquait pas et, cherchant une force pour s'associer à la sienne, elle commença d'évangéliser ses deux fils contre la faiblesse de leur Père, qui ne marquait aucune différence entre un cageot retourné en guise de chaise et les sièges capitonnés de soie évanouis dans la faillite.

Sa rage était si grande qu'elle vitupérait contre Santos qui s'était dilué dans un nuage de vapeur comme un diable arrosé d'eau bénite.

Joe se taisait. Il engloutissait les repas à heure fixe sur une planche posée sur des tréteaux. Son crayon d'épicier sur l'oreille, ce caméléon vendait au détail le stock de l'épicerie sans en connaître véritablement le prix.

Quand Léa, habillée chicos près du corps, vint leur annoncer qu'« elle les quittait, parce qu'elle ne voulait pas travailler pour eux, et que, en plus, Joe l'avait suffisamment emmerdée avec des histoires de rouge à lèvres et d'épilation de sourcils », Lilie tenta de la gifler. Léa esquiva en claquant la porte. José lui cria des insultes dans l'escalier et Barthy, plus efficace, lança sur elle par la fenêtre un vieux tabouret. Il avait quinze ans et José treize, et ils se sentaient investis d'une mission de sauvegarde. Une nouvelle vie beaucoup plus attractive que celle de gosses de riches.

Et Joe n'avait pas bougé.

— Où pourrait bien aller cette pauvre enfant ? se demandait Lilie.

Joe, seul à savoir qu'elle avait déjà couché avec Santos, se taisait.

Il encaissa le reproche de n'avoir pas su remplacer son père mort dans un trou d'obus. En silence il pensait sans doute qu'il ne devait pas encore noircir le tableau. « La pauvre enfant de Lilie » faisait sans doute le tapin sur les conseils scientifiques de son cher oncle.

Et Joe se taisait encore et encore. Il avait déniché une partie de poker dans un boui-boui du quartier. Homme du jour le jour, il ne parvenait pas à s'inquiéter vraiment. Ses trois enfants se portaient bien. Les deux garçons fréquentaient une école d'État puisque le collège privé était devenu impayable. La vie passerait là-dessus et en ferait des hommes de toutes les manières. À dix-sept ans il s'était bien expatrié en Amérique, les deux garçons trouveraient aussi leur chemin.

Et Lilie se débrouillerait pour recréer quelque chose. Quand il ne reste plus rien dans une ferme abandonnée, il reste encore un soc de charrue. Elle était, aux yeux de Joe, ce soc de charrue là. Il savait qu'elle conservait toujours « une cachette ». Quelques billets pour la survie immédiate, auxquels le joueur n'aurait jamais accès. Joe, enfantin, se reposait là-dessus. Protégé contre l'angoisse, il continuait de gagner de petites sommes au poker.

Le syndic vendit l'épicerie et, dans l'inventaire, Lilie détourna une caisse de boîtes de conserve. La famille se retrouva à Boulogne, dans un appartement plus aéré de l'avenue Jean-Baptiste-Clément et bouffa des raviolis en boîte midi et soir.

Quelque trente ans plus tard, je jetterai toujours un coup d'œil sur l'immeuble en rejoignant le Studio de Boulogne pour y tourner un de mes films.

Il ne restait plus à Joe qu'à découvrir une partie de poker dans ce quartier en bordure du bois de Boulogne. Doué pour cela d'un flair de chien d'arrêt pour gibier à plumes, Joe eût décelé des joueurs de poker dans une morgue.

Lilie s'était remeublée d'occasion avec le grappillage pendant le séjour dans l'épicerie. Elle avait conservé l'habitude de lire toutes les petites annonces, de l'achat d'un château à la revente de pneus rechapés en passant par une robe de mariée et un matelas pure laine désinfecté.

Le fameux jour arriva. « CHERCHE PETIT CAPITAL POUR ASSOCIATION POUVANT RAPPORTER GAINS PROGRESSIFS SANS RISQUE ».

Taraudée par l'idée de récupérer sa fortune, Lilie répondit, histoire de demeurer positive. Il s'agissait d'une certaine Hélène Fardhy, la quarantaine aux charmes dont on devinait l'opulente fermeté. Sa mise modérée inspira confiance à Lilie.

Les deux garçons respirèrent l'odeur d'une initiatrice d'adolescents, car l'époque célébrait le règne des femmes d'expérience. Quant à Joe, il jugea du rebondi de sa cuisse dès qu'elle croisa les jambes et imagina quelques futurs compliments qui inciteraient à la position horizontale.

Est-ce que ce couple, cette famille si sympathique, avait déjà entendu parler d'un système à la roulette ? Hélène ne pouvait mieux tomber. Oui, le jeu, avec son espérance et sa désillusion, ils connaissaient. Mais pas au travers des savants calculs d'une martingale.

Hélène avoua qu'elle avait appris en payant. Elle avait répondu à la même annonce que la sienne. Accompagnée du technicien, elle avait gagné pendant trois mois et sauté un beau soir sur une impatience de son associé à ne pas laisser sortir une série assez longue de noir pour miser sur le rouge. Si on appliquait strictement la loi du nombre d'après les permanences publiées par le casino de Monte-Carlo, le gain était assuré.

Elle proposa de longues séances de contrôle à domicile.

Question de pure forme : le couple possédait-il les quelques milliers de francs nécessaires pour descendre jouer au casino ? Joe qui cherchait à briller près de la dame affirma : « Et sans doute davantage si on veut démarrer par plaques de 200 au lieu de 100. »

Une fois entre eux, Lilie le félicita de s'être enfin décidé à réclamer l'héritage de son père. Il n'était pas question de ça ?... Alors de quoi était-il question puisqu'ils étaient fauchés ?

Joe se débrouillerait.

Comment ?... À l'aide d'une Miss-loco bis ? Qu'il se méfie, Santos ne serait sans doute plus là pour le tirer d'un nouveau guêpier. Santos ? éructa Joe. Il irait cracher et pisser sur sa tombe dès que la chose serait possible. Lilie se tordit les mains et même le visage en partant de la mâchoire car elle ne se guérissait jamais de « la maladie de Santos ».

En marchant dans le bois voisin, Joe se rappela les dimanches avec Diabolo courant pour suivre les deux Bugatti des enfants. Les Bugatti ? Personne n'y avait pensé. Il les retrouva garées dans les sous-sols du Pavillon royal. Et il les vendit, se prenant un instant pour Judas dans le jardin des Oliviers. Affreusement coupable d'avoir trahi ses enfants, il arrondit, ce jour-là, davantage le dos et raccourcit ses pas.

Qu'au moins ces quelques milliers de francs lui servent déjà à baiser Hélène, car ce joueur ne croyait pas à la vertu des mathématiques pour gagner à la roulette. Il croyait plutôt à une sorte de poésie, un désir de tous les sens qui apprivoise la chance comme un amoureux de cape et d'épée sous les fenêtres de sa belle. Il créa une occasion de se retrouver seul avec Hélène dans l'appartement. Rideaux tirés, lumière tamisée et le capital du jeu aligné sur la table en gros talbins. Lilie était chez la générale Daine qui lui en foutait plein la vue avec son appartement du quartier bourgeois des Invalides.

Certaine de refaire fortune à la roulette, Lilie avait déjà rompu avec les complexes de pauvreté. « Je vous le souhaite, ma pauvre chérie, je vous le souhaite », disait l'autre en espérant que cette famille arrogante finirait à l'Armée du Salut.

Joe, enivré des soupirs de faible défense d'Hélène, n'entendit pas les deux garçons se glisser dans l'appartement. Ils avaient séché l'étude et Barthy, tendu, une main sur la bouche de José capable d'une maladresse, écoutait à la porte. L'œil collé à la serrure, il faisait à son jeune frère des signes frénétiques de la main. Ils entendirent des sons longs ou précipités parsemés de oui... non... oui... oui... dont ils ne mesuraient pas l'exacte signification.

Joe sortit bientôt de la chambre, se promettant sans doute d'être dans une situation moins urgente la prochaine fois.

Déjà animé d'un énorme culot, Barthy se glissait dans la chambre pour surprendre la dame en porte-jarretelles. José ne put qu'entrevoir le tableau par la porte entrebâillée. Il était, vu son jeune âge, voué au rôle de guetteur. Il entendit Hélène menacer gentiment Barthy d'un « petit monstre » et, aujourd'hui encore, il conserve la vision des mains de son aîné sur les cuisses imposantes et les fesses de la dame. Les jambes des femmes resteront pour moi indissociables de la limite de la chair au-dessus des bas et même d'un certain pli soyeux de la fesse à la naissance de la cuisse.

Joe chantonnait dans la salle de bains, loin de se douter que sa tromperie était découverte, et que son fils aîné venait de le supplanter en accédant au plaisir de la chair avec la même femme que lui.

Cet après-midi-là déclencha chez le plus jeune de ses fils une admiration définitive pour le frère aîné. « Alors elle a bien voulu... elle a bien voulu... »

D'abord grâce au chantage. Si Lilie apprenait l'entorse avec Joe, Hélène perdait sa cliente. Ensuite, d'après Barthy, cette plantureuse avait répondu à la fièvre de la jeunesse.

Joe, s'apercevant de la présence des deux fils dans l'appartement et très vite des regards gênés d'Hélène, se dissimula dans un tas de gestes inutiles pour faire du café, non du chocolat ou plutôt du thé ?... Ou encore une petite partie de poker en jouant des haricots pour attendre Lilie. Car il avait aussi appris aux deux garçons à jouer au poker.

Il n'eut aucun mal à décider Lilie à partir pour Monte-Carlo avec Hélène tellement elle avait hâte de sortir de la mouise. Joe resta seul pour s'occuper de ses deux fils sur lesquels il n'avait pas davantage d'autorité qu'un merle siffleur sur des aiglons. Quant à sa fillette, elle ne posait jamais de problème.

Il éprouva le besoin de se rapprocher de « ceux de son sang », et p'tit Louis, son demi-frère, l'emmena dans la propriété de Saint-Cloud, quartier général de leur père Sam. Joe y retrouva Mita et ses enfants Jules et Titie. Il y avait aussi la douce Marianita, la femme de p'tit Louis, et leurs enfants. José tomba amoureux de Liliane, âgée comme lui d'à peine quatorze ans.

Entre Sam, quatre-vingts ans, et Joe, cinquante-cinq ans, il ne fut jamais, au cours de ces dimanches, question d'héritage. Barthy se mit à haïr progressivement Jules qu'il soupçonnait d'avoir déjà barricadé la situation pour déshériter son père. Porté à des jeux violents, il avait entraîné son frère José à saucissonner leur cousine Liliane dans le grenier en l'y abandonnant.

À quinze ans, Barthy ne se préoccupait déjà plus des

conséquences de ses actes. José remonta seul pour délivrer sa cousine qui étouffait sous son bâillon et lui promit de l'épouser. Liliane s'en souvient encore aujourd'hui. Des souvenirs évoqués un demi-siècle après dans des retrouvailles sur une grande île du Pacifique.

À Monte-Carlo, Lilie gagna pendant un trimestre. Ce qui couvrait ses frais et ceux d'Hélène. Elle accumulait un petit capital suivant un immuable programme de chiffres.

À Boulogne, Joe faisait la cuisine, surveillait à table la manière d'enrouler les spaghetti autour de la fourchette, fier de la certitude d'être un chef de famille exemplaire. Mais une nuit, dans la plus terrible occasion d'exister vraiment, parce qu'elle était la première occasion, il ne bougea pas.

Le bruit imperceptible entrouvrit ses yeux et il les laissa en l'état d'une fente pour apercevoir ce qui le paralysa. Un peu comme dans un cauchemar lorsqu'on demeure cimenté, lorsqu'on veut agir, fuir ou se défendre, que le cerveau commande et que rien ne lui obéit dans les membres. Sauf la circulation du sang qui ralentit comme de l'eau courante freinée par le gel.

Barthy, le fils aîné, s'approchait à quatre pattes de son costume déposé sur une chaise. Et les mains fouillaient les poches en évitant le bruit le plus infime comme des petits voleurs dressés de la cour des miracles.

Mon Dieu, son propre fils. Son enfant. Et l'autre... le plus jeune ? Il le souhaita endormi alors qu'il guettait, complice dans le couloir. Juste complice mais complice tout de même. Le fils aîné choisissait maintenant parmi quelques billets sortis de la poche du Père.

Athée, Joe avait veillé à ce qu'ils reçoivent une éducation religieuse... la première communion... les confessions... Alors qu'est-ce qu'on avait bien pu leur apprendre au catéchisme ?

Un malaise, un léger tangage du lit, de la transpiration froide comme le désespoir, et Joe ferma les yeux pour ne pas voir s'enfuir le voleur et son pauvre butin. Il se sentit si lâche, si délaissé cette nuit-là. Il faudrait que, le plein jour venu, il leur parle. Un peu de honte ne leur ferait que du bien. Mais cette honte, il la garda pour lui et elle ne lui faisait que du mal. Il ne s'en libérera qu'une fin d'après-midi, dans une église, pour s'excuser de ne pas l'avoir fait le moment venu.

Visage contre visage, les lèvres près de l'oreille de ce fils, de Barthy, traqué comme un sanglier dans une chasse à courre, il s'excusera de ne pas avoir allumé la chambre pleins feux cette nuit-là. Pour l'arrêter dans ce début de descente. Pour lui éviter peut-être d'avoir touché le fond, là, dans cette église, ce mauvais soir.

Lorsqu'il se taisait, on l'accusait et il semblait donner raison à l'accusateur. Lorsqu'il s'excusait, il s'accusait lui-même.

Barthy entraîna José à dépenser l'argent volé dans le parc d'attractions de Luna Park planté porte Maillot. Ils profitaient de l'absence de leur mère pour faire l'école buissonnière. Sur leurs vélos la proximité du bois de Boulogne offrait le chant des oiseaux. Et le pain que les biches vous mangeaient dans la main. Et les tanches qu'ils pêchaient dans la rivière se jetant dans un des lacs. Elles avalaient l'hameçon jusqu'à la queue, et on ne pouvait pas les manger tant elles sentaient la vase.

Barthy vomissait en essayant de fumer les cigares de son Père. Ce qui éloigna définitivement José de cette tentation.

Joe jouait au poker l'après-midi et faisait le marché et la cuisine. Le soir, ils bâtissaient des châteaux en Espagne. Surtout Barthy qui souffrait d'être passé d'une enfance riche à une adolescence pauvre.

Lilie gagnerait, et il ne serait pas obligé de travailler.

Mais Lilie sauta. Une contre-série rouge de vingt-cinq coups qu'aucune permanence n'avait enregistrée jusque-là. Hélène dut « se débrouiller sur place » pour payer les billets de retour.

Lilie pénétra dans l'appartement de Boulogne avec un visage de sortie d'hôpital. De ce jour, après chaque déception, elle parla d'avaler un tube de Gardénal pour en finir.

Un pélican aux yeux bleus

Elle misa sur une hauteur de plafond pour repartir au combat.

Un duplex passage Doisy. Une géographie de polar avec double issue de l'avenue des Ternes à la rue d'Armaillé.

Je choisirai l'endroit dans mon roman *Classe tous risques* pour y loger un gangster en fuite et Claude Sautet tournera le film dans le même immeuble avec Lino Ventura et Jean-Paul Belmondo.

Joe, au centre de ce nouveau déménagement, faisait la mouche du coche. Des soupirs interminables, des « je suis crevé » au téléphone à ses partenaires de cartes et le seul souci de déjeuner et dîner à heure fixe, dans un amoncellement de malles et de panetières.

Lilie professait que le linge en bon état interdisait l'entrée de la misère. Mais la misère dorée s'installa. La pire. Celle qui empêche d'obtenir le moindre secours social.

En mettant au clou sa montre extra-plate avec sa pièce de vingt dollars suspendue à une chaînette, Joe fit un sacrifice dont personne ne mesura l'étendue.

Lilie avait beau crisper ses doigts sur les cordons de la bourse, elle se vida quand même au jour le jour. Et l'héritage de Joe ? Les comptes avec son père ?... Lilie se livra à un assaut digne de Jeanne d'Arc contre les Anglais. À chaque repas des scènes de taverne malfamée. Barthy venait à table avec un livre. La petite sœur s'effrayait.

Et José commença à se dresser physiquement contre son Père. Lilie quittait la table et il la consolait en lui apportant son repas. Et Joe restait seul à engloutir le dessert fabriqué avec du pain perdu. Il n'irait pas et il n'irait jamais s'abaisser à parler argent avec son père.

Barthy, lassé des scènes inefficaces, entraîna José à « aller parler dans la bouche de Jules, l'arnaqueur du patrimoine ». À vélo jusqu'à la Halle aux Vins et là, dans son bureau, une action violente que Jules relata à Joe en le menaçant de porter plainte à la police. Après tout il était responsable de ses fils mineurs. Ils avaient cassé le bureau et Jules s'était retrouvé en face du canon du Smith et Wesson que tenait Barthy, le priant de mettre les comptes à jour dans la semaine. Mon Dieu, le Smith et Wesson. Il était à sa place mais peut-être pas complètement à sa place. Joe le cacha ailleurs.

Et, d'après Jules, il n'y avait que des choses en règle. Si Sam voulait donner quelque chose à Joe, il était libre. Joe n'avait qu'à le demander gentiment.

« Tu comprends... tu ne bouges pas... tu parles... tu gueules et tu ne bouges pas... Alors on a bougé à ta place... », expliqua Barthy, en ajoutant que ce fumier de Jules leur avait déclaré que des semelles percées n'empêchaient pas d'aller à l'école.

José en profita pour reprocher à son Père de torturer sa mère qui retomberait malade par sa faute. Et ce n'était pas la peine de se glorifier de victoires à travers l'Empereur pour être aussi lâche. Et d'ailleurs, à y regarder de plus près, ce tyran avait été négatif en laissant une France d'adolescents et d'éclopés et plus un seul cheval pour tirer une charrue.

Capable de maintenir son regard bleu dans le vague sur des attaques personnelles, Joe réagissait aux critiques contre l'Empereur comme un taureau sous l'aiguillon. Pas beau à voir deux violences, Père et fils qui ouvrent les vannes pour déverser ce qu'ils n'ont pas envie de sortir de leur profond. Ça vous laisse hagards, essoufflés, et, pour Joe, presque déjà vieux, le corps plié en deux, une menace muette encore tendue vers José.

Lilie accepta une place de caissière dans un palace d'Houlgate. Le directeur de l'hôtel était un de ses anciens employés. Mais dans le rôle d'une mère Courage, rien n'aurait pu la diminuer. Elle loua une chambre meublée dans la station pour que les trois enfants passent encore des vacances au bord de la mer. Joe resta à Paris pour tenter de « faire quelque chose ».

Barthy errait dans le quartier des riches demeures, où ils avaient passé leurs vacances d'antan, avec une sorte de rage, ressassant les fautes commises par leur Père pour se retrouver parmi les pauvres.

Un soir, Léa et une bande de nantis débarquèrent au palace. Elle était mariée à un riche armateur du Havre. Profitant de ce hasard, le directeur, brave homme l'ayant connue jeune fille, lui proposa de dîner avec sa mère.

— Je ne dîne pas avec le petit personnel, répondit Léa.

Lilie se sentit gravir l'échelle de la canonisation. Elle pleura devant ses fils pour les ramener à elle. Qu'ils comprennent bien que l'on devrait, pour survivre, suppléer leur Père.

Il n'y eut en ce Noël 1937 ni sapin, ni guirlandes, ni œuf en gelée, et le réveillon suivant, celui de la grande fête, celui peut-être d'une nouvelle chance déposée par l'an nouveau, s'annonçait plus lugubre que les branches tordues d'un arbre seul dans une plaine.

Néanmoins Joe chantonnait dans la salle de bains en fixe-moustache et fixe-chaussettes, ce que les deux garçons jugeaient ridicule.

Lilie, pour donner de l'espérance à sa famille, bûchait sur un nouveau système à la roulette.

Mussolini tenait l'Italie, la guerre d'Espagne servait de laboratoire à la prochaine guerre mondiale, Cerdan bombardait ses adversaires, les SS inauguraient Buchenwald, *Blanche-Neige et les sept nains* s'attendrissaient sur les écrans et on ne savait pas encore si le cent deuxième ministère de la IIIe République serait moins mauvais que les précédents.

Et vers sept heures on sonna à la porte. Joe écoutait la TSF. Barthy ouvrit et Léa apparut. Sans avoir ni prié ni allumé de cierge, ils crurent à un miracle.

— Pas mal... pas mal quand même..., disait-elle en s'avançant dans le décor, vison et diams sous la faible lumière de ce réveillon du 31 décembre mort-né.

Elle se pavanait et Joe n'en attendait rien. Il se taisait donc. Lilie, matérialiste, se lança dans un « je savais bien que ma petite fille n'abandonnerait pas sa famille dans le besoin ».

— Ta petite fille, c'est celle-là, coupa Léa en désignant la plus jeune enfant qui se tenait contre sa mère.

Barthy lui adressa des gestes obscènes et José se porta en protection devant sa mère car Léa dans une diatribe affichait une excitation anormale. Elle balança le nom de son mari, un type à particule, décrivit le réveillon qui l'attendait avec des gens à la mode et sortit en claquant la porte. Je me souviens que nous fûmes assez longs à bouger, un peu comme dans un film au ralenti.

Ma mère reparla de suicide au Gardénal, et un instinct me poussa à observer mon Père devant la glace de la salle de bains.

J'eus l'impression qu'il se curait les dents à l'aide d'une fine fourchette à pâtisserie, ce qui me sembla particulièrement déplacé pour un soir de disette. Puis il se coiffa d'un chapeau Éden à bord roulé, enfila un manteau et quitta l'appartement en marmonnant de « ne pas nous inquiéter ».

Je ne l'ai accompagné ni physiquement ni par la pensée. Joe marchait dans le froid, serrant dans sa main les deux bridges en or qu'il avait déchaussés de sa denture avec la fourchette.

Mais, un soir de réveillon, n'étaient ouverts que les temples de la bouffe et les bordels. Même les joueurs avaient abandonné les cartes pour souffler dans les mirlitons. Alors à qui vendre ces quelques grammes d'or pour acheter des huîtres, du champagne, du foie gras et une volaille, oui, à qui les vendre pour accrocher un peu de lumière au regard des siens ?

La ville était pour lui scintillante et sombre. Vêtu comme un riche, il était plus pauvre que le clochard qu'il voyait là, allongé sur une bouche à air chaud. Il eut la tentation d'arrêter un passant ou deux pour proposer les deux bridges en or mais il avait perdu l'usage de la parole. Il marcha encore et encore. Si je l'avais su, merde, sacré bon Dieu, si tu me l'avais dit avant au lieu d'attendre la veille de ta mort !

Vaincu, il rentra enfin et eut un éblouissement devant la table dressée.

Des bougies autour d'une dinde sur son plat. Comme on en voit dans les vitrines de charcuterie de luxe avec des mignardises. La gelée, les œufs décorés, les truffes, le foie gras.

Mais comment... comment était-ce possible ?... Un retour de Léa pour les épater ?...

— On te raconte... d'abord le costume, dit Barthy.

Avec José ils enfilèrent les vestes blanches trop grandes que Lilie conservait en souvenir de leur personnel.

— ... C'est pas moral de claquer du bec quand les vitrines regorgent de boustifaille.

Alors les deux frères étaient entrés chez Pou, un célèbre charcutier de l'avenue des Ternes (j'y repense encore aujourd'hui en passant devant), et, au culot, profitant de l'affluence, ils avaient enlevé de la vitrine cette superbe dinde prête à être consommée. Et ils étaient sortis avec beaucoup de naturel comme si on les avait chargés d'une livraison.

— Tu n'as même pas été capable d'assumer ce réveillon, reprochera Lilie à Joe qui ne pouvait que tournicoter au fond de sa poche les deux bridges qui lui laissaient deux trous dans la bouche.

— Vous auriez pu être coincés sur le fait, se permit seulement de dire Joe.

— Le seul truc qui compte, c'est que la volaille est là, sur cette table, dit Barthy.

— Et puis on peut plus la rendre, ajouta José.

— La rendre ?... Il ne manquait plus que ça !... Qui est-ce qui nous donne quelque chose à nous ? éclata Lilie.

Et elle tendit à Joe le couteau à découper. Ce qu'il en disait, ce n'était pas à cause de la morale. Le moment d'avoir affaire à la police était simplement mal choisi parce qu'il n'avait plus aucun papier d'identité.

— Tu les as perdus où ? demanda Lilie, méfiante.

— Pas perdus. Prêtés à un ami pour faire sortir quelqu'un d'Allemagne.

Benda, un diamantaire juif de petit volume. Une rencontre au poker avait décidé de leur sympathie. Une flush royale battue contre deux paires aux sept par les trois en application de la convention de départ. Un hasard plus grand que le monde. Ça ne s'oublie pas et Joe accepta d'aider Benda qui organisait des rapatriements de juifs avant le broyage définitif des engrenages hitlériens.

— Et contre quoi, tout ça ?... s'informa Lilie.

— Chez nous, en Corse, on ne fait pas payer ce genre de service, répondit Joe.

Il aurait pu en profiter pour exposer le point de vue d'une moralité plus universelle à ses enfants. C'est-à-dire de la moralité tout court. Il ne le fit pas. Et comme Lilie s'insurgeait, étalant le manque d'argent pour payer le prochain loyer, annonçant les incontournables coupures de gaz et d'électricité, il hurla qu'elle n'était qu'une fausse Corse, elle et ce pourri de Santos, elle et sa vulgaire poufiasse de sœur.

Au cours de ce réveillon empoisonné, il ne fut jamais question du vol commis par les deux frères. Encouragés par cette première réussite, ils devinrent des spécialistes de vol à l'étalage, rosbif, légumes, que la famille mangeait sans leur poser la moindre question.

Et puis, un jour, ils disparurent. Joe qui se levait cependant très tôt ne les trouva pas dans leur lit et il ne trouva pas non plus les vélos dans la cave. Un jour... deux jours... C'était le printemps et la police croyait à une fugue.

Joe avait récupéré ses papiers et Benda le présenta au juif de son âge qui avait dû se raser le crâne pour lui ressembler davantage. Il s'embarquait pour l'Amérique et lui demanda si l'Amérique c'était bien.

Joe lui en parla avec attendrissement, trouvant même magnifique ce qu'il avait détesté alors.

Benda cherchait maintenant des jeunes femmes acceptant de prêter leurs papiers, mais Joe n'en connaissait pas. Benda lui confia que la guerre semblait inévitable et qu'il fallait que tous les hommes de bonne volonté gardent le contact.

Joe lui donna l'adresse de Rogliano car il écrivait toujours à Marie-Jeanne après chaque déménagement. Et aussi à ses frères en Amérique pour que « ceux de son sang » conservent sa trace.

Juste avant la disparition de ses enfants, tout semblait pourtant s'améliorer. La vente de ses bridges lui avait permis d'entrer dans une nouvelle partie de poker et d'y faire une grande différence.

Sa bonne action en Allemagne et le sacrifice de ses bridges annulaient les critiques de sa femme et lui donnaient une meilleure estime de lui-même. Mais la disparition de ses deux garçons venait déclencher cette interminable procession de jurons antireligieux qui établissaient qu'il était davantage préoccupé de Dieu qu'il n'y paraissait.

— Qu'est-ce qu'il avait fait au bon Dieu pour...

— Laisse Dieu tranquille et retrouve les enfants.

Le troisième jour, José téléphona. Pas à lui. À sa mère. Elle se vanta alors d'avoir retrouvé les enfants. José s'inquiétait pour elle. Est-ce qu'elle prenait bien ses Lactobyl contre la constipation ? D'habitude c'était lui qui les mettait sur la table.

Joe, planté près du téléphone, s'impatientait.

— Sacré bordel !... Mais où sont-ils ?... On peut savoir ça ?... hurla-t-il à l'oreille disponible de Lilie.

Au Havre. Ils avaient roulé jusqu'au Havre chez leur demi-sœur Léa.

Joe se calma en apprenant qu'ils avaient couvert la distance dans la journée. Et cette salope de Léa qui n'avait pas averti immédiatement les parents !... À Rogliano, Marie-Jeanne eût téléphoné dans la minute suivante. Rogliano ? Qu'il aille se faire foutre avec Rogliano. Qu'il pense plutôt à punir sévèrement Barthy qui avait certainement entraîné José.

Mais Barthy avait le génie de la déviation.

— Je veux être aviateur, déclara-t-il à Joe qui les attendait sur le quai de la gare.

— Mes gosses... mes petits...

Il les serra contre lui et retira les vélos des bagages accompagnés. Ils rentrèrent sur leurs vélos et lui en taxi.

— Alors ?... Déjà une bonne paire de gifles, j'espère, s'informa Lilie.

— Il veut être aviateur.

On ne giflait pas un aviateur. Il fallait penser à Saint-Exupéry, à Mermoz.

Elle ne voulait pas. Mermoz venait de disparaître en mer.

Ce midi-là ils bifurquèrent sur Léa.

— Tu verrais la maison et la voiture... Elle est devenue riche, maman, tellement riche, s'extasiait Barthy, qui ajouta : Comme nous avant...

Il avait honte de ne plus l'être. Déjà à seize ans il frimait avec des gants blancs.

— Tu vois, elle a réussi, elle. Tu étais toujours à l'embêter avec tes histoires de maquillage.

— Je m'occupe de l'école pour Barthy... l'école Bréguet qui forme des mécaniciens-pilotes, s'enthousiasma Joe.

On dialoguait bizarrement dans la famille. Barthy rentrerait donc à l'automne 1937 dans cette école. Pour Joe il pilotait déjà un zinc de l'Aéropostale.

— José sera hôtelier, comme sa mère, décida Lilie.

Et ensemble, ils partirent à la reconquête du Normandy en passant par le nouveau et imparable système à la roulette ciselé par Lilie.

— À moins que j'aille plus vite en trouvant un trésor dans les Andes, rêva Barthy.

Au seuil de cette guerre qui rendrait les destins imprévisibles, ils rêvaient.

Et Joe était exclu de leurs rêves. Il ne régnait plus que sur ses horaires imposés des repas. Il avait néanmoins négocié la reprise d'un bar minuscule avenue Niel, en s'associant avec un type en difficulté dans l'affaire, un rouquin, qui flaira la faiblesse de Joe et pratiqua l'intimidation pour imposer un partage abusif du boulot.

Joe s'en plaignit à sa femme. Il lui avait toujours avoué une certaine peur physique. Un aveu enfantin qui flattait l'autoritarisme de Lilie.

Et Barthy, penché au-dessus de la mezzanine, écoutait la peur de son Père. Il le méprisait en l'accusant de toutes nos faillites et moi, je m'inquiétais de la santé de notre mère. Je craignais qu'elle ne tombe malade, à force de porter tout le fardeau familial.

Elle se plaignait sans cesse du ventre et, en sortant de l'école, je lui donnais rendez-vous au marché pour porter le sac.

— Pourquoi est-ce qu'il l'inquiète à cause de ce type ?

— Ça peut s'arranger, me répondit mon frère.

Il m'entraîna dans mon premier combat. Il n'y avait eu jusqu'alors que quelques batailles de cour d'école et l'intimidation sur ce tracard de Jules.

Nous suivîmes notre Père à distance pour contrôler le résultat de notre expédition punitive de la veille. Le bar en pan coupé avait une grande vitre. Le rouquin gesticulait en s'expliquant et termina en lui donnant l'accolade.

Au lieu de mesurer la dérive de ses deux fils, et de s'en inquiéter, Joe ne ressentit que de la fierté. Ils étaient bien corses. Des frères corses. À peine au seuil de l'adolescence, ils avaient secoué le rouquin. Un homme pourtant solide que José avait fait trébucher à l'aide d'un bâton entre les jambes tandis que Barthy se jetait sur lui pour appuyer un pic à glace sur sa gorge.

— On lui a dit de ne pas nous obliger à revenir. Alors s'il t'embête, tu nous dis et on y retourne.

Joe venait d'écouter son fils aîné qui mourrait si jeune. Son regard erra entre ses deux garçons. Il y avait des moments en lui où son regard ne trouvait plus de port d'attache. Devinait-il qu'on taxait alors son désarroi intérieur de je-m'en-foutisme ?

Ou bien encore qu'un joueur n'aurait jamais dû fonder de famille ?

José, en allant voir sa mère hospitalisée une nouvelle fois pour une occlusion intestinale, pénétrait dans l'univers mélodramatique de la chanson *Les Roses blanches.* Sur son vélo, à chacune de ses visites, il se voyait dans le couloir les roses à la main à l'annonce de la mort de sa mère. Et il en arriva à se cacher dans l'hôpital pour venir passer la nuit dans sa chambre.

Sa fatigue le survoltait et il ne dissimulait plus son hostilité à l'égard d'un père d'apparence amorphe qui poussait des soupirs près de lui avant que de sombrer dans une sieste sur le fauteuil. Puisque Lilie avait divisé la famille en deux camps, José bascula pour longtemps dans celui de sa mère. Il devint son fils et son soldat, et on connaît les excès de l'adolescence, plus proches du sacrifice suicidaire que de l'analyse raisonnable.

Elle savait Barthy égoïste et ne comptait que sur son plus jeune fils pour la soutenir dans ses ambitions.

La médecine la débloqua sans bistouri et elle jeta de nouvelles forces dans un déménagement. Grâce à un appartement plus grand, avec deux chambres de bonnes (même sans bonne, on pouvait au moins espérer en avoir), elle regrimpait plusieurs marches dans l'échelle sociale. Elle pourrait mieux recevoir ses éventuels partenaires à la roulette : « MÈRE DE FAMILLE HAUTE MORALITÉ ASSURE GAINS CAPITALISATEURS SANS RISQUE À PERSONNE DISPOSANT PETIT CAPITAL ».

Il y a des exemples qui ne conduisent pas à la Sorbonne

Le premier client qui pénétra dans le nouvel appartement de la rue de Clichy ne pouvait s'imaginer ce que le métrage de parquet gratté à la paille de fer et ciré à la brosse à main avait représenté comme boulot. Une grille en fer forgé (la marotte de Lilie) départageait le salon de la salle à manger.

Le type venu pour l'annonce demanda pourquoi des gens d'apparence si aisée ne misaient pas eux-mêmes leur capital dans ce système annoncé sans risque. Joe interprétait avec un talent d'acteur le mari vieille France jugeant immoral que la mère de famille joue avec l'argent du foyer.

Le système de Lilie tablait sur la fin des intermittences en attaquant sur la couleur sortante. Et Lilie s'en alla à Monte-Carlo, porteuse de tous les espoirs, avec ce commerçant à la retraite, plus tatillon qu'un Écossais devant sa note d'hôtel.

Joe avait mal vendu sa part au rouquin dans le rade de l'avenue Niel. Mais il se sentait libre, plus léger qu'un yaourt sans sucre.

Deux bridges en acier étaient venus colmater les trous de sa denture et il avait retiré du clou sa montre et la pièce de vingt dollars-or. Il avait payé l'école Bréguet de Barthy un an d'avance et il jouait au poker chez Fanfan à Pigalle, rue de Douai.

José fréquentait le cours complémentaire de la rue Milton. Une école communale dans laquelle Lino Ventura était passé peu avant lui. Eux qui devaient travailler ensemble dans le cinéma pendant quelque trente ans.

Comme tous les systèmes à la roulette, celui de Lilie résista jusqu'à la mauvaise rencontre d'une série adverse trop longue. Elle sauta un peu avant la fin de l'année 1938.

Elle revenait, par bonheur, dans son appartement qui lui plaisait. À Monte-Carlo elle avait rencontré Hélène Fardhy qui jouait avec le capital d'une autre cliente. La martingale d'Hélène, inchangée depuis leur premier contact, explosa aussi. La chose consola Lilie bien qu'Hélène s'avéra être une véritable amie lorsque, après la guerre qui se profilait, Lilie et sa tribu subirent un coup de bélier à vous émietter un château fort.

Lilie, fêtée à son retour de Monte-Carlo comme un enfant prodigue, s'extasia sur l'étalage des carnets de notes de Barthy à l'école Bréguet. Les « sujet brillant » s'entremêlaient avec « élément d'avenir ». Très bon en math et aussi en travaux de mécanique.

Avec des copains ils avaient expérimenté un moyen d'annuler les compteurs de gaz et d'électricité. Une infime inclinaison du compteur de gaz et un fil électrique terminé à chacune des extrémités par une grosse aiguille qu'on plantait sur deux des fils à la sortie du compteur électrique. Le total à remettre en ordre avant la visite du préposé à la relève des chiffres de la consommation. Ce qui soulagea d'autant l'équilibre budgétaire de Lilie.

Bien que Joe ramenât du poker de quoi faire le marché, Lilie eut l'idée de prendre un locataire en pension complète. Elle lui laisserait la plus belle chambre, et ça libérerait les gains de Joe pour les vêtements, les cours de danse de leur fillette et l'étude du soir de José.

Joe fournit le locataire généreux. Et si on en croyait le revolver rangé dans le tiroir de sa table de nuit plus celui qu'il glissait sous son oreiller, il ne tenait ni à louer un appartement à son nom ni à remplir une fiche d'hôtel. Il marchait avec une canne, suite à une paralysie des jambes, cadeau d'une saloperie de maladie rapportée des colonies.

Pour Lilie, il était « Monsieur Antoine » et Joe l'appelait Toine. Pour Barthy et José il était surtout « le mystère ». Ils avaient palpé ses revolvers et Joe les avait surpris en train de se contempler dans la glace le flingue à la main. Il aurait pu leur dire que ce n'était pas un exemple à suivre, ou bien que cela ne menait jamais loin, ou une morale de ce genre.

— Mon ami n'aimerait pas que vous touchiez à ça, leur dit-il.

Alors pourquoi un ami ne servirait-il pas de modèle ? Il recevait parfois deux femmes. Une encore jeune et une plus âgée maquillée épais. Barthy, dix-sept ans, en paraissait vingt et ses succès à l'école faisaient qu'on l'écoutait. Il déclara qu'elles se prostituaient sans doute pour ce hareng aux nageoires fatiguées.

Joe abdiquait toujours plus devant son fils aîné. Il lui offrait des vêtements trop beaux. Et même une petite chevalière.

Joe ne tenait tête qu'à son plus jeune fils dans des colères verbales. Ça commençait par la défense de ma mère que Joe trompait parfois en dehors de toute précaution. Entre le Père et le fils des insultes, que des insultes cherchant à faire le plus de mal possible. La scène qui nous dressait l'un devant l'autre, presque à en venir aux mains, se répétait.

— Vas-y !... Ta mère c'est ta mère, mais pour moi elle n'est pas de mon sang... c'est une étrangère.

Je me rabattais alors sur l'Empereur sans en penser un mot. Ce tueur, ce pilleur de musées, ce mal élevé à l'accent ridicule, ce postier qui cavalait bêtement de Moscou à Madrid... ce sale petit con de caporal.

Après ces crises, Joe invitait p'tit Louis, son demi-frère, pour se changer les idées. P'tit Louis, les finances laminées, avait expédié sa femme Marianita et ses enfants (dont Liliane, l'amour de José) dans leur famille maternelle à Puerto Rico. P'tit Louis, libre comme un jeune homme, vivait dans un studio à Montmartre avec « une gouvernante ». Et il essayait de faire métier d'écrire. Le soir, pour que Barthy et José en profitent, il venait lire ses poèmes comme un personnage de

Molière. Il avait écrit un scénario calqué sur *Colomba*. Le drame excessif flirtait avec le comique. Seul Joe était bouleversé par le talent de son frère. Il insista pour qu'il me donne des cours de littérature.

J'avais en composition française d'excellentes notes et mon prof faisait parfois publier un de mes devoirs dans une revue inter-scolaire. P'tit Louis trouvait mes phrases trop courtes et critiquait mes absences de synonymes.

Barthy me conseilla de l'envoyer ramasser des fraises. Mais je l'aimais bien. Pendant ma chute, il me prouva que lui aussi m'aimait bien.

Le dimanche, Joe déjeunait seul avec Lilie. Mon frère et moi, sur nos vélos, partions pique-niquer à la campagne. À la Défense et à Orly, on voyait déjà des vaches.

Joe et Lilie ne se parlaient pas. Monsieur Antoine, le locataire, déjeunait seul, après eux, car Joe déjeunait comme toujours, à midi juste. Muet, il engloutissait le repas aussi vite qu'aujourd'hui le husky de Sibérie de ma fille Marie-Josée.

— Ça finira par un ulcère à l'estomac, disait Lilie.

L'école Bréguet organisa un voyage en Angleterre d'une semaine pour visiter une école militaire. Il fallait payer les frais de séjour et du voyage. Joe put donner l'argent à Barthy grâce à une heureuse rencontre entre un carré d'as et un brelan de dames. Il lui arrivait quand même de se servir un as en dessous lorsqu'il distribuait les cartes, lointain souvenir des bûcherons italiens de Rogliano.

Cette première séparation d'avec mon frère me rendit triste. Nous n'avions pas d'amis et je me retrouvais seul sur mon vélo le dimanche suivant. On ne parlait que d'une menace de guerre et moi je ne parlais que de Bartali qui gagna le Tour de France cette année-là.

Lilie travaillait sur un nouveau système à la roulette, beaucoup plus compliqué, qui répartissait les mises sur les chances simples et sur des numéros choisis dans un quart du cylindre.

Le 13 mars, Léon Blum forma son deuxième ministère. Le 10 avril, il démissionna. Daladier se pointa et Hitler passa le grand braquet en face de ces porteurs d'eau. Il empocha l'Autriche et allongea son bras tendu vers la Tchécoslovaquie.

Lilie pensait que céder à cet homme était un signe de faiblesse. Joe lui répondit qu'elle n'y connaissait rien et qu'il se casserait les dents sur la ligne Maginot. C'était le général d'artillerie Daine, affecté à la ligne imprenable, qui l'affirmait.

En septembre, le peloton des ramollos, Chamberlain et Daladier en tête, baissèrent culotte et Hitler ingurgita la Tchécoslovaquie.

À la maison ce ne fut pas le principal sujet de conversation, car Joe avait rencontré un Corse qui connaissait le directeur de l'école Bréguet. Il avait cherché à pistonner Barthy, qui était d'ailleurs déjà un des fleurons de l'école.

Léger malentendu. Ce garçon n'avait jamais mis les pieds dans cette école. Impossible !... Les carnets de notes, les mots des professeurs, le voyage en Angleterre et l'argent versé... tout l'argent... Un an d'avance payé par Joe.

Faux. Faux et usage de faux envers la famille. Et Barthy, planté dans le salon, les yeux dans le vague, plus silencieux qu'une motte de beurre. Les menaces, les pleurs, la honte, les appels à l'amour filial, l'éventuel suicide de sa mère au Gardénal se brisèrent sur son inertie comme un paquet de mer sur la pointe du Raz.

Pour Lilie : « Qu'avait-il fait de l'argent ? »

Pour Joe : « Où avait-il traîné tout le long de ces journées et de ces mois ? »

Toujours ce silence sans même un tiraillement des lèvres. Lorsque Joe suggéra que l'oncle Santos était peut-être mêlé à ce mauvais coup, Barthy eut simplement un signe négatif de la tête.

On me chargea d'essayer d'en savoir davantage. Et ce, dans le seul intérêt de mon frère. Pour l'aider. Nous nous aimions et il savait que je ne répéterais pas ses confidences.

— J'ai vu beaucoup de gens et aussi des femmes...

Et il avait joué au poker avec des adultes qui écrivaient à la place des profs sur un carnet vierge qu'un élève de l'école lui avait procuré.

— J'ai compris aussi une chose... Regarde-moi bien...

Je l'ai bien regardé. Un léger duvet soulignait déjà sa lèvre supérieure.

— ... J'ai décidé que je ne travaillerai jamais de ma vie.

Était-ce parce qu'il n'avait jamais vu notre Père vraiment travailler ?... Aujourd'hui je ne le crois pas. Il était en lui, et en lui seul, ce mauvais regard qu'il posait sur la vie. Ce regard de courte durée.

Lilie, qui ne pouvait deviner la chose, lui trouva un emploi de groom dans un grand hôtel. Il refusa de porter l'uniforme.

Joe n'osa dire à personne que son fils ne serait plus aviateur et s'efforça de croire qu'il serait coureur cycliste puisqu'il adorait le vélo. Il lui acheta une machine de course. Et moi j'héritai de son ancien vélo, meilleur que le mien.

Pour avoir la paix question boulot, Barthy planchait sur un système à la roulette. Bon en maths, il en mettait plein la vue à Lilie avec l'ambition de résoudre la quadrature du cercle, c'est-à-dire de pouvoir encaisser sur le numéro plein.

Monsieur Antoine mastiquait toujours pendant une heure ses énormes entrecôtes, tandis qu'Hitler ingurgitait la Bohême et la Moravie et déchirait les traités avec allégresse. Joe aurait bien voulu en faire autant avec la reconnaissance de dettes signée par Barthy au cours d'une partie malheureuse lorsqu'on le croyait à l'école Bréguet.

Deux chapeaux mous se présentèrent à la maison avec des chaussures bicolores. Joe ne pouvait pas payer. Mais la loi interdisait de jouer avec un mineur. Sauf que les deux types se foutaient de la loi et voulaient faire du méchant.

Lilie voulait que Joe leur donne sa montre et la pièce de vingt dollars-or qu'il avait retirée du clou. Il refusa et réclama l'aide de la truanderie dans le fief de trois frères corses qui tenaient Pigalle, l'un deux était surnommé le Capitaine des Corses. La pointure au-dessus des créanciers de Barthy qui se couchèrent. Mais il n'était pas bon pour Joe de se remettre à fréquenter la pègre. Il se dédouana en conseillant le « Capitaine » sur la vente et le rachat d'une brasserie. Un risque lorsque les gens confondent le chiffre d'affaires et les bénéfices.

Il avait aussi rencontré deux bergers corses endimanchés qui prenaient Pigalle pour un eldorado. Ils dénichèrent un grand d'Espagne à moitié décavé et pas tout à fait éclairé à tous les étages, et lui firent croire qu'en introduisant une liasse de billets dans une machine il en ressortirait le double.

Il fallait vraiment ne savoir ni lire ni écrire pour croire qu'une supercherie aussi grossière fonctionnerait. Ce qui était leur cas. Est-ce que Joe, qui présentait si bien, ne pourrait pas jouer le rôle du client ayant profité de la générosité de la machine ?...

Un enfant sommeille dans chaque joueur. L'escroquerie ressemblait presque à l'épisode de Miss-loco. Joe eut le réflexe de ne pas assister au dépôt de l'argent dans la machine, ni à la sortie des deux bergers par une issue prévue à l'avance.

Daladier venait d'obtenir les pleins pouvoirs pour se réveiller, mais l'aiguille de la sonnerie de ce réveil de l'histoire était réglée sur une heure tardive.

Une lettre arriva de Chamonix. Un nommé Tiffraut, ex-agent électoral, ex-vendeur en invendable, diplômé en débrouillardise, proposait à Joe et à Lilie de venir tenir un hôtel dans cette station de montagne. Il avait connu Joe en Corse quand il menait campagne électorale pour un Corse du continent futur ministre.

Tiffraut savait Joe en difficulté. Il proposait un 50-50 capital-travail. En traitement pour les poumons à Chamonix, il cherchait toujours à faire entrer un peu de fric.

Lilie sauta dans un train pour juger sur place. Joe, qui n'avait un pouvoir de décision que sur la cuisson des beignets de farine de châtaigne, resta avec Monsieur Antoine et ses trois enfants.

Dans cette attente, il enseigna à Barthy les finesses du poker pour qu'il évite de se faire plumer. Joe partait ainsi d'un bon sentiment pour éviter à ce fils de se faire arnaquer à l'avenir. Il faisait partie de ces gens qui sortent sous l'orage au lieu de rester chez eux et qui s'abritent de la foudre sous un arbre isolé.

Le travail, source de vie pour famille décalée

Un souffle de purification passa sur la famille. Il venait des pics de granit acérés adoucis par les larges langues glaciaires et les rondeurs du toit de l'Europe plus blanc que blanc.

Seul José détaillait davantage le panorama déployé devant la terrasse du petit hôtel. Il y avait un télescope sur pied pour les clients et José s'approchait des séracs bleutés et des vierges scellées au sommet des aiguilles. Il subissait un appel inexplicable.

L'hôtel, Le Clos des Nants, comptait seize chambres confortables. Il avait la forme d'un grand chalet et appartenait à la famille Vallot, le célèbre physicien qui construisit le premier refuge-observatoire Vallot à 4 362 mètres d'altitude.

Tiffraut avait loué Le Clos des Nants pour la saison d'été. Il avançait les fonds de roulement. Joe, Lilie et les trois enfants logeaient avec le personnel (trois personnes) dans un chalet annexe. Le tout, situé dans un parc avec une terrasse face à un des plus beaux décors naturels du monde, justifia les prix assez élevés fixés d'emblée par Lilie.

Joe aidait en cuisine, la plus jeune préparait les petits déjeuners. Barthy avait accepté de servir à table sans obligation de veste blanche. José servait aussi. Il faisait les gros travaux de nettoyage et accompagnait sa mère au marché.

L'hôtel se trouvait à un kilomètre du centre-ville et José

tirait une remorque attachée à son vélo. Une caisse renversée servait de siège pour sa mère sur la remorque. Il faisait plusieurs voyages à plein pour rapporter la marchandise à l'hôtel et revenait chercher sa mère.

Barthy se mit à fréquenter des touristes huppés à La Potinière qu'il rabattait parfois sur l'hôtel. Il faisait très beau et la station grouillait d'un monde qui ne semblait pas s'émouvoir de la gloutonnerie d'Hitler qui revendiquait le couloir de Dantzig.

Le pacte de non-agression signé entre la Russie et l'Allemagne le 22 août n'alerta personne non plus. Joe et beaucoup d'autres le jugeaient naturel, les deux régimes ayant pas mal de points communs. On y jetait les opposants dans des camps. Il n'y existait ni liberté de presse, ni droit de grève, ni votation démocratique malgré toute l'hypocrisie de l'URSS pour en donner l'apparence chez elle. La torture hantait les locaux de police des deux régimes. Pour couronner le tout, l'état-major français ne croyait pas à la puissance de l'Armée rouge.

Quant à l'armée allemande, on claironnait qu'elle n'avait pas de beurre et que la route du fer lui était coupée.

Joe attrapa une angine transformée en phlegmon et Lilie le fit hospitaliser à Sallanches, dans la vallée. José descendait le visiter à vélo deux fois par semaine. Vingt kilomètres de descente et vingt de pente à remonter, et Lilie le chargeait d'acheter des vivres moins chers en plaine. José mettait la remorque pleine dans le train et grimpait à vélo jusqu'à Chamonix pour économiser le billet.

Au chevet de mon Père, je ne lui parlais pas ou peu. Des sons rauques sortaient d'ailleurs douloureusement de la gorge de Joe, juste pour me déclarer : « Tu es un petit homme, c'est bien. » Ce qui me gênait d'abord et m'énervait ensuite. J'avais toujours hâte de repartir pour soulager ma mère dans le travail. Car elle était partout. Dans la salle, les chambres, la cuisine et, la nuit, penchée sur la comptabilité.

Elle se parait elle-même, verbalement, de toutes les qualités, Joe n'étant plus là pour lui lancer : « Attends qu'on te le dise ! »

Je pensais que Joe était jaloux de l'importance que je donnais à ma mère. Son absence ne se sentait pas dans l'exploitation de l'hôtel. Ni surtout sur le plan éducatif. Il ne nous avait jamais parlé d'avenir ni enseigné une des langues étrangères qu'il maîtrisait si bien. Ni surtout le corse, ce que j'ai toujours regretté.

Tiffraut évangélisait Barthy en lui démontrant qu'il devait vivre en se plaçant entre celui qui déboursait une somme d'argent et celui qui la recevait, ce qui lui éviterait de manier une pelle et une pioche. Et il lui laissait conduire sa voiture assis à son côté.

Hitler et Staline envahissaient la Pologne sans déclaration de guerre.

La mobilisation générale décrétée en France vida Chamonix de ses touristes. Joe sortit de l'hôpital, une bande Velpeau autour de sa gorge, murmurant sans cesse : « Mes enfants, mes pauvres enfants... »

Barthy se frottait les mains, disant qu'« il allait enfin se passer quelque chose ».

Craignant surtout de tout perdre à Paris, Lilie y alla. Elle emmenait son fils José qu'elle ne voulait déjà plus partager avec personne. Elle sentait qu'elle occupait son cœur et son âme. Elle ne réalisait pas ce qu'il y avait d'anormal dans ce dévouement étiré jusqu'à la limite de la rupture.

Je me battis pour lui trouver une place assise dans des trains bondés. À Paris, elle vendit les meubles en catastrophe pour libérer le loyer de l'appartement de la rue de Clichy. Je portais les panetières remplies de ce qu'elle conservait. Ça pèse parfois lourd les souvenirs d'enfance et l'énorme mémorial de Sainte-Hélène.

La famille de Joe, l'oncle Sam, Jules et le reste, refusa de conserver les deux panetières dans leur cave (la peur de l'inquisition policière s'installait déjà) et Lilie négocia un coin dans la cave de la rue de Clichy avec le concierge.

Je ne sais quel pressentiment me fit récupérer le buste

de bronze de l'Empereur auquel tenait mon Père. Je voulais par là lui avouer que, moi aussi, j'aimais l'Empereur. Que toutes mes diatribes contre lui n'étaient qu'une manière juvénile d'exister, de m'opposer bêtement à lui pour passer dans le camp de ma mère. Voilà tout ce que j'avais dans le cœur en revenant à Chamonix avec le buste. Mais mon cœur et celui de mon Père ne furent, en cet instant, que des cœurs muets. Deux cœurs à se faire mal isolément dans la cage de leur poitrine.

Et aujourd'hui mes doigts tremblent un peu sur l'arête du bicorne de l'Empereur. Et si c'est de froid qu'il s'agit, ça ne peut être que le froid de la tombe de mon Père.

Joe avait pris le buste rapporté de Paris en exhalant quelque juron habituel. Parce qu'il était lourd ?... Il ne savait pas lui-même pourquoi il jurait car les mots, qu'ils soient de contentement ou de réprobation, ne variaient jamais.

Lilie ne se manifestait qu'après avoir aligné des chiffres. La famille avait gagné de quoi vivre un an à Chamonix et relouer à son propre compte cet hôtel ou un autre la saison d'été prochaine. Y aurait-il une saison d'été en pleine guerre ? Lilie, se rappelant celle de 14, tablait sur plusieurs années. Les touristes ne reviendraient pas et il paraissait que, l'hiver à Chamonix, on était bloqué par les tempêtes de neige.

Ils seraient mieux dans le Midi, le plus loin possible de la guerre à l'Est. Par exemple, sous le soleil de Nice, la vie coûterait toujours moins chère sous le soleil. Et puis il y avait ce féerique casino de la jetée, promenade avancée sur la mer dont les lumières, le soir venu, se multiplaient dans l'eau comme pour y prolonger la fête. Il n'existe plus et mes regrets le cherchent parfois inconsciemment lorsque je retourne là-bas. Et je sais que mon ami Louis Nucera, Niçois viscéral, y pense sur son vélo en regardant le vide laissé à son emplacement.

Les deux frères, à force de trimbaler des panetières et des malles dans les trains, auraient pu s'engager comme bagagistes. Joe, lui, ne transportait qu'un sac de cuir oblong comme une trousse de médecin de campagne qui recelait ses affaires de toilette, fixe-moustache compris, son Smith et Wesson, sa montre avec sa pièce d'or et les lettres de ses frères d'Amérique. Assis dans le compartiment, son sac sur les genoux et ses deux fortes mains manucurées appuyées dessus, il donnait l'impression de ne plus rien contrôler et même d'avancer toujours plus vers le tragique.

— Nous n'avons aucune dette, disait Lilie. C'est déjà beaucoup.

Elle avait remboursé à son amie Reine l'argent prêté pour le voyage Paris-Chamonix. Reine avait refait sa vie en quittant Santos. Pour s'en séparer, elle avait attendu l'époque montmartroise de sa splendeur et ne tenait plus à prononcer son nom. Et nous pas davantage, qui venions de nous renforcer par ce passage en montagne, faisant la preuve que nous avions la capacité de nous en sortir par le travail.

Qui vole un œuf... ou plutôt... qui vole un pigeon

À Nice, Lilie loua un appartement meublé au-dessus d'un garage petite réparation et parking rue de Belgique en face de la gare. José poursuivait ses études au lycée du Parc impérial et faisait ses devoirs dans le bureau du garage pour le garder parfois. Barthy, désœuvré, s'était proposé pour déplacer les voitures suivant les besoins. Il gardait cet argent pour ses « frais personnels ». José donnait le sien à sa mère à un centime près.

Lilie, sans oser risquer au casino les économies de Chamonix, passait des heures sur ses expériences à la roulette. Joe jouait au poker dans le quartier de la place Masséna et touchait à un peu de courtage immobilier en franc-tireur.

La drôle de guerre s'étirait en chloroformant le peuple à coups de RAS. La ligne Maginot les protégerait des barbares.

Au-dessus de l'appartement habité par Joe et sa famille, il y avait des chambres de bonnes, et une petite colonie de Russes blancs s'y était installée.

Je les avais entendus chanter lorsqu'ils se réunissaient dans la même chambre et ma curiosité me conduisit jusqu'à eux. Je leur dois une grande leçon sur la valeur de l'être humain. J'y appris qu'il ne doit jamais désespérer car il est un capital vivant.

Dans leurs chambres exiguës, mal chauffées, avec le sanitaire sur le palier, ces princes et ces princesses russes ne se lamentaient pas sur leurs domaines et leurs palais perdus. Les princesses faisaient des lessives et les princes conduisaient des touristes en fiacre sur la Promenade des Anglais.

Et ils espéraient. Ils pensaient que le monde comprendrait enfin ce qu'étaient vraiment les bolcheviks depuis leur alliance avec Hitler. Ces bolcheviks qui avaient égorgé leurs familles et éventré leurs chevaux.

Je ne pouvais parler de ces grands problèmes avec personne et je me sentais inutile. Je décidai de quitter le lycée pour travailler à temps complet. Je voulais que toute la famille s'appuie sur moi.

Le désœuvrement de mon frère aîné me poussait doublement à travailler pour aider ma mère. Je me laissai malgré tout entraîner à capturer avec mon frère les pigeons de la ville perchés aux alentours. D'après lui, nous n'aurions aucun mal à les revendre et même à les cuisiner pour améliorer l'ordinaire. Il avait élaboré un système de ficelle passée dans des crochets vissés dans les doubles battants ouvrant sur le balcon terrasse. En tirant les ficelles à distance, les battants se refermaient, emprisonnant les pigeons venus manger le grain jusque dans la pièce.

Trente-trois années plus tard, je me souviendrai du système pour qu'Alain Delon, dans *Le Gitan,* ouvre un portail à distance, assis sur sa moto, et qu'il crée la surprise en jaillissant sur le barrage de police pour s'enfuir.

Si le système livra des pigeons aux deux frères, Barthy ne put en vendre aucun et ceux qu'ils plumèrent et tentèrent de faire cuire résistèrent. D'abord ils déçurent par leur maigreur une fois déplumés, ensuite ils restèrent aussi durs que la marmite. Lilie conseilla d'y ajouter du bicarbonate pour les attendrir ; un loup s'y serait brisé les dents.

En voyant un gardien de la paix devant la porte de l'immeuble, Joe passa en revue ce qu'il avait bien pu faire de mal. Il craignait toujours les conséquences d'un acte irréfléchi. Mais les dernières parties de poker s'étaient écoulées comme le léger bruissement d'une source sur les feuillages, et un peu de courtage immobilier privé de licence n'avait lésé personne.

— C'est vous le père des voleurs de pigeons ?...

À l'accent de l'inspecteur qu'il trouva dans l'appartement, Joe décela un Corse. Il lui répondit dans cette langue propre à réconcilier les Corses entre eux (en dehors de l'île, il faut le préciser).

Les voisins d'en face avaient dénoncé les deux frères. Cette pratique de la dénonciation allait connaître de belles heures et la Libération en jouera les prolongations.

L'inspecteur corse classa le dossier et Lilie réclama de Joe, avec superbe, qu'il donne enfin à ses deux fils les limites à ne pas franchir. Voilà ce qu'ils rêvaient d'entendre de l'homme qui leur servait de père.

Dès le lendemain, Joe leur procura alors ce qu'il appela « une entrée dans la vie active ». Il s'agissait de travailler pour un fakir. Chaque soir nous montions sur la scène, mon frère et moi, et nous nous laissions endormir faussement par Ynaleb le fakir. Ensuite nous mimions des scènes sous ses ordres. Mais Ynaleb était aussi un escroc qui refusa de nous payer les dernières soirées.

Joe, impuissant à obtenir l'argent, eut l'inconscience de conseiller à ses garçons de « lui secouer un peu sa moumoute ». Il détestait les hommes portant perruque : « Ils ne trompent personne qu'eux-mêmes. » Il en perdait sa lucidité et, s'appuyant sur la force de ses fils, il leur avait glissé ce conseil aveugle. Un conseil porteur de tous les dérapages si le fakir avait résisté outre mesure. Par chance il paya sans trop de casse, si ce n'était sa loge au théâtre.

Le sport me plaça momentanément à l'abri des pochettes-surprises familiales. Remarqué dans un club pour ma pointe de vitesse au cent mètres, je jouai trois-quarts aile dans une équipe de rugby. On se formait. On rencontrait d'autres joueurs parfois plus âgés. Je me retrouvai sur le terrain avec Jacques Chaban-Delmas. Bien longtemps après, alors qu'un de mes films, *Dernier domicile connu* avec Lino Ventura et Marlène Jobert, se débattait contre une censure qui s'avéra déplacée (le film en reste le témoin), je réclamai l'arbitrage de Chaban. Il fut favorable. Le sport conserve aux hommes une mémoire intacte.

Dans cette équipe, des jumeaux de mon âge entretenaient un certain humour car on ne pouvait les différencier. Leur père, un Italien qui bossait dans la restauration, me fit engager comme plongeur dans le wagon-restaurant sur la ligne Nice-Marseille. Coincé entre le fourneau et la fenêtre souvent brûlante de soleil de ce wagon, la sueur coulait de mon front jusqu'aux chaussettes. Mais ça regorgeait de victuailles superflues que je rapportais dans la famille. Et toute ma paie. Tandis que, le 10 mai, l'Allemagne envahissait la Belgique ; elle capitula le 27.

Lilie me chargea alors de renouer le contact à Marseille avec sa sœur Marie. Joe devait l'ignorer. Cette complicité entre moi et ma mère agrandit encore le fossé qui me séparait de mon Père. La France s'effondrait sous la poussée allemande et Lilie craignait que les troupes de Mussolini ne déferlent sur Nice.

Je fis l'aller et retour Nice-Marseille à vélo et je revins avec l'accord de ma tante Marie. Elle songeait à se réfugier dans le Pays basque, la région de son vieil époux, et elle laisserait son appartement à sa sœur et à sa famille. En septembre, nous bouclâmes malles et panetières, et Joe ricana en disant que Marie était bien contente qu'on lui garde son mobilier, l'époque était au pillage des appartements inhabités.

Traverse noire pour hommes traqués

Un million et demi de prisonniers de guerre et, dans le lot, il y avait le général Daine, sorti les mains en l'air de la fameuse ligne Maginot imprenable, que les Allemands n'eurent qu'à contourner puisqu'il en manquait un morceau.

À Marseille, l'appartement de tante Marie, situé boulevard Perrier, était agréable. Le petit immeuble donnait sur une colline aérée. Une pente rude y montait depuis la longue rue Paradis. Barthy, paresseux, en abandonna le vélo. José regardait sur la cheminée les photos de sa tante avec son mari en tenue de surveillant-chef au bagne de la Guyane. Avant de les quitter pour le Pays Basque, le vieil homme accusa Lilie et Joe d'être responsables de sa faillite.

— Je suis failli... je suis failli..., grognait-il inlassablement.

Ça venait de L'Atlantide et du rôle de prête-nom qu'il y avait tenu.

— Adresse-toi à Santos, rugissait Joe.

Marie, qui ne voulait pas qu'on touche à son frère génial, reprocha au « failli » d'avoir passé son temps à garder ses semblables. Il lui saisit un doigt et le tordit jusqu'à l'entorse. Elle hurla qu'elle avait gâché sa vie en couchant avec un vieillard.

José rangea la photo dans un tiroir. Secrètement, cette jeunesse de sa mère et de tante Marie, vécue dans les bagnes, lui barbouillait l'intérieur. Il trouva du travail dans une

Compagnie maritime où il remplissait des bordereaux en six exemplaires pour des marchandises en transit.

Joe s'était branché avec certains membres de la colonie corse pour « tomber sur quelque chose à faire ». Il emmenait Barthy avec lui, cheveux lustrés, ganté et chaussures brillantes, très fier de la prestance de son fils aîné.

Par 569 voix contre 80 et 17 abstentions l'Assemblée nationale donna tous les pouvoirs au gouvernement de la République sous l'autorité et la signature du maréchal Pétain. La suite s'appelait l'État français. On mettait la clef sous la porte après avoir repassé le bébé à l'arrière-grand-père. Désarçonné par la débâcle, le bon peuple de France s'accrochait au destrier de Clovis Ier et à sa francisque. On ne parlait plus que de Verdun et Joe en profitait toujours pour remonter jusqu'à Austerlitz.

La famille trouva, ensemble, en revenant de la ville, le mot sur la porte : « Sœurette, je suis à l'hôtel Noailles. Je repasserai. Paul. » Santos resurgissait. Il était venu voir sa sœur Marie.

— Dans un palace, souligna Lilie. Il se débrouillera toujours celui-là !

— Qu'il crève, répondit Joe.

Barthy ne disait rien et la petite ne savait même pas de quoi ils parlaient. José, pour une fois, se rangea du côté de son Père.

— Y aura qu'à pas ouvrir, dit-il.

Lilie se déplaçait en silence avec ses lèvres qui faisaient une répétition muette.

— Ici nous ne sommes pas chez nous, commença-t-elle. Et on ne peut pas laisser le frère de tante Marie à la porte de chez elle.

— Il porte malheur, dit Joe.

— Là-dessus, tu devrais faire un examen de conscience.

— Et on pourrait d'abord savoir ce qu'il veut... On ne sait jamais, ajouta Barthy.

Comment pouvait-il deviner que, ce soir-là, le coup de sonnette de Santos était le seul bruit qu'il n'aurait jamais dû entendre ? Lilie ouvrit la porte. Pour masquer sa surprise, il enleva d'abord son chapeau noir découvrant des cheveux blancs étrangement lignés de mèches jaunes, toujours plaqués en arrière.

— Quelle surprise... Quelle joie...

Il embrassa Lilie et salua Joe de la main.

— ... J'ai souvent pensé à vous (un œil sur Barthy)... et que voilà un jeune homme déjà important.

José évita son regard et Lilie lui donna des nouvelles de tante Marie. À la question : « Avez-vous des projets après cette débâcle ? », José répondit sèchement qu'il travaillait.

— Et tu gagnes bien, j'espère, glissa, cynique, la voix si gênante.

— De quoi acheter du pain... donc n'avoir besoin de personne.

J'aurais tellement voulu que mon Père le chasse en lui répondant que ce pain-là lui suffisait aussi.

— Laisse-moi d'abord parler à ton Père de renouveau... de l'énorme chance qui s'offre à nous tous.

La voix de Santos emplissait la pièce. Il n'aurait pas fallu le laisser parler. Ses inflexions avaient un pouvoir d'anesthésie. Si on se déplace pour tuer un type comme lui et qu'on ait le malheur de le laisser parler, on lui donne l'arme et on lui signe un chèque pour avoir douté de lui.

— La France devra verser quatre cents millions de francs par jour à l'Allemagne et cet argent sera dépensé en France.

Il prévoyait déjà que les Allemands achèteraient tout ce qui leur manquerait en utilisant des intermédiaires. Et, expliquait-il, personne ne refusera de vendre à bon prix ce qu'il a à vendre. Le luxe et le non-luxe.

— Le commerce, ce sera la seule certitude. Pour le reste, c'est la confusion totale. L'Allemagne et la Russie semblent vouloir se partager le monde. Qui les arrêtera ?

Il leur conseilla de rester en zone libre et leur laissa une adresse à Paris. Pour garder le contact et, dès qu'il aurait besoin de personnes de confiance...

— La confiance... pour ce que tu en as fait quand on te l'a donnée, conclut José.

Santos, très digne, sortit en disant que cet enfant « était bien mal renseigné ». Personne ne lui cria que je n'étais plus un enfant mais le pilier de cette famille. Je me sentais trahi et je fis retomber cette trahison sur les épaules de mon père.

Tante Marie et son garde-chiourme en retraite revinrent d'exode. Lilie trouva une maison à louer en proche banlieue, avec un jardin pour les légumes et sans doute de quoi héberger des locataires. C'était à Saint-Marcel, villa les Marronniers, traverse noire. Il restait des légumes à ramasser dans le jardin. Ils essaieraient d'en faire pousser d'autres en potassant le petit manuel du jardinier et en bêchant la terre. José, car Barthy craignait les ampoules aux mains et Joe montait dans le tram vers Marseille « prendre des contacts », comme il disait.

Dans le fameux quartier de l'Opéra il ne rencontra que son ami Marcel Benda, replié à Marseille afin de tenter d'organiser une filière de sortie du territoire pour des israélites. Il avait, peu avant, annoncé à Joe une guerre inévitable, sans pouvoir imaginer une déroute aussi foudroyante de l'armée française. Il s'était chargé de la sécurité de quatorze israélites qui avaient passé la ligne de démarcation à plat ventre sous les haies. Le groupe était en panne. La Préfecture refusait un visa de sortie sur leurs passeports. Il était aussi en panne de sécurité, des réseaux de police allemande déjà infiltrés en zone libre étendaient leur macabre influence sur l'administration française.

En voyant débarquer le groupe, Lilie pensa que Joe ne savait même pas compter jusqu'à deux, car elle l'avait chargé de trouver deux locataires et non quatorze. Pour Joe, il ne s'agissait que de rendre « un léger service en attendant de se procurer un faux cachet préfectoral ». Ils s'entassèrent dans deux chambres et Lilie, à voix étouffée, demanda à Joe « s'il avait vraiment envie de faire fusiller toute sa famille ».

José montait la garde avec un fusil de chasse. La traverse noire était facile à surveiller à cette époque-là. Joe, incapable de se défendre personnellement, se sentait investi d'une responsabilité de sauveteur et Lilie n'eut, à ce moment-là, aucun pouvoir sur lui. La discrimination dont souffraient les juifs lui passait au-dessus de la tête ; catholique, elle pensait qu'ils n'auraient pas dû crucifier Jésus.

En ville, un truand corse indiqua à Joe un faussaire, discret par professionnalisme, officiant à Saint-Loup, une banlieue assez proche de Saint-Marcel. Benda paya la fabrication du cachet et, à vélo, j'allai le chercher. Sur les routes, de brusques contrôles policiers surgissaient. On se méfierait moins d'un adolescent à vélo.

J'avais planqué le truc sous la selle avec du chatterton, et le vélo, comme s'il comprenait l'importance de sa mission, cessa le bruit de cliquetis qui m'énervait depuis quelques jours.

Joe tamponna soigneusement les quatorze passeports et les fugitifs purent s'embarquer, s'éloigner d'une terre qui leur était devenue plus hostile qu'une roulette de dentiste.

Le jardin produisait, ce qui rassurait puérilement Joe. Lilie se plaignait du manque d'avenir dans la culture radis-carottes-tomates. Et Barthy plaça une idée géniale. Il se chargeait d'organiser des surprises-parties à la villa avec des fils et filles de famille qu'il avait rencontrés à la piscine en cette fin d'année 1940. Personne ne l'écouta. On eût dit que le retour des cendres de l'Aiglon aux Invalides obstruait les fenêtres et les esprits de cette famille spécialisée dans les idées fixes.

— Ces Allemands, quand même... ils font un geste, disait Lilie.

— Ma pauvre enfant (ce qui, chez Joe, signifiait « pauvre imbécile »)... n'oublions jamais qu'ils ont assassiné ce prince... Ils lui ont rongé les poumons avec leur pluie et leur brouillard.

— Toi tu n'aimes personne... ni les Anglais à cause de

Sainte-Hélène, ni les Russes à cause du tsar, ni les Allemands à cause du brouillard. Pense à tes enfants qui n'aimeront rien non plus ! !

Barthy s'en foutait et moi j'espérais que mon Père se justifierait. Mais il se taisait. Il se taisait parce qu'il pensait aux Américains. Il les aimait et il souffrait de ne pas les voir intervenir contre les barbares qui crucifiaient l'Europe.

J'étais encore prêt, à cette époque, à partager les différences qui le séparaient de ma mère. Mais Joe ne donnait, finalement, rien à partager. Il donnait tout. C'était tellement rare un homme-pélican offrant ses entrailles pour nourrir les siens, tellement inattendu, que personne ne songeait à y porter le regard.

Barthy reparla d'organiser une fête pour gagner de l'argent et les cendres de l'Aiglon s'éparpillèrent sous le souffle de l'espérance. La petite sœur, qui entendait à l'école les sermons à base de vaches maigres, de mea culpa, de chemin montant pour retrouver la France lumineuse, aidait sa drôle de famille à organiser une surprise-partie. À dresser les tables couvertes de petits fours, de tartes et beignets maison, d'apéritifs et de mousseux. Lilie avait malgré tout freiné sur le champagne. Barthy, superviseur en gants blancs, méprisa cette famille de mégoteurs qui ne savait pas que plus ils investiraient plus ils récolteraient.

Car il était question de multiplier la mise par quatre ou cinq. Et on pourrait recommencer chaque semaine. Oui, on pourrait en vivre confortablement.

Les zazous, garçons et filles, affluèrent. Joe n'aimait pas leurs nœuds de cravate gros comme une noisette. Mais ils étaient là, même plus nombreux que prévu, et Barthy passa, aux yeux des siens, pour un vrai génie des relations publiques. Ils burent, mangèrent, dansèrent jusqu'à l'aube et partirent sans payer. Ils prétendirent que Barthy, ce jeune grand seigneur, les avait invités.

Quand Barthy, pour compenser ce fiasco, proposa à Joe d'acheter une voiture d'occasion pour livrer de la presse, Joe accepta. Un truc d'avenir qui pouvait déboucher sur une mainmise de tout le service de diffusion. Lilie y voyait une sortie du tunnel. Mais la voiture ne cessa de tomber en panne, et on confia les livraisons à quelqu'un de plus fiable que ce jeune dandy en gants blancs.

Joe la revendit pour une poignée d'olives. La disparition des économies rongées par l'utopie chronique de Barthy réduisait d'autant l'espace de sommeil de Lilie.

José grattait la terre tout en élevant une ribambelle de lapins, ce qui ne colmatait pas les rêves de grandeur de Lilie. Un civet de lapin périodique faisait chantonner Joe qui ne pensait à rien au-delà de sa digestion.

Lorsqu'il rentrait du centre-ville, avec l'envie de parler de ses contacts, de la possibilité d'une partie de poker bourgeoise, la moindre question avide de Lilie le barricadait dans le silence. Meilleur pour lui que d'avouer combien il dépendait de certaines relations de Barthy, ce fils aîné très doué pour lever une perruche de famille.

Joe aimait, le soir venu, regarder José arroser le jardin, et il le sentait en sécurité. Il aurait voulu le protéger davantage et presque le supplier de ne tomber ni sous l'influence de son frère ni sous celle de son oncle. Joe voyait se dessiner la ressemblance entre Barthy et Santos, un peu comme une silhouette sur toile qui ne devient nette qu'à grands coups de traits plus précis.

La famille ne vivait que de silences ou d'éclats.

Marcel Benda tomba dans cette ambiance plus tendue que l'arc de Robin des bois. Il venait, une fois de plus, demander asile pour deux israélites qui portaient sur les épaules et dans le regard une cavale datant du fond des âges. Seul cet après-midi-là, je les accueillis avec ce sens héréditaire de l'hospitalité corse pour des hommes égarés.

Notre porte s'est ouverte. Elle a fait partie des portes qui se sont ouvertes, dans cette époque où la trouille déviait les regards.

Il arrivait à ces deux hommes de sortir et de ne rentrer qu'à la nuit. Armé, j'allais contrôler si la traverse ne comportait aucun risque pour qu'ils réintègrent la villa.

Le jour de leur départ, je les ai escortés le plus loin possible et, plus tard, j'ai accompagné Marcel Benda jusqu'à Port-Vendres, prêt à créer une diversion en cas de contrôle. Parvenu au Canada et devenu attaché au service de l'amiral Muselier, il s'est souvenu du soutien d'un jeune homme qui ne marchandait pas les risques. Et sa fidélité éclaira un certain jour mon cachot. À l'époque, la cohabitation avec le danger ne se mettait pas sur un livret de caisse d'épargne.

Lilie traitait Joe de grand seigneur sans moyens et elle répondit à une annonce. Un éleveur de poulets — une production intense d'œufs en couveuse — engagerait un couple de gardiens. Un pavillon près de la grille d'entrée et l'alimentation de nuit de la grande chaudière à charbon. Logés, nourris, plus un petit salaire.

Humilié d'être obligé d'ouvrir et de fermer la grille, Barthy devança l'appel et s'engagea dans les spahis. Joe pensa à l'héroïsme, tandis que Barthy ne pensait qu'à un uniforme devant lequel les femmes s'alanguissaient. On l'expédia de l'autre côté de la Méditerranée.

Lilie reporta son angoisse de l'avenir sur les jeunes épaules de son plus jeune fils, José. Il l'aidait, tard dans la nuit, à expérimenter son dernier système à la roulette. Peu discrète, elle parlait fort dans la chambre conjugale, reprochant à son mari de ne pas être capable de réunir le capital nécessaire à la mise en œuvre de son système.

Mon adolescence fut bercée à un dangereux chant des sirènes : la fortune au bout d'un petit capital. Comme s'il suffisait d'acheter un vélo pour gagner le Tour de France. Une croyance qui incite à employer n'importe quel moyen pour acheter le vélo.

Lilie se débattait sur place comme une grenouille tombée dans une jatte de lait. La lecture méthodique et infatigable des petites annonces la récompensa enfin : « CHERCHONS NÉGOCIATEUR EXPÉRIMENTÉ, BELLE PRÉSENTATION, POUR DIRIGER CABINET IMMOBILIER ». Et en découpant l'annonce, la grenouille eut l'impression de se retrouver sur une motte de beurre.

Souffle au cœur pour un spahi

Joe, éternelle gravure vieille France, décrocha le poste dès que le patron de l'agence posa les yeux sur lui. Il n'eut plus qu'à suspendre son chapeau Eden à bords roulés et à s'asseoir derrière le bureau. Sa cravate Régence, ses guêtres blanches et la pièce de vingt dollars-or qui pendait de la poche de son gilet fantaisie eurent balayé les hésitations du héron au long bec de la fable de La Fontaine.

Surtout que le patron de l'agence, M. Daval, avait un physique d'échassier. Il expérimentait l'idée d'adjoindre un secteur de transactions immobilières à une auto-école qu'il avait déjà fondée. Des bureaux bien situés place de la Préfecture.

Daval investissait dans la publicité et offrait cinquante pour cent à Joe sur chacune des transactions, déduction faite des frais généraux. Mais pas de fixe. Joe engagea son fils José pour accompagner les clients et même pour rapporter à l'agence de nouvelles affaires à la vente en questionnant de porte en porte.

— Monsieur et madame, un voisin nous a dit que vous étiez peut-être vendeur de votre maison, par hasard... je travaille pour la plus grande agence de Marseille...

Lilie avait bouclé les malles et les valises une fois encore pour installer la famille dans un appartement bon marché du quartier de la Joliette.

Les Allemands envahissaient la Yougoslavie et faisaient capituler la Grèce. En ce premier trimestre 1941, on ne voyait plus quelle force pourrait enrayer leur domination européenne. Il n'y aurait eu, sur le terrain, que la Russie. Mais un pacte de non-agression les liait.

Lilie, comme la majorité des Français, pensait à présent que la guerre, faute d'opposants, serait brève. Elle déplorait l'absence de l'héroïque armée française de 14-18 dont son premier mari faisait partie.

Tandis que Joe, sa couverture rabattue sur la tête et le poste de TSF, écoutait religieusement Londres, « Les Français parlent aux Français... ». Il se référait à la défaite de l'Empereur pour prédire celle d'Hitler.

— Sauf que lui ne sera pas assez idiot pour s'attaquer à la Russie, disait Lilie qu'un certain réalisme orientait vers le pessimisme.

Hitler envahit la Russie le 22 juin 1941, date anniversaire de José. Joe, qui avait touché plusieurs belles commissions à l'agence, festoya avec la famille et Lilie profita de son optimisme pour déménager dans un appartement pas loin d'être luxueux. Des grandes fenêtres ouvrant sur les jardins du Palais de Longchamp au-dessus du quartier des Réformés.

Joe sifflotait dès le réveil et offrait le spectacle de son fixe-moustache et de ses support-chaussettes à travers tout l'appartement. Hitler venait de détruire deux cents divisions de l'Armée rouge mais Joe sifflotait quand même en pensant que ce glouton finirait bien par mourir d'indigestion.

Barthy envoyait de temps à autre une courte lettre pour réclamer un mandat.

Joe ne parlait pas à sa femme de ses conflits avec José dans leur travail à l'agence. José ne voulait pas qu'il dore la pilule aux clients qu'il emmenait visiter la villa ou la maison de campagne à vendre, il voulait que son Père diminue les avantages pour que les clients les découvrent eux-mêmes. Par exemple, annoncer dix minutes à pied depuis le terminus du tram ou du car s'il n'y en avait que cinq. Ou une seule salle de bains s'il y en avait deux, etc.

Mais Joe s'entêtait à contrarier son fils. Les emportements de José glissaient sur lui comme la pluie sur la carapace ronde d'une tortue. Ça n'étonnait plus José que sa mère n'ait jamais pu mettre cet homme en face des réalités, il ne prenait aucun rendez-vous avant quinze heures pour jouer à la belote bridgée avec des employés de la Préfecture. Et José essayait alors de déclencher chez son Père un sentiment de honte en allant démarcher à vélo des affaires à vendre.

Bien que faible de caractère, Joe était indécollable d'une décision prise, surtout si elle n'était pas très bonne. Mais son talent de négociateur bouclait les affaires et Daval le présentait à ses amis comme une providence.

Lilie se faisait aider pour le ménage et José traversait toute la ville pour la rejoindre au marché et porter les provisions. Pour que le ventre qui l'avait enfanté ne souffre pas de tiraillements. Il ne dépensait rien afin qu'elle thésaurise davantage. La famille émergeait de grandes et récentes difficultés, aspirant la réussite à grandes goulées comme un plongeur qui refait surface.

Mais Lilie n'était pas complètement heureuse de cette stabilité. Elle n'admettait que le résultat de son action personnelle. Elle reloua un hôtel à Chamonix pour cette saison d'été 1941. Dans son inconscience elle arrachait José à son Père. Comment Joe pourrait-il prétendre qu'il en avait davantage besoin qu'elle ?... Tenir un hôtel, ce n'était pas rester le cul sur un fauteuil dans une agence immobilière.

Joe resta donc seul à Marseille pour travailler à l'agence. Entre ce travail qu'il aimait, les cartes et un petit extra du côté bas résille et porte-jarretelles, il ne cherchait pas à s'opposer aux projets de sa femme. Ce qui, de toutes les manières, était aussi impossible que de dévier le cours du Mississippi. Il ne fit qu'une brève apparition à l'hôtel Des Glaciers situé aux Gaillands, à deux ou trois kilomètres de Chamonix, non loin de la villa-suicide d'Alexandre Stavisky.

José recommençait à traîner sa mère dans une remorque attachée à son vélo jusqu'au marché. Même sa jeune sœur travaillait comme une bête dans l'hôtel. La fatigue creusait le visage de Lilie. L'imagination dramatique de José superposait aux arêtes vives de ce visage de caractère le masque de la mort.

Joe n'osait demander à quoi tout cela pouvait bien servir. L'immobilier rapportait largement. Mais Lilie installait ses capacités pour conserver aux yeux de tous son poste de chef de famille. Contrairement à ce qu'elle avait cru en 1939, la station de Chamonix battait son plein. Les grands alpages fournissaient le beurre, le fromage et la viande et les vallées d'en bas des légumes et des fruits à profusion.

La France des grandes villes ne portait pas le deuil de la défaite. Les spectacles, cinémas, cabarets et les théâtres, les courses de chevaux, ne mettaient pas les drapeaux en berne. Les plus pauvres souffraient comme souffriront toujours les plus pauvres. Nul besoin d'avoir perdu une guerre pour ça. Il y avait un million et demi de prisonniers de guerre, ce qui accablait les nombreuses familles privées de l'homme de la maison.

Informée que la propriétaire du Chamonix Palace, une certaine Mme Favre, cherchait une association, Lilie entraîna son mari de ce côté-là. Elle se voyait déjà à la tête d'un palace. Elle regrimpait au sommet de la pyramide, comme à l'époque du Normandy.

J'étais heureux car je détestais la ville. Je me disais qu'une fois installée dans ce palace ma mère voudrait que nous restions à Chamonix. Tombé amoureux de la haute montagne, j'avais appris à grimper sur l'école d'escalade des Gaillands, tout près de l'hôtel Des Glaciers, et j'avais fait une course dans les Aiguilles (Charmoz-Grépon) avec un colonel de chasseurs alpins mis en disponibilité et client de notre hôtel. Je pensais que mon Père ne comprendrait rien à cette passion et j'attendais le cours des événements pour lui annoncer que je ne voulais plus vivre qu'en montagne. Je lisais et relisais les récits des grands alpinistes. Il me semblait que, sur les sentiers de roc et de glace, je devenais plus fort que la fatigue.

Joe négocia avec Mme Favre un projet d'accord sur l'exploitation du Chamonix Palace pour l'été suivant, soit en

1942. Et il retourna à Marseille. Il donnait l'impression de chercher à avoir la paix. Il gagnait de l'argent tout en se reposant sur la féroce énergie ascensionnelle de sa femme.

Cet été 1941, pendant qu'elle dressait le bilan de son après-saison, j'entrepris d'autres courses de haute montagne. Je restais encore en second de cordée et Lilie, peu consciente des dangers de la grande nature, me laissait faire. Urbaine, elle ne raisonnait que par la ville et pensait que l'on courait davantage de risques en traversant une rue que suspendu dans le vide à une petite prise.

En septembre, la saison touristique ralentissait, mais le climat plus froid et moins orageux facilitait les ascensions. Pendant que ma mère mâchonnait ses projets de grandeur, je me hissais sur des sommets plus réalistes.

Lilie, branchée à nouveau sur l'hôtellerie et la perspective du Chamonix Palace, ne parlait plus de son système à la roulette dans lequel Joe n'avait pas une broque de confiance. Fin septembre elle rejoignit, avec José et la plus jeune, ce mari auquel elle tenait beaucoup plus qu'elle ne se l'avouait.

Lorsqu'il lui donna une bague oblongue, une émeraude cerclée de petits diamants, elle devina deux choses : d'abord qu'il l'avait trompée ; ensuite qu'il avait renoué avec un milieu de diamantaires. Il est vrai qu'il n'achetait rien chez un bijoutier et qu'il avait repris contact avec des juifs en relation avec Marcel Benda.

Joe utilisera longtemps l'agence de Daval, puis sa propre agence, comme boîte aux lettres de la Résistance. Les gens désemparés avaient besoin de se retrouver et surtout de se passer les uns aux autres les meilleures filières pour quitter la France.

Joe aida aussi le colonel Valcourt, qui fut à l'époque le chef départemental des Mouvements unifiés de la Résistance, pour devenir le directeur adjoint du commissaire de la République.

Les parties de belote bridgée avec les fonctionnaires de la Préfecture ne servaient pas uniquement à assouvir la passion des cartes de Joe, il était précieux de ménager ses entrées de ce côté-là. Un visa, un renseignement avaient valeur de vie humaine.

Il répondit toujours positivement aux demandes du colonel Valcourt et de ses services, avec l'aide de José qui servait parfois d'agent de liaison sur son vélo, appuyant sur les pédales avec une volupté qui anesthésiait le danger qu'il courait.

Lilie, heureuse de l'appartement d'une belle dimension qui supportait les sempiternelles grilles en fer forgé, se lançait déjà dans les futurs aménagements du Chamonix Palace, très mal décoré d'après elle. Elle avait oublié le gouffre financier des travaux effectués au Normandy.

Pour écouter ses projets, il ne lui restait plus que les oreilles de son fils José. Celles de Joe s'appliquaient contre le poste de TSF pour entendre Radio-Londres, « Les Français parlent aux Français », avec la tête sous une couverture. Tandis que José écoutait sa mère, enfermant parfois le visage de cette femme volontaire entre ses deux mains pour qu'elle sente qu'il était bien là et qu'il n'aurait pas de vie personnelle, ni femme, ni enfants, ni rien. Elle, seulement elle, qui serait la femme de sa vie. Et il lui faisait serment de la soutenir jusqu'à ce qu'elle étreigne ses rêves de grandeur.

Joe, sous l'étouffante couverture, savourait l'annonce de la débâcle allemande à Moscou et plus encore la faute stratégique la plus grande, celle du Japon attaquant traîtreusement l'Amérique à Pearl Harbor. Des « bordel de merde de sacré nom de Dieu de bordel de merde » suivis de « ils arrivent !... ils arrivent !... » sortirent d'abord de sous la couverture.

Joe reprit son souffle pour claironner que les affreux venaient de commettre la pire des erreurs, tirer dans le dos du shérif. Pour faire bonne mesure dans cette connerie, Hitler, soutenant le Japon, déclara la guerre aux États-Unis. Il verrait beaucoup de shérifs déferler pour venger leurs copains de Pearl Harbor, et beaucoup de cow-boys aussi, qui traqueraient les tueurs jusque dans leur bunker, jusque dans leurs lits. Pour les tireurs dans le dos, les shérifs de l'Ouest avaient toujours dressé des potences.

Lilie le pria de ne pas crier si fort. Et si on l'entendait ?... Il fallait craindre les lettres anonymes de dénonciation, et qu'il évite aussi de prendre ses désirs pour des réalités. Bien que les Ricains aient inventé le poker, il ne leur suffirait pas d'un coup de bluff pour rafler la mise.

— Qu'est-ce que tu connais du poker, ma pauvre enfant ?

Ça ne ferait jamais qu'un souper de plus empoisonné par une engueulade à tiroirs.

La vente d'une petite mine de charbon située en Lozère sur le plateau du Larzac fut confiée à Joe par un certain Philibert. Un ingénieur dont la jeune femme venait de se barrer avec un projectionniste de films. Un nomade au volant d'un vieux camion gazogène qui lui servait de roulotte et à transporter aussi du matériel nécessaire pour projeter ses films dans les salles des fêtes.

Est-ce que Joe et son jeune fils pouvaient réaliser le chagrin d'un homme voyant sa femme préférer un grabat dans ce camion au confort dont il l'avait toujours entourée ?...

Joe demanda à son fils de faire, sur place, un état des lieux de la mine. Cet hiver 41-42, le plateau du Larzac, gercé par les vents, était une si fidèle évocation de la Sibérie que des soldats allemands y subissaient les hors-d'œuvre du froid. Les Russes leur serviraient sur place la suite du menu. On descendait au fond de la mine par une succession d'escaliers-passerelles fixés sur les parois du puits. Le charbon, du flambant, un succédané d'anthracite qui encrassait les cheminées, partait quand même directement sur Limoges, qui achetait toute la production. Les mineurs travaillaient dans plusieurs centimètres d'eau en permanence. Et au pic et à la pelle. Un gros treuil remontait le charbon en surface.

Ils étaient une trentaine. Des Espagnols réfugiés depuis la fin de la guerre d'Espagne. La France avait bouclé tous ces brigadistes dans des camps et ils n'en sortaient que munis d'un certificat de travail. Pour faire tous les sales boulots. Sur les visages du mauvais sort les yeux sont toujours trop grands.

Joe, au lieu de recevoir de son fils un rapport utile, reçut des phrases de révolte suscitées par les conditions de vie des réfugiés espagnols. Lilie y décela du « Zola » additionné des *Deux Orphelines,* et Joe se retrouva en face de la grande scène du deux. Il lui avait parlé, pour José, d'un poste de directeur d'une mine de charbon et voilà qu'il n'était question que de partager le sort de ce monde ouvrier « pour avoir le droit de le regarder en face ». Et si José allait faire quelque bêtise en devenant le chef de « cette bande » ? Car Lilie n'avait jamais pu s'empêcher de parer les « cols blancs » de toutes les délicatesses et « les mains sales de l'ouvrier » de toutes les dérives assassines.

Joe, en souvenir des bûcherons italiens de sa jeunesse réfugiés à Rogliano et humiliés par la population, écrivit à son fils une lettre larmoyante pour lui donner raison de faire corps avec ces malheureux.

Nous aurions dû, pour une fois, nous rapprocher à cette occasion, mais les termes par trop dégoulinants de la lettre de mon Père me laissèrent une impression poisseuse, que j'identifiais à une peur bourgeoise de la colère des opprimés. Je lui avais préféré la réponse de ma mère, plus nette, plus débarrassée de toute sensiblerie. « Le travail de la mine était dur, mais n'avait-il pas sorti ces hommes de leur camp d'internement ?... Ils devaient peser le pour et le contre. » Elle voulait surtout éviter que je ne me culpabilise et que je ne déraille avec un Père assez inconscient pour parler de venir sabler le champagne au fond de la mine.

La petite exploitation dont Philibert avait confié la vente à Joe alimenta un sujet de discorde. Joe parlait même d'en devenir actionnaire et Lilie ne voulait que récupérer ma présence.

La fréquentation de ces anciens brigadistes rouges espagnols préparait à mon insu un épisode-bascule de ma vie. À peine deux années plus tard, Tatave, un autre rescapé de la guerre d'Espagne, m'initiera à la facilité de tuer des hommes, quand ils sont de nationalité allemande. Ce furent les récits de la guerre d'Espagne entendus dans cette mine qui incitèrent Tatave à me considérer comme un des siens.

Rien ne se perd. Chaque seconde est une parcelle du tissage de ce qui formera finalement une existence. À l'image des fils qui s'entremêlent, les secondes, ces miettes de la mémoire, dépendent les unes des autres et n'appartiennent qu'à chacun. Personne d'autre ne connaîtra la multitude de petits faits qui conduisent à l'acte qu'on prétendra juger.

Je me suis senti bien démuni face aux souffrances que ces ouvriers mineurs espagnols étalaient à la veillée, comme on gratte une plaie inguérissable. Mon frère Barthy me manquait. Je prononçais son nom avant de m'endormir dans ma triste petite chambre d'hôtel de La Cavalerie. La région était hostile. Une bande de chiens affamés m'avait poursuivi sur mon vélo dans une traversée du plateau raclé par le vent.

Et comme les paysans du village de la mine ne nourrissaient pas davantage leur curé, il rassembla ses hardes pour rejoindre sa famille dans la plaine. Je le revois encore attendant le car à gazogène, son sac sur ses genoux, à l'intérieur du bistrot-station. Les gens, indifférents au conflit mondial, sortirent de chez eux pour se débarrasser de la honte en déposant poulets, jambons, œufs et pommes de terre aux pieds de ce curé pour qu'il ne les abandonne pas, pour que le ciel ne les abandonne pas non plus.

Il resta, et j'avais décidé de rester aussi pour troquer du charbon contre des vivres et les expédier à mes parents et à ma petite sœur. Mais le charbon n'intéressait pas les paysans. Sur ce plateau rocailleux, avec quoi se chauffaient-ils ? Ils venaient simplement de nuit, avec des brouettes et quelques charrettes, voler le charbon entassé en plein air.

Un jeune Espagnol, Manu (prénom que je devais utiliser dans ma carrière d'auteur), les aperçut en se levant pour pisser. Il me le dit. Je regrettais une fois encore l'absence de mon frère aîné pour m'aider. J'étais bien seul, ne pouvant mêler les Espagnols à la chose.

L'ingénieur Philibert avait chassé dans le temps. Je me mis à guetter la nuit avec son fusil, seulement chargé de petits plombs pour gibier à plumes. Je n'avais besoin que du bruit de la détonation. Je tirai en l'air, revêtu d'une capote militaire trop grande pour moi. Ils n'étaient que quatre avec une voiture à bras. Il n'y eut que l'arrêt des gestes, le silence et leur départ. Quelques jours plus tard, mon charbon se transforma en salaison et charcuterie fumée. Expédier des colis dans ma famille me dilatait le cœur.

Joe lisait ce qui commençait par « Parents chéris » et n'était qu'une liste de tout ce qu'il devait faire pour sa femme. Il se suspendait toujours à Radio-Londres. Dans cette période de confusion politique entre Pétain et de Gaulle, il attendait les Américains en vendant quelques commerces et villas, en jouant au poker, baisant une cliente par-ci par-là. Il continuait à servir de boîte aux lettres et de lieu de rendez-vous au colonel Valcourt et chantonnait toujours en se rasant. Ses deux fils, l'un dans les spahis et l'autre l'aidant sur place à vendre cette mine, étaient à l'abri.

Le général Giraud s'évadait de la forteresse de Koenigstein tandis que Laval souhaitait la victoire de l'Allemagne. Joe prétendit que, si le général Daine ne s'évadait pas, c'était pour s'éviter de revoir la bobine de sa femme. Joe ne pouvait, malgré tout, rompre avec ce qu'il détestait et il devait supporter les visites de Marie, sa belle-sœur.

Dès qu'elle franchissait la porte de l'appartement et qu'elle posait les yeux sur un meuble de prix, la jalousie tortillait les traits de son visage. Elle distillait aussi « le poison Santos » en détaillant sa réussite fulgurante à Paris. Un restaurant super-luxe dans lequel se pressait le haut du panier du trafic d'influence, du commerce, du pouvoir du moment et de celui de demain.

Lilie pensa qu'il serait naturel de reprendre contact avec lui. Elle rêvait toujours de Paris, de son faste à reconquérir. Joe ne répondit pas. Il pratiqua l'inertie sur la question. Et l'annonce du retour de Barthy, qui rentrait du service militaire, retentit pour lui comme le coup de gong aux oreilles d'un boxeur débordé.

Sur le quai du port, Joe attendait son fils aîné que l'armée lui rendait par avance, à cause d'un souffle au cœur déclenché par des heures d'effort à la nage. Une lutte pour regagner le rivage contre un courant opposé. Un souffle au cœur et, semblait-il, une maturité dans le regard. Près de son fils à le toucher, Joe n'osait pas. Il se souvenait de son horreur des effusions. Ni le baiser du soir ni celui du matin. Une distance.

Et soudainement, comme un fruit tombe de l'arbre, le corps de ce fils prodigue contre le sien. Et les quatre bras qui se resserrent contre les dos. La seule embrassade avec, plus tard, celle de l'homme traqué dans une église.

Une soif intarissable de tout savoir... sa mère... sa petite sœur... et surtout son frère, son cadet. Et son admiration pour l'agence prospère, et sur les grandes pièces claires de l'appartement. Il était de retour pour marcher avec eux sur le chemin, vers la richesse d'antan.

Le premier matin, Joe le vit entrer dans leur chambre avec le plateau d'un petit déjeuner. Ce n'était plus le garnement qui rampait la nuit dans la chambre pour lui faire les poches. C'était un jeune homme debout, le regard ardent, une force nouvelle revenue pour étayer des parents au seuil de la soixantaine.

Barthy s'habilla de neuf avec recherche. Il parlait avec une belle assurance et Joe le présenta aux amis et aux relations comme s'il avait conquis l'Afrique. Aveuglé par l'orgueil, Joe prenait la paresse naturelle de Barthy pour des moments de réflexion. Mais le travail qu'il attaquait à l'agence ne lui permettrait pas de donner le change très longtemps. La cadence des rendez-vous et l'accompagnement pour visiter des maisons de campagne l'emprisonnaient, et il fit jouer la corde sensible familiale pour proposer de rejoindre son frère à la mine. « Il le sentait seul dans cette région de rudesse. »

Leur différence d'âge n'était que de dix-huit mois.

Nivelée par le temps, cette différence n'existait plus et Barthy avait hâte de retrouver son égal. La chanson *Frères corses inséparables* noya le regard bleu de Joe, sensible aux légendes de son île natale.

À La Cavalerie, je vis descendre du car ce frère vêtu d'une canadienne doublée de mouton, sa main gantée sur la poignée d'une élégante valise en cuir. Notre air de famille aurait pu m'éviter de le présenter comme mon frère. La différence résidait entre ses chaussures miroitantes et le cuir grossier des miennes et, parfois, de leur toile.

Plus tard, en prison, il ne sembla souffrir que d'une erreur sur la marque de cigare dans ses colis. Il me chargea d'y remédier si j'avais un parloir avant lui.

Cette inconscience me poursuit encore aujourd'hui. Habitué aux raccourcis pour dépeindre le décalage de mes personnages, je n'ai jamais pu en trouver de meilleur. À chacun sa littérature. À moi celle de la vie qui m'a bouffé le cœur et écartelé les nerfs.

Quand ça s'arrête, on s'immobilise d'abord. Tellement étonné de ne plus souffrir, on hésite encore à marcher, de peur de se tromper de direction, de peur de retomber dans la souffrance.

De La Cavalerie à la mine Barthy prenait le car et je continuais à pédaler sur mon vélo. Il ne descendit pas dans le puits et ne s'intéressa qu'à l'argent que nous gagnerions à la vente de la mine. Les jupes commencèrent à voleter autour de lui et il fit remarquer à son cadet que le miroitement de ses chaussures et la perfection de ses cols de chemise et cravates les attiraient.

En 1994, je ne porte toujours pas de cravate et j'affectionne les chaussures de training. Car un bref passage dans le genre chicos à l'italienne m'a plongé jadis dans une telle dérive que je m'en méfie.

Quand « Jeunesse et Montagne » ressembla à une sauvegarde

Les juifs portent l'étoile jaune, mille bombardiers anglais frappent sur Cologne, les troupes soviétiques contre-attaquent à Charkov, des résistants, dont Georges Politzer, sont fusillés au mont Valérien.

L'Histoire s'écrivait en vrac et Lilie décida de regrouper ses deux fils autour d'elle pour l'aider dans l'exploitation du Chamonix-Palace, José enchanté de revoir la haute montagne et Barthy de marcher sur des tapis épais sous les enluminures.

Joe, impuissant à lutter contre l'abandon de la mine, réussira quand même à la vendre à une tannerie de Millau.

En mai, la neige n'abandonnait pas encore totalement les aiguilles de granit. Elle s'en détachait à regret en longues coulées blanches et les prises rocheuses appelaient déjà les mains, les tricounis [1] et les ailes de mouches des grimpeurs. Les yeux de José vers les sommets. Ceux de Barthy sur les hanches des filles. Et ceux de Lilie sur les comptes et les longues lettres qu'elle écrivait à Joe.

Il lisait, entre son agence, les cartes, et un cul éventuel, que leur associée, Mme Favre, refusait de cracher sa part au bassinet pour ouvrir l'hôtel. Lilie, dans son désir furieux de régner sur un palace, parlait d'assurer seule toutes les charges.

---

1. Sortes de clous dentés sous les semelles des chaussures de montagne de l'époque.

Joe débarqua à Chamonix à la fois pour fêter mon anniversaire en juin et pour insulter Mme Favre. Des insultes qui ne servaient absolument à rien et illustraient son impuissance.

Nous comprenions que la menace, mêlée aux « bordel de merde », de la jeter par une fenêtre ne réglerait pas le problème. Barthy proposa de la suspendre dans le vide la tête en bas par la fenêtre du dernier étage. Il avait lu la chose dans un bouquin policier et ça donnait de la compréhension à celui ou celle qui en manquait.

Joe retourna à Marseille en leur conseillant de « faire pour le mieux ». Le vieux truc de Ponce Pilate.

Lilie décida d'un coup de force contre son associée malhonnête et nous plantâmes à l'entrée des jardins un écriteau : HÔTEL OUVERT. Espérant être enfin payés, les commerçants, épicier, boulanger, boucher et même le pharmacien, brandirent sous le nez de Lilie les anciennes ardoises de sa chère associée.

Les œufs pourris que nous planquions dans la chambre de Mme Favre, les frayeurs dans les coins de couloir ne changèrent pas la situation d'un cil : nous nous étions fait escroquer sans appel.

Humiliée, Lilie ne voulait pas quitter la place.

J'élevais des lapins et pratiquais la haute montagne. Barthy siégeait à La Potinière, chassant parmi les premières estivantes. La petite sœur aidait Lilie à dresser un inventaire complet pour pouvoir un jour « se payer sur la bête ».

Lorsque Barthy et José annoncèrent à Joe que toute sa famille, p'tit Louis, tante Titie, l'oncle Jules et le grand-père Sam avec sa femme Mita la marâtre, venait d'arriver en villégiature à Chamonix, ils reçurent des télégrammes plus longs que celui d'un correspondant de guerre. Interdiction de les fréquenter et rappel de tout ce que Joe avait enduré dans sa jeunesse.

— Dépenser autant d'argent pour radoter... il ferait mieux de réclamer son héritage, déclara Lilie.

Ils habitaient l'hôtel Richmond. Rien qu'à ce nom, évocation de la ville américaine de ses frères exilés, Joe s'étouffait de rage. Barthy s'en foutait. José aimait bien p'tit Louis, père de famille déguisé en vieux garçon, qui lui demandait, sous sa moumoute, où on pouvait rencontrer des filles en dansant. Le rayon de Barthy. Celui de José étant les parois vertigineuses. Après quelques courses en second de cordée, il commençait à grimper en tête. Il prenait ainsi de la hauteur envers les sempiternels problèmes familiaux.

Tout allait bien, la santé, les deux fils à l'abri des choix guerriers, les bons et les mauvais, le travail de Joe à l'agence. Et voilà que la famille se cassait en deux, sous la frénésie de Lilie à vouloir que tout dépende d'elle.

Joe, depuis Marseille, éprouvait parfois une lourdeur, une sorte de pression sourde inexplicable, comme un animal qui sent que sous ses pattes ça devient dangereux. Et puis une partie de poker chassait les ombres.

Barthy, par trop oisif, avait déniché une carabine à plomb dans le grenier. Il tira sur les petits oiseaux depuis une fenêtre et un plomb termina sa course contre la joue d'un passant. Attroupement à l'hôtel désigné du doigt. À l'arrivée des gendarmes Mme Favre en profita pour nous dépeindre comme des primitifs, des irresponsables à surveiller de près. Mais Barthy avait planqué la carabine dans le tas de charbon à la cave et il pria les gendarmes de fournir des preuves ou un témoin reconnaissant le tireur, avant de croire une femme endettée, de sa langue de vipère au vernis à ongles écaillé de ses doigts de pied. Ils eurent du respect pour son livret militaire et son souffle au cœur contracté en service commandé. Bien qu'une récente visite médicale eût rassuré la famille sur sa totale guérison.

Il eut une envie de montagne comme une femme enceinte une envie de fraises en janvier. Ravi de lui présenter crevasses et séracs, je l'entraînai un peu avant de l'emmener au Mont-Blanc.

Lilie, en me voyant lui apprendre à faire les nœuds d'attache sur la corde qui nous relierait, s'exclama que « nous finirions bien par nous pendre avec et qu'elle n'aurait plus qu'à absorber son tube de Gardénal pour nous rejoindre ».

Joe, après l'annonce de l'exploit de ses deux fils sur le toit de l'Europe, disserta sur « la corde qui les avait unis à jamais ». Heureusement qu'elle était là, tendue comme celle d'un arc, pour que je tire Barthy sur les dernières pentes. L'avoir protégé me le fit aimer davantage. Il me reste deux petites photos de cette saison-là avec lui. Surtout celle de l'Aiguille Verte par l'arête du Moine. La veille il s'engueula au refuge du Couvercle avec le célèbre guide Armand Charlet qui interdisait tout bruit après vingt et une heures.

Barthy, noctambule, n'était pas programmé pour se réveiller à une heure du matin et partir sur les moraines glaciaires à deux heures, le halo d'une lampe devant ses pas. À la redescente de cette arête plus longue pour lui qu'un jour sans femme, la nuit revenue, nos piles s'usèrent et il fallut attendre le jour au-dessus de la rimaye de l'Évêque. Serrés l'un contre l'autre, dos contre dos, nous respirions au même rythme et nous percevions les battements de nos cœurs à travers nos corps. Nous tremblions ensemble aux mêmes attaques du froid. Il me disait qu'il ne remettrait jamais les pieds sur cette saloperie de montagne, tandis que j'y étais attaché pour la vie.

Encore ce matin je la contemple en écrivant, et mon testament précise que ma femme et mes enfants devront disperser mes cendres sur la mer de Glace.

Cet été 1942, j'ai failli me tuer sur l'aiguille d'Argentière avec un copain (Luc Décollonge, si tu lis ce bouquin, appelle-moi). Luc avait dévissé sur la pente de glace au-dessus de moi. Cramponné à mon piolet, je le vis passer à ma hauteur, continuer sa chute et subir le choc qui m'arracha et réussit à l'immobiliser. J'arrivai à mon tour à sa hauteur dans cette glissade, jusqu'au bout de la corde, avec la secousse qui me bloqua tout en l'arrachant vers le vide. À un moment, cette chute alternée me dévia dans mon dévissage derrière un bloc de rocher.

Comment Joe, à Marseille, « je vois et je m'excuse pour ce petit carré de dix », Joe rempli du calme de sentir ses deux fils en sécurité, Joe mangeant à heure fixe, Joe désamorçant des bas de quelque porte-jarretelles, oui, comment Joe pouvait-il deviner qu'un miracle venait de stopper la chute mortelle de son jeune fils ?

Un bloc immobilisant la corde au passage. Comment Joe aurait-il pu deviner qu'un jour il serait ce bloc-là pour s'interposer entre son fils et la lourde lame en biseau de la société.

Joe chantonnait sous son fixe-moustache et se foutait pas mal que Lilie n'ait pas réussi à ouvrir le Chamonix Palace. Septembre commençait à vider la station des ventres venus narguer les restrictions et sa femme et ses trois enfants allaient revenir.

Sauf que José ne reviendrait pas à Marseille. Il avait rencontré les cordées du mouvement « Jeunesse et Montagne » et s'y engagea dès l'automne 42. Les cadres administratifs venaient de l'armée de l'air. Ceux du terrain venaient des guides de la vallée. Parrainé par un des frères Tournier, un guide professionnel, il fut accepté. Ça compterait pour son service civil obligatoire des Chantiers de jeunesse. Il devint moniteur alpin en passant des tests de chef de cordée. Il était cantonné au village du Tour.

Il était heureux, en bonne compagnie, dans une communauté où l'on hissait les couleurs françaises tous les matins et dans la fréquentation des futurs grands noms de l'alpinisme : Rebuffat, Lachenal, Terray.

Joe recevait des lettres lyriques plus souvent adressées à sa femme qu'à lui. Barthy ne travaillait à l'agence qu'entre deux aventures féminines. Lilie recommençait à risquer un petit capital dans un nouveau système à la roulette.

Et Léa se pointa du haut de son mètre cinquante. Bien que chapeautée, gantée et distante à force d'arrogance, les hommes s'y intéressaient car il est bien connu qu'ils tournent autour des femmes qui ont mal tourné. Elle venait voir Lucienne, sa cousine germaine, musicienne, pour lui en mettre plein la vue avec son fric et sa tante Marie lui donna, hélas, l'adresse de Lilie.

Léa ne parlait, volontairement ou pas, que de l'oncle Paul Santos, riche et puissant si on en jugeait par les Ausweis qu'il avait distribués à Léa et à ses amis. D'après elle il maniait la corruption avec la voluptueuse ténacité d'un termite dans une poutre vermoulue.

À la vue de Barthy elle s'extasia sur sa prestance. Un jeune homme, déjà un homme. Est-ce qu'il accepterait de venir travailler à Nantes avec sa sœur aînée ?... Propriétaire d'un piano-bar de luxe, Le Bijou Bar, elle était la reine d'une société de nantis qui cherchait à peindre en rose les noirceurs de l'époque. Là-bas, Barthy plairait à tout le monde. Léa s'occupait des hommes. Il lui manquait quelqu'un pour s'occuper des femmes.

Joe écrivait simplement à José que Barthy allait partir à Nantes pour « se faire une situation dans la limonade ».

Lilie, fière de la réussite de sa fille aînée, avait applaudi au départ de Barthy. Il parlait déjà de faire fortune, ce qui aiderait sans doute sa mère à racheter un hôtel. La roulette ne faisait pas boule de neige. Lilie grappillait sans pouvoir augmenter son capital. Et puis Joe, placide, n'offrait aucune perspective de véritable enrichissement.

José lui manquait. Elle devenait jalouse des montagnes qui l'envoûtaient. Ne pouvait-il essayer de se faire réformer ? Joe écrivait le contraire à son fils. Il ne lui parlait que de bien servir « Jeunesse et Montagne ». D'y rester loin des grandes villes. La 6e armée allemande était encerclée à Stalingrad. Le Père Noël n'avait plus de conquêtes dans sa hotte pour la famille hitlérienne.

Au début, des hommes bâtirent un port qui devint le Vieux port à force d'avoir vu naître et mourir des générations. Quelque chose de terrible se préparait et la ville trembla à la perspective de l'évacuation de cette population étiquetée et parquée par des forces allemandes et françaises. La ville trembla sous les explosions et Joe vit s'amonceler les ruines comme si les rêveries antiques de ceux qui vinrent s'embarquer mouraient une seconde fois. Comme si les appétits débridés des marins au retour de longs voyages, ceux des rames et des voiles, poussaient un dernier cri.

Cette année 1943 pourrait aussi s'appeler l'année terrible.

La propagande antibolchevique entretenait une grave confusion. Ses apôtres étaient souvent des héros de la guerre 14-18, le torse tapissé de décorations. Ils avaient versé leur sang pour se battre contre les Allemands. Aujourd'hui ils déclaraient que les plus grands ennemis de la civilisation étaient les Rouges des armées bolcheviques... qu'il fallait oublier nos rancœurs envers les Allemands et les aider à détruire les bolcheviks. Dans cette propagande ils amalgamèrent les Russes aux maquisards français, uniquement formés, d'après eux, de communistes. Pour la France cette idéologie devint fratricide. Elle divisa des multitudes de familles.

Joe était heureux de sentir ses deux fils à l'abri de ces luttes. Si José était en pleine sécurité à « Jeunesse et Montagne », les nouvelles de Barthy devenaient équivoques. Il ne s'était pas entendu avec sa sœur Léa et son cheminement tragique venait de le conduire à Paul Santos, surnommé le Renard argenté, pour sa chevelure blanche et jaunâtre plaquée en arrière.

Lilie se réjouissait, car l'intelligence et l'esprit d'entreprise de son frère ne pouvaient que servir d'exemple à ce neveu, qu'il avait d'ailleurs chaleureusement accueilli.

Joe se renseigna secrètement dans le milieu corse sur les activités de Santos. La tanière du Renard argenté était un restaurant de haut luxe bravant tous les interdits culinaires de l'époque. Un système à la Talleyrand qui avait rempli la maison de France honnie au congrès de Vienne, et ce, à l'aide de sauces, de truffes et de jolies femmes.

D'après la rumeur, Santos n'était officiellement inscrit dans aucun parti. Il ne devait son pouvoir qu'à son art de la corruption. Il ne devra son avenir qu'à son art d'aider la Résistance avec la ruse du renard qu'il était.

Joe se rassura d'autant plus facilement qu'il ne demandait qu'à être rassuré. Lilie faisait le reste en rappelant tous les aspects de l'esprit supérieur de Santos. Âgé de dix-huit ans, pendant un voyage au long cours entre la France et la

Nouvelle-Calédonie, n'avait-il pas, sur un pari, appris le dictionnaire par cœur ?... Barthy avait donc beaucoup de chance de bénéficier d'un oncle aussi brillant.

Diamantaire à ses heures, Joe aurait dû se rappeler que « tout ce qui brille n'est pas d'or ».

Lorsque dans la pénombre du havre d'une église Barthy, pourchassé, regrettera de ne pas avoir suivi son père au printemps 1943, Joe serrera la tablette du confessionnal à s'en faire exploser les phalanges.

De plus en plus inquiet, il était « monté à Paris » pour mieux juger de la fascination que Santos exerçait sur son fils aîné. La grande bouffe, les plus jolies femmes de Paris, le bruissement des pièces jaunes, les vendeurs et les acheteurs de tout ce qui se vendait et s'achetait, une ronde étourdissante sur le seuil de laquelle Joe n'aurait pu rester longtemps sans entrer. Surtout à cause des parties de poker, plus aguicheuses les unes que les autres.

Barthy vivait dans un très bon hôtel, ce qui le débarrassait des problèmes matériels. Pour payer cette vie de panier percé, il y avait le génie du mal de Santos. Des coups d'arnaque à l'aide de fausses cartes du Contrôle économique. Barthy, invulnérable dans ses pompes sur mesure, racontait. Et Joe se taisait.

Santos possédait de la marchandise en grande quantité. Par exemple, une tonne de riz qu'il vendait au marché noir. Il ne restait plus à Barthy qu'à intercepter le chargement au nom du Contrôle économique. Il laissait aux acheteurs l'occasion de s'enfuir, et la tonne de riz réintégrait l'entrepôt de Santos. Tout cela dans l'impunité la plus totale. Santos tenait par le sexe et l'estomac des ténors de l'administration allemande. En cas d'imprévu, un simple coup de fil et le vrai Contrôle économique s'écraserait comme une merde.

Au lieu de n'opposer à cela qu'une sorte de sourire fataliste, à cheval entre l'acquiescement et une timide réprobation non formulée, Joe aurait dû devenir gênant comme une arête de poisson en travers de la gorge.

Dans l'église, en face de son fils perdu, il comprendrait

enfin qu'il aurait dû gueuler, porter scandale dans la tanière du Renard argenté.

Joe rentra à Marseille, se consolant à la pensée qu'Hitler dérouillait en Russie et que l'Afrikakorps était vaincu en Tunisie. Le parfum de l'arrivée prochaine des Américains lui montait aux narines. Ses neveux, les deux fils de son frère Antoine, étaient officiers dans l'armée américaine. Joe rêvait d'un formidable regroupement familial. Dans cet élan du cœur il se sentait fondre comme un loukoum et gardait tout cela bien enfoui dans sa poitrine. À cette occasion José reviendrait sûrement. Il écrivait qu'après la guerre il resterait à Chamonix pour devenir guide de haute montagne. Mais il reviendrait pour cette réunion, pour embrasser la famille américaine. Et Joe ferait des pâtes et des calamars. Mussolini renversé... les Alliés qui venaient de débarquer en Sicile.

Patton prenait Messine. Et voilà que les shérifs pointaient déjà leurs colts sur le bunker du parano.

Lilie se lamentait. Les cours de danse de sa plus jeune fille et les expériences à la roulette ne lui suffisaient plus. Elle ne parlait que de Paris qu'elle n'aurait jamais dû quitter. Elle abandonnait le projet du Chamonix Palace pour réenfourcher celui du Normandy. Puisque Barthy s'enrichissait dans les affaires de Santos, tout lui semblait à nouveau possible.

Quand la tragédie tomba, cet automne-là, sur « Jeunesse et Montagne », dix morts dans une tempête, elle découvrit que la haute montagne était dangereuse. Elle voulait que José revienne. D'octobre 1942 à octobre 1943 il avait fini son temps. Pourquoi restait-il là-bas ? Elle finirait par tomber malade. Joe, de sa petite écriture fine, présenta à José l'urgence de la situation.

L'urgence était à cette famille ce que l'excès de vitesse est à l'automobiliste.

La montagne me sauvegarda encore et je ne revins à Marseille que le temps d'une permission. Lilie, comédienne inconsciente, voire tragédienne, affichait son visage de catastrophe. Les contours osseux s'accentuaient. Et, dans ces moments-là, mon imagination me renvoyait à une sculpture macabre qui alourdissait ma culpabilité.

À table Joe parlait politique. Il tirait fierté que la Corse fût le premier département français à s'être libéré de l'occupant.

Moi, l'esprit sur les sommets que j'avais gravis, je me sentais étranger dans la grande ville. Et je ne quittais pas l'uniforme de J. M. pour mieux m'en persuader. Les repas étaient silencieux et je regrettais presque les engueulades et les sorties de table théâtrales de ma mère. Nous n'osions pas parler de Barthy ni de Santos et Lilie murmurait parfois que « tout cela était bien triste ». Et on ne savait pas au juste si elle parlait du mur de l'Atlantique, des combats au monte Cassino ou des fissures de son système à la roulette.

Quand certains surnoms font danser la morale

Joe m'avait accompagné à la gare. Chacun traînait son émotion dans l'ignorance de l'émotion de l'autre. Joe murmura une de ces phrases pompeuses qu'on adresse aux guerriers en uniforme sur le devoir sacré envers la patrie. Ce que j'avais trouvé ridicule, les armes de mon mouvement n'étant que des cordes, des piolets et des crampons, et mon devoir sacré ne consistant qu'à faire des coupes de bois, aménager des lits de torrent et encadrer des appelés du service civil en haute montagne.

Joe resta longtemps sur le quai de la gare après le départ du train reconduisant son fils dans les Alpes. Il n'avait difficilement prononcé qu'un « mon gosse » roulé en boule dans sa gorge.

L'an 1944 ne le plongea pas seulement dans sa soixante et unième année. Janvier ramena devant son regard bleu la démarche reptilienne de Santos et l'orgueil inconscient de son fils Barthy.

Santos venait briller dans une ville témoin de son adolescence chaotique. Il avait acheté un cabaret en plein centre et venait étriller quelques gogos avec l'arnaque au marché noir. La ville était entre les mains de la mouvance Sabiani. Un mélange de propagande pour la LVF et du gratin du gangstérisme.

Santos roulait en voiture conduite par Barthy, et Joe eut

l'heureuse idée de continuer à circuler en tramway. Santos avait loué une sorte d'hôtel particulier sur le Prado et Barthy voyait parfois sa mère. Il déposait des denrées introuvables et, en femme de chiffres, elle dénombrait les changements de costumes de son fils. Marie, la sœur de Lilie, essayait de faire engager sa fille Lucienne dans le cabaret de Santos. Mais le Renard argenté trouva que son récital au piano était chiant.

Personne ne se posait de question sur les protections dont bénéficiait Santos et Joe se répétait mentalement qu'au moins, dans ses montagnes, José vivait à l'abri de toute souillure. Joe avait engagé un démarcheur à l'agence car, si Barthy lui rendait quelques brèves visites, il n'était pas question qu'il renoue avec ce boulot de gagne-petit. Il ne parlait à Joe que de parties de poker à des hauteurs mirobolantes et Joe se sentait devenir minable.

Même lorsqu'un vieux truand, Corse traditionaliste, lui confia que son fils aîné ferait mieux de s'extraire des sables mouvants du secteur de Santos, Joe n'eut aucune réaction. Il était paralysé, comme il l'avait été à la vue de Barthy fouillant la nuit dans ses poches. Une paralysie cauchemardesque lorsque le cerveau commande de combattre un danger, et qu'aucun membre n'obéit au cerveau.

La mauvaise conjoncture se précisa dès que les Allemands ordonnèrent la dissolution des Chantiers de jeunesse dont faisait partie « Jeunesse et Montagne ». Nous abordions le printemps 1944 et au retour de José il sembla à Lilie que la floraison était en avance, que les oiseaux du parc, devant ses fenêtres, chantaient plus haut.

Barthy, heureux de retrouver son cadet, l'entraîna dans un tour de propriétaire. Le début d'une dérive en face des cuisses et des reins cambrés balançant leurs fesses incendiaires, en face des bouches pulpeuses et de la naissance mystérieuse des poitrines, avec ce parfum et ce frôlement des corps dans l'étroit couloir qui menait aux loges du cabaret de Santos. Il y avait toujours un canapé disponible pour ouvrir les vannes de ce torrent des sens qui rompait ses digues quand on a vingt ans et qu'on découvre.

José habitait chez ses parents et il travaillait de nouveau à l'agence pour aider son Père.

Pour Joe qui maintenait le contact avec la clandestinité, le départ de José dans les maquis se posa. Et Lilie commença par hurler que son fils, sa raison de vivre, ne rejoindrait jamais des bandes de terroristes, des tueurs hirsutes vivant dans des forêts et des cavernes comme des hommes préhistoriques.

Au centre de ces tiraillements, Joe eut la satisfaction de recevoir la visite de Jean Ottaviani, Pierre Cortès dans la clandestinité, qu'il connaissait de longue date. Il venait remercier Joe du service que José lui avait rendu tout récemment. José allait par le train à Avignon pour visiter une propriété à la vente et Pierre Cortès voyageait avec un poste émetteur-récepteur destiné au sénateur Astier. Et Cortès d'expliquer à Joe comment son jeune fils était descendu seul en gare de Valence avec le poste, relayant ainsi ce portage pour le rendre plus sûr. Cortès descendit plus loin et revint sur un rendez-vous convenu reprendre le poste. José lui dit seulement que, s'il avait besoin d'un autre service sur Marseille, il aille voir son Père à l'agence. Le commandant Berges de la subdivision de Valence assura un nouveau relais à l'aide d'une voiture et Cortès achemina le poste chez le sénateur Astier à Soyous.

Ce témoignage de Cortès accéléra d'autant plus les battements du cœur de Joe que José ne lui avait pas raconté la chose. Il ne put que murmurer à son fils : « C'est bien, mon petit, c'est bien. » Ils n'aborderaient jamais aucun des sujets importants. Ils garderaient les phrases et toutes ces confidences scellées au fond, comme ces enveloppes cachetées à n'ouvrir qu'après les enterrements.

Joe, n'osant pas déverrouiller les complexes entre son jeune fils et lui, étala devant Lilie ce qu'il venait de faire au service de la Résistance. Elle l'accusa de jeter José dans la fosse aux espions, se demandant si un homme intoxiqué de poker était vraiment apte à élever des enfants. Mais ce joueur suivait ses instincts sans les analyser. Il sentait que José devait s'éloigner de cette ville et il prétexta un ravitaillement en viande pour l'expédier aux alentours d'Aix-en-Provence chez un Corse qui pratiquait l'abattage clandestin.

Il habitait Celony et s'appelait Morazzani. Il avait une petite ferme mise en vente dans l'agence de Joe. Joe savait qu'il ravitaillait les maquisards. José pourrait les rejoindre et Lilie se trouverait devant le fait accompli. Nous n'étions plus qu'à trois mois du débarquement en Normandie.

Si on peut apprendre assez vite à dépecer un veau en soufflant de l'air entre sa peau et sa chair, et à en fourrer des morceaux la nuit dans les sacs de quelques jeunes gens armés d'une Sten, on peut aussi se blesser au mollet contre une faux mal rangée dans une grange. Impossible de cacher l'accident à Lilie car la gangrène se glissa dans la plaie. Hospitalisé, José faillit perdre la jambe. La gangrène devenue gazeuse se rassembla dans une boule. Incisée, elle empesta tout l'étage et emporta avec elle une bonne partie du mollet.

Du moins, pendant ce temps, José était-il intransportable et ne risquait-il aucune réquisition allemande. Et puis, bon Dieu de merde, jurait Joe, les Américains finiraient bien par arriver.

Lilie pataugeait dans le drame. Elle se lamentait sur son fils à l'hôpital et faisait les pires suppositions sur ce qui l'attendait à sa sortie. Quel était le mieux ?... l'hôpital ou la vie devenue dangereuse pour les garçons de vingt ans ?...

Joe, n'ayant à ses yeux, pour leur fils, pas de meilleure solution qu'un coup de faux dans l'autre jambe, Lilie pensa à Santos. Il veillait déjà sur Barthy. Il ne refuserait pas de protéger son deuxième neveu.

— Un jour, tu m'as dit : « Les enfants, quoi qu'il arrive, ont leur oncle. »

Voilà ce que Lilie lui rappela, se croyant protectrice alors qu'elle creusait une tombe.

Un coiffeur lissa les cheveux de José en arrière et un tailleur fit de ce montagnard un homme de la ville. L'air de famille aidant, il ressembla à son frère Barthy.

Joe s'aperçut le premier que l'on prenait ses fils l'un pour l'autre lorsqu'ils étaient séparés, et il en éprouva un certain malaise. Cet esprit préférait la simplicité des cartes gagnantes ou perdantes qui ne prêtaient à aucune confusion. Lorsqu'il perdait, il n'avait plus qu'à essayer de limiter les dégâts.

Mais là, il lui semblait perdre son jeune fils, et cette perte s'alourdissait chaque jour. Le malaise de Joe s'accentua lorsque José laissa percer son admiration pour certains requins de la haute pègre évoluant dans les eaux troubles de Santos. Le destin dissimulait encore que la deuxième vie de José se reconstruirait sur la destruction de la première. José pénétrait dans la galerie des surnoms... Bouche d'or, l'Élégant, le Baron, Léo la valise, Hector la brute, la Scoumoune, et tous les noms géographiques... le Nantais, le Stéphanois, le Lyonnais, Adrien le Basque... François le Belge... pimentés de quelques professions... Jacques le Notaire... Roger l'Avocat... Pierrot le Docteur... Et déjà, des épisodes climatisés polar.

Santos et Barthy qui garent un camion bourré de sucre, riz, farine dans l'entrepôt de Charly l'Italien et qui entendent en venant chercher leur bien :

— Un camion ?... Quel camion ?... T'as vu un camion, toi ?...

Il a du monde, Charly. Il peut fonctionner à l'estomac.

Et là ça devient magique et ça s'imprime dans mon cerveau, dans des petits tiroirs que j'ouvrirai un jour pour écrire.

Par exemple, un jour, Santos embarque ses neveux dans la banlieue, près d'Aubagne. Il va parler à un homme au visage glabre, qui jardine et se change dans une maison modeste. Il revient avec eux au cabaret. Il est vêtu de noir comme un pasteur de western, le Borsalino en plus.

La lumière qui coupe en pénombre le visage de l'homme en noir détruit la morale. Il est là, immobile au bout du comptoir, planté dans ma mémoire comme une banderille. Au fond, dans le cabaret encore fermé, Santos discute avec Charly l'Italien. Et soudain, le regard de Charly s'oriente vers le profil sous la lampe.

— Je ne savais pas que la marchandise lui appartenait aussi, dira-t-il.

Et Charly restitua le camion à Santos.

Alors, un simple visage sous un chapeau sombre avait suffi, avait remplacé une fusillade. Un personnage qui, à peine deux heures avant, bêchait son jardinet. José, admiratif, raconta l'épisode à sa mère. Joe écoutait. Il aurait voulu dire que rien de tout ça n'était digne d'admiration. Mais que dira-t-il ?... Des mots qui le surprendront lui-même.

— Sans doute un homme plus dangereux que les autres, dira Joe en ajoutant bêtement : J'ai connu ça avec une bande de New York.

Bêtement était le mot, car il ne mesurait pas qu'en voulant rester compréhensif il donnait sa caution à ce fils mieux préparé à serpenter entre les crevasses qu'à éviter les pièges de l'itinéraire de Santos.

L'amitié du Renard argenté pour Simon Sabiani permettait à Joe de le traiter d'imbécile, surtout à la toute proximité du débarquement des forces alliées. Joe admettait qu'on puisse haïr les bolcheviks qui avaient soumis la Russie à un genre d'expérience qu'aucun laboratoire n'aurait osé imposer à une grenouille. Mais il ne fallait pas se tromper d'ennemis en écoutant le chant des sirènes de la LVF pompeusement baptisée « Légion tricolore ». Et qu'est-ce que c'était que cette connerie d'arme secrète, de bombe volante qui assurerait la victoire allemande ? !

Joe, couverture sur son crâne chauve, recevait toujours Radio-Londres, « Les Français parlent aux Français ». Et le 6 juin en Normandie le ciel tomba sur la tête du IIIe Reich. Il en faudrait encore davantage pour arracher une par une toutes les pattes de la mygale.

À la pensée que les fils de son frère Antoine guerroyaient sur le sol de France pour la délivrer, Joe eut une envie démesurée de serrer entre ses bras tous les jeunes hommes de sa magnifique famille. Et, pour cela, d'envoyer ses deux fils à la rencontre de leurs cousins officiers dans l'armée américaine.

Si Barthy et Santos étaient remontés vers le nord, leur déplacement ne s'inspirait que d'un projet de trafic avec la manne venue des États-Unis. Joe savait vaguement qu'ils s'arrêteraient à Lyon pour attendre tranquillement la libération de Paris. Santos se débrouillerait toujours, répétait Lilie. José s'était détaché de cette mouvance grâce à une passion pour une danseuse grecque.

Sur sa poitrine Joe ne pouvait serrer personne et il restait souvent prostré sur le téléphone de son appartement. La ville sillonnée par les vengeances ne donnait pas l'envie de vendre ou d'acheter une maison. Et le téléphone ne sonnait pas. Et Joe avait perdu le goût du glissement des cartes. Il soupirait en s'asseyant... il soupirait en se levant et il soupirait en se couchant, l'oreiller roulé en boule pour le rehausser.

J'ai toujours roulé mon oreiller en boule et, ce soir, en le faisant, je serai davantage près de toi car je suis venu en Corse. Mon anniversaire approche et j'avais besoin de la Corse. Tu sais, Père, j'ai toujours besoin de toi et j'ai toujours le regard qui s'éteint et une main invisible qui appuie sur la base de ma gorge lorsque j'ai honte de ne t'avoir parlé qu'après ta mort.

Celui par qui le malheur est finalement arrivé

Quand le téléphone sonna chez lui, Joe jouait au poker. Dans cette arrière-salle de bar enfumée il venait de manquer ce rendez-vous-là.

Léa avait téléphoné de Nantes. Des heures pour obtenir la communication à cause des lignes encombrées ou coupées.

Une Léa que les bombardements sur Nantes avaient humanisée. Elle donnait des nouvelles de José qu'un certain lieutenant Leblanc, recruteur pour les maquis et les agents doubles, avait expédié en mission spéciale dans la poche allemande de Saint-Nazaire.

José travaillait sous les ordres de Raymond Antonini, commissaire principal, chef des Renseignements généraux à Nantes et assurant le commandement du SR pour la poche de Saint-Nazaire.

Il était chargé de découvrir des points de passage pour infiltrer dans la poche des postes émetteurs-récepteurs et les confier à des gens capables d'indiquer le moindre mouvement des Allemands susceptibles de tenter une sortie contre les Forces françaises libres qui les encerclaient.

Joe écoutait Lilie lui raconter en vrac les nouvelles données par Léa. Sur le moment il ne dit rien. Ce qui concernait son jeune fils, il l'engrangeait en silence, comme on engrange le blé dans des pays rudes. Ce n'est que plus tard que l'on se réjouit dans la grange pleine. « Merci, mon Dieu, sacré bordel de merde », répétait Joe sous son fixe-moustache. Merci pour le sursaut de son jeune fils qui s'était désenglué de la « fange Santos » comme un oiseau plus fort que les autres.

Mais apprendre à tuer « pour la bonne cause » n'était pas très bon non plus. La bêtise, la couardise et voire la malhonnêteté des hommes politiques de l'entre-deux-guerres avaient tellement piégé l'époque qu'on ne pouvait sortir d'un piège que pour tomber dans un autre. Saint-Exupéry était mort et Dieu aussi peut-être bien.

Paris libéré acclamait de Gaulle comme on y avait acclamé Pétain trois mois plus tôt. Ça finirait par poser une drôle de question.

Joe ne vivait plus que près du téléphone, appelant Léa. Ne pourrait-il parler à José ?... Léa ne le voyait revenir qu'à l'improviste, entre deux missions, pour passer la nuit avec une Nantaise rencontrée dans son bar. Joe n'arrivait pas à imaginer en quoi consistait l'action patriotique de son fils et il ne cessait de lui faire dire qu'il devait absolument retrouver ses cousins germains officiers dans l'armée américaine. Ce joueur avait des points de fixation incontournables à l'image de ses cravates Régence et de ses guêtres blanches.

Et puis José disparut. Léa se renseigna à la source. Le patron du service pensait qu'il s'était fait descendre à force d'aller et venir de chaque côté des lignes. Au mieux était-il prisonnier. Joe ne pouvait qu'arrondir le dos et raccourcir son pas. Faisant pitié, un brin acteur, il minimisait la colère de Lilie qui s'abattait sur lui comme les serres d'un aigle sur une belette. Lilie ressassait que José aurait mieux fait de rester avec son frère, à l'ombre de Santos, confortablement réinstallé à Paris. Et Joe, Américain inconditionnel, ferait mieux de prêter attention à la contre-attaque allemande dans les Ardennes. N'avait-on pas vu aux actualités des soldats américains les mains en l'air !

Patton arriva au secours de Joe en brisant l'offensive allemande comme on réglait ses comptes à OK Corral. José s'évada en repassant les lignes dans le bon sens, les dernières nouvelles données par Léa précisaient qu'il était parti pour la capitale. Grillé et inutilisable dans la poche allemande, il regagnait Paris pour obtenir de son service une mission en Indochine.

— Alors tout le monde sera à Paris sauf nous, ruminait Lilie.

Une pierre ponce qui vous usait l'esprit jusqu'à le priver de raisonnement.

Lorsque José appela de Paris, Lilie mobilisa le téléphone et, dans ces moments-là, Joe s'asseyait et écoutait avec cette habitude de faire passer lentement ses pouces l'un autour de l'autre. Ce petit geste d'indifférence n'était en fait qu'un douloureux abandon de son pouvoir de décision. Une préparation à subir l'estocade.

— Et à Paris, tu pourras te renseigner auprès des états-majors pour retrouver les fils de ton frère Antoine.

Pour elle, plutôt avaler son tube de Gardénal que de rester à Marseille pendant que Santos bâtissait une fortune grâce à des dossiers préparés de longue date. Cette fois elle veillerait à ce que Santos la rembourse et elle achèterait d'abord un petit hôtel, car elle avait un fond d'honnêteté, et voulait tout reconstruire par son travail et ses capacités, dont elle faisait largement état. Elle ne voulait pas non plus que José aille se fourrer dans cette guerre d'Indochine imbécile.

Barthy annonça à sa mère qu'il avait loué un grand appartement meublé près du bois de Boulogne pour accueillir toute la famille. Et Joe attendit que José vienne les chercher à Marseille pour les ramener à Paris. La route était hérissée de barrages hétéroclites montés par des résistants de la dernière heure, et détournée par les ponts coupés sur les routes de terre campagnardes. José était muni des laissez-passer nécessaires et Joe utilisait sa profonde connaissance de la langue auprès des Américains.

Pendant ce temps, à Yalta, le supermarché de la connerie préparait à l'humanité les futurs massacres ethniques. Staline aiderait l'Amérique contre le Japon si on lui donnait la part du lion en Europe, plus les îles Kouriles et le sud de Sakhaline, plus des droits sur les ports et les chemins de fer de Mandchourie, plus trois voix à l'ONU et deux autres à l'Ukraine. Comme le répétait Joe, le communisme revenait à « donne-moi ta montre et je te donnerai l'heure de temps en temps ».

La guerre avait quitté le sol français. Il ne restait que les règlements de comptes et les dénonciations de concierges. Et tandis que le public applaudissait *Les Enfants du paradis* de Carné-Prévert, sept cent quatre-vingt-trois tonnes de bombes détruisaient la ville de Dresde, faisant deux cent cinquante mille victimes.

Une fois encore Joe avait tourné les talons sans état d'âme à tout ce qu'il avait reconstruit : sa propre agence, l'appartement, les meubles... La famille avait le virus de la course aux chimères. Cette fois la mort rôdait. Cette égalisatrice finale frappait à tous les étages. Roosevelt, le vainqueur, tué par la maladie, était rejoint par Mussolini, fusillé et pendu par les pieds, et par Hitler, empoisonné et brûlé dans son bunker.

Lilie dévorait les petites annonces et y dénicha un hôtel sympa à vendre porte de Champerret.

Joe était heureux que son plus jeune fils attende des services spéciaux une mission individuelle. Il comprenait qu'il ne veuille pas s'incorporer dans l'armée traditionnelle, parce que son action dans la poche allemande avait renforcé son goût de l'indépendance.

Lilie, ne réussissant pas à ce qu'il renonce à partir, l'entretenait de l'« après-guerre ». Il serait bien content de faire sa vie auprès de sa mère qui allait tout reconquérir dans l'hôtellerie.

Lilie se trompait d'époque. Les officiers américains que Joe ramenait parfois à la maison lui faisaient penser à leur début en 1919-1920 dans le petit hôtel de la porte Saint-Denis. La porte leur avait réussi, ils recommenceraient porte de Champerret. Sauf que Lilie et Joe n'avaient plus trente et un et trente-six ans, mais respectivement soixante-deux et soixante-sept ans. Joe ne pourrait plus brûler les punaises au chalumeau ni vendre un tableau de maître pour acheter l'hôtel.

Barthy proposa alors à José de l'incorporer dans l'équipe organisée par Santos. Il y gagnerait de quoi combler sa mère et partirait plus tranquille. Joe, obnubilé par la recherche de ses neveux, semblait ne rien voir et ne rien entendre. Il chantonnait en langue anglaise et baignait dans l'américanisme. Il rejouait au poker dans les palaces occupés par leurs états-majors, se souvenant de « la main du mort » de Bill Hickok. Il avait retrouvé la trace de ses deux neveux qui terminaient, en Allemagne, d'expédier le IIIe Reich à la casse.

Joe entendit : « Ça ne passera pas... ouvre l'autre. » Rentré dans la nuit depuis peu, il s'avança en caleçon dans le hall d'entrée.

Barthy et un inconnu ouvraient le deuxième battant de la porte pour qu'une sorte de lit-civière puisse pénétrer dans l'appartement. Quatre hommes le portaient. Ils étaient six avec celui qui était sur la civière.

Joe ne reconnut pas tout de suite son plus jeune fils allongé sur cette toile. Personne ne faisait attention à lui, qui tournait autour de la civière avec des gestes inachevés. Barthy orientait le tout dans la chambre de son frère, dont la jambe gauche était prise dans une attelle qui ressemblait à un instrument de torture. La cuisse était inclinée vers le haut et, à hauteur du genou, le reste de la jambe s'appuyait sur l'attelle à l'horizontale. Il y avait une sorte de cadre avec une poulie et une corde reliée à un étrier traversant l'os du fémur au-dessus du genou. Le tout servait à maintenir l'os brisé en extension.

— Faut remettre les poids, disait Barthy.

Joe vit un petit sac lourd pendre au bout de la corde, au pied du lit, et tirer sur l'étrier.

José, les yeux creux, tenait encore la bouteille de cognac qu'il avait presque vidée pour supporter la douleur.

— Mon petit... mon petit... mon gosse..., murmurait Joe, qui ne posait même pas une question pour en savoir plus.

Lilie surgit et on eut l'impression qu'avec elle ce drame devenait théâtral. Est-ce qu'on allait se décider à lui parler ?... Une chute ?... un accident de voiture ?... une histoire de femme ?...

Les autres, muets, n'étaient pas chez eux et regardaient Barthy.

— Une balle lui a fracturé le fémur, dit-il simplement.

— Santos ?... grogna Joe.

— Santos ?... Pourquoi toujours Santos ?...

Lilie s'indignait et ils allaient recommencer à s'engueuler sur la famille.

— Qu'est-ce qu'on peut faire ? demanda finalement Joe.

— Rien... Il a été bien opéré et on s'occupe de tout, rassura Barthy.

Sur le pas de la porte il ajouta qu'il allait revenir mais il ne reviendrait jamais. Ni ces inconnus. Personne ne reviendrait.

Sauf une bande de flics en civil, plusieurs jours après, avec, en guise d'entrée en matière, deux mots usuels, « brigade criminelle ». Les questions tombèrent pour que l'on précise des jours et des heures, et Joe, prostré sur une chaise, dans le hall, au centre des va-et-vient, ne quittait plus des yeux la porte de la chambre de son fils. La société s'interposait déjà entre eux. Il y avait les bons et les méchants, et même les bons ne le laissaient plus voir son fils.

Le téléphone était surveillé jour et nuit. Finalement Joe, le père, celui qui était censé représenter l'autorité, fut prié de demander à son fils de coopérer avec la justice. Les policiers commençaient à croire qu'il avait été écarté des opérations à cause de sa blessure. Mais il y avait des morts. Ce père de famille devait essayer de se fourrer ça dans le crâne.

Sur le livret de famille il y avait aussi le nom d'un autre fils. Où était-il ?... Où le blessé avait-il été soigné et par qui ?...

Dans la nuit, plein de sang, l'os cassé en biseau trouant son pantalon, José s'était évanoui. Il ne savait rien de plus. Il y avait eu une bataille pour la possession d'un revolver et tout s'était déroulé très, très vite. Comme le reste d'ailleurs. Un complice abattu lors de l'arrestation et un autre qui s'était balancé par la fenêtre.

Des photos de ces hommes ?... Mais ni Joe ni Lilie n'auraient pu les reconnaître formellement. C'est vrai qu'ils leur avaient ramené en pleine nuit leur fils blessé. Mais ils ne les connaissaient pas plus que ça.

Joe ne soignait plus sa moustache. Il parlait de ses nouvelles relations américaines dont les flics n'avaient rien à foutre.

Dans le temps à venir il parlerait à un tas de gens qui ne pensaient qu'à charger un seul côté de la balance, des gens qui n'en avaient rien à foutre de l'autre plateau. Le sang à la UNE, ça se vend mieux que sœur Thérèse de l'Enfant-Jésus.

Un médecin jugea que José était transportable et l'atmosphère se détendit brusquement. Joe vit apparaître un personnage plus important qui lui parla de l'arrestation de Barthy et d'un autre complice. Et d'une histoire de racket sur des gens qui ne pouvaient pas porter plainte. Mais, d'après ce commissaire, ces gens-là étaient souvent dangereux, capables de se défendre.

Le commissaire s'étonnait que les fils de Joe soient des fils de famille, ainsi que leur dernier complice vivant. Il ajouta que leurs complices morts étaient également des fils de famille. Il trouvait ça nouveau et même étrange qu'une équipe de racketteurs ne soit formée que par des jeunes gens élevés dans la religion et la morale civique. Sans doute un phénomène de la guerre. Avant, la truanderie recrutait chez les démunis, parmi les enfants des familles brisées par l'alcoolisme ou la putasserie, des traînards de rue ne sachant ni lire ni écrire, des païens.

Le commissaire regrettait cette époque de simplicité. Il redoutait le bouleversement des règles, le trucage du jeu entre les gendarmes et les voleurs. L'imprévisible qui tuerait la sécurité.

Quand José attira contre le sien le visage de sa mère pour

lui parler à voix basse, elle se recula comme un automate. Affaibli par la perte de sang, submergé par les conséquences de ses actes, coupé de la pureté de ses montagnes, il voulait en finir. Ce serait le plus simple. Le Gardénal de sa mère servirait enfin à quelque chose.

À cette seconde même, Joe sentit que jamais il ne se résoudrait à perdre son fils. Oui, ce fils-là, il ne voulait pas le perdre. Il détourna son regard couleur des mers du Sud de celui de sa femme qui se mordait les lèvres comme les héroïnes des tragédies populaires. Jusqu'au sang. Mais le sang de son fils était encore du côté de la vie. Et ce père lui donnerait celui de son âme.

Et si Joe n'avait plus la force de jurer ni de s'occuper de sa moustache, une nouvelle force, une force inconnue, une force de protection, de rempart, qui lui venait sans doute du fond des âges, se glissait en lui, donnant à ses épaules et à son cou la puissance d'un bélier.

Ce faible en devenait indestructible et, si Lilie cria en voyant qu'on emportait son fils sur sa civière, lui, il resta muet et d'abord immobile.

Une barbe de plusieurs jours blanchissait son visage et il entra dans la salle de bains pour redevenir plus jeune. Une glace lui avait déjà renvoyé l'image d'un homme déchaussant un bridge en or à l'aide d'une fourchette quand Noël criait famine. Aujourd'hui elle lui renvoyait celle d'un blaireau qui moussait, moussait dans une couleur de linceul et, malgré une satanée blessure profonde qui ne se refermerait sans doute jamais, la main qui prit le rasoir ne trembla pas.

Un confessionnal pas tout à fait comme les autres

Joe, sa femme et leur dernière enfant se recroquevillèrent dans un petit appartement du quartier des Halles pour mieux tenir le coup. Dans cette foire aux vivres du cœur de Paris, ils mangeraient toujours.

Me de Moro-Giafferi qui avait jadis défendu Paul Santos dans une délinquance adolescente, et Joe contre Miss-loco, accepta de défendre les deux frères. Il n'en fit pas une affaire d'argent. Il regretta simplement que Joe n'ait pas soustrait ses deux fils à l'épouvantable influence de Santos.

Lilie répondit que ce n'était pas elle qui avait présenté Santos à Joe. Ils étaient déjà amis lorsqu'elle avait croisé le regard bleu. Joe, en face de Moro-Giafferi, ne répondait rien. Il égrenait les jurons et ça ne voulait rien dire. Sauf pour lui.

Pour lui, ça voulait dire qu'on ne pouvait pas avoir la même destinée si on rencontrait Santos ou si on ne le rencontrait pas. La chance consistait à ne jamais croiser la route de ce personnage.

Moro-Giafferi en était persuadé, mais il exposa qu'il s'agissait là d'une circonstance atténuante poétique et la justice ne lisait que le code pénal. Santos avait disparu. On le disait en Espagne. Joe se souvenait d'avoir entendu dire qu'il finirait en se chauffant les couilles sur les ramblas à Barcelone.

D'après Barthy, qui le dira aux avocats, mais refusera de le déclarer au juge, Santos avait monté toute cette combine de racket à l'aide de dossiers qu'il s'était procurés sur des trafiquants. Il y avait les nouveaux, ceux qui vendaient de l'eau à la place de la pénicilline, ceux qui imprimaient les faux billets de banque imitant les billets émis depuis Londres, et les anciens, ceux qui avaient manipulé trop d'or pendant l'Occupation.

Santos, tapi dans l'ombre, n'était jamais apparu dans la lumière. Il prélevait cinquante pour cent de l'argent récupéré par la jeune équipe de racketteurs.

Il les avait au plus mal conseillés après la blessure de José. Le dernier complice de ses neveux, toujours vivant, ne le connaissait pas. Les victimes ne l'avaient jamais rencontré non plus. C'était du camouflage tout terrain et ses neveux ne le dénonceraient pas. Il ne restait plus qu'à déplorer que Satan se soit servi du ventre de la mère de Lilie pour qu'arrive sur la terre un être humain à la démarche de serpent. Celui, comme l'avait deviné Joseph Kessel, « par qui le malheur arrive ».

Moro-Giafferi pensait qu'en parler ne changerait rien au problème. Il fallait assumer, en plaidant la jeunesse et une époque dont la morale ressemblait à un navire démâté qui s'ouvrait sur les récifs.

En venant au parloir pour visiter leurs deux fils, Lilie et Joe se mêlèrent à d'autres familles peu destinées à voir un des leurs détenu dans cette grande prison de droit commun.

La guerre, le canon muselé, avait sa besace de mauvaises habitudes et des pièges de toutes les dimensions.

Trop simpliste de penser que seule la collaboration fût à incriminer. Il y avait eu l'argent facilement gagné en faisant du marché noir, pas trop fatigant d'acheter du beurre dans une ferme et de le revendre quatre fois plus cher à un restaurateur ou à des clients dans un bar. Mais, à la disparition de ce marché noir, comment accepter de vivre avec une simple paye contre dix heures par jour de boulot ?

Pour beaucoup ce fut la pente, les cambriolages, et souvent pis, et la prison en bout de piste. De mauvaises habitudes prises aussi dans les maquis, l'apprentissage des armes, les coups de main pour se procurer des cartes d'alimentation, du tabac et parfois même directement de l'argent et des vivres, avaient créé une nouvelle pègre déroutante pour les flics.

Très dangereuse, car elle avait trop souvent pressé la détente pour abattre un Allemand ou un milicien. Vous abattez un homme et ça ne vous fait plus rien. Et vous n'êtes même pas en uniforme. Et le retour à la vie normale vous attriste par sa fadeur.

Il y eut ceux-là qui voulurent poursuivre l'aventure à leur compte.

Il y eut ceux qui rentraient des stalags. Les vaincus que beaucoup de femmes n'avaient pas attendus. On a de l'amertume, on picole et on refuse de retourner au boulot comme des cons pour une société ingrate.

Il y eut la voix de tous les avocats que les juges n'écoutèrent pas.

Quant au monde politique et à la presse, ils se transformaient en « Monsieur Propre ».

Alors Joe, père écorché vif qui hantait les salles de rédaction, son dossier sous le bras, aurait pu s'éviter la dérobade des regards, les vagues formules de politesse de l'irresponsabilité ou celles encore pires du droit à l'information. Mais quelle information ? Qui connaissait la vie entière d'une famille, cette errance le long de l'étroite frontière entre l'honnêteté et la malhonnêteté ? Qui avait le droit d'isoler les actions punissables d'un jeune homme du contexte de sa vie entière ? répétait Joe inlassablement.

Il étalait les témoignages écrits, « lisez, messieurs, lisez aussi ce qu'il a fait de bien ». Mais personne ne s'intéressait à ce que j'avais pu faire de bien. Le pire se vendait sans doute mieux. Quelques-uns, émus par cette voix étranglée d'homme presque vieux et son regard immergé, disaient à Joe de ne pas trop se tourmenter pour des articles de journaux.

— Après tout, le lendemain, ils envelopperont des légumes chez l'épicier.

On pouvait aussi penser qu'ils se découperaient en petits

rectangles fixés par un clou contre les planches des chiottes de campagne.

Joe craignait qu'ils n'influencent la justice, et les accusations hâtives contre son fils le bouffaient de l'intérieur. Il allait de ces machines à écrire crachotantes, à la table de la cuisine sur laquelle il écrivait au juge d'instruction, et au cabinet du grand avocat. Il butait à l'intérieur de ce triangle comme une mouche se heurte aux fenêtres closes.

Moro-Giafferi disait que, pour José, le principal serait que ses complices prennent leurs responsabilités. Barthy le faisait, mais il était son frère, ce qui diminuait la valeur de sa position.

Le dernier complice jouait les dingues, à la poursuite d'une atténuation mentale. Les deux autres étaient morts et il fallut livrer un combat de tranchée pour que le juge travaille vraiment sur l'expertise des armes qui les rendaient coupables.

Il y avait eu trois morts de l'autre côté, plus Barthy qui ne vivrait plus longtemps.

Ça faisait six morts en tout auxquels la justice projetait d'ajouter celle de José et du dingue. Huit morts pour le juste compte. Une petite note dans un opéra de cinquante millions de morts. Avec, en ponctuation, deux champignons qui n'existaient sur aucun livre de mycologie. L'un s'appelait « Little Boy » et l'autre « Fatman ». Les Allemands, peu encombrés par l'humanisme, se réjouirent néanmoins de ne pas avoir signé l'horreur d'Hiroshima et de Nagasaki.

On ne pouvait dénombrer tous les morts, car des milliers avaient disparu entièrement. La superbe invention annulait toutes les traces de la présence humaine. Depuis, on ne cesse de « l'améliorer » pour jouer à faire peur à ses voisins. Un jeu à la con auquel l'homme joue depuis la guerre du feu, jusqu'à ce qu'un dirigeant plus con que les autres (c'est difficile mais ça risque de se trouver) fasse sauter une partie de la planète.

Au parloir, l'attitude de Barthy reposait sur l'inconscience. Il râlait quand sa mère se trompait de marque de cirage dans les colis. Chez le juge d'instruction il le prenait de haut, et Me de Moro-Giafferi s'en plaignait à Joe. Ne pouvait-il pas prier ce fils aîné d'exprimer un minimum de repentir ? Ne serait-ce que pour que son jeune frère ne soit pas secoué par la colère grandissante du juge d'instruction... Il faudrait chargé José de raisonner son frère. Joe s'y essaya.

Au parloir Joe se trouvait devant un premier grillage serré et il voyait José derrière un deuxième grillage serré. Avec, entre les deux, un étroit couloir dans lequel circulait un surveillant.

En face de son plus jeune fils, Joe éprouvait une sorte de torpeur comme un voyageur fatigué qui parvient à l'étape, et son regard s'affaiblissait. Il traversait difficilement les grillages serrés jusqu'au visage de son fils dont les contours devenaient imprécis, comme s'il allait s'éveiller, en sueur, après une de ces saloperies de cauchemars.

José rejoignait sa place, en face de lui, accompagné du bruit de sa canne. Il boitait encore bas, mal remis de sa fracture du fémur. Ça renvoyait Joe à cette nuit quand les autres étaient entrés le portant sur une civière. Ça renvoyait Joe à l'irréel, et pourtant cette prison était vraie, ces grillages étaient vrais, même s'il n'osait pas y porter la main.

Il n'osait plus rien, si ce n'était de se dresser inutilement contre ceux qui disaient du mal de son enfant. Il ne plaidait que pour cet enfant-là, comme s'il lui restait juste assez de force pour en sauver un seul. Il ne pouvait sauver deux personnes de la noyade et il lui semblait déjà que Barthy serait trop lourd à tirer sur la grève.

Il poussa une ou deux phrases en dehors de ses lèvres du genre : « Pour le cirage, dis à ton frère qu'on le changera dans le prochain colis. » Il écouta sa propre voix avec étonnement car il n'était pas venu pour parler de marque de cirage mais de survie. Il aurait dû dire : « Il faut que ton frère assume ses fautes, ravale son arrogance, baisse la tête. » Pourquoi sa voix blême avait-elle parlé de cirage ?

J'aurais préféré ne pas l'avoir entendue, et je n'avais pas répondu à une telle puérilité. Je me sentais vide, déraciné, mon cœur battant dans un corps qui n'était plus le mien. Et mon regard absent, ne brûlant plus d'aucun espoir si ce n'était d'aucune flamme, ne devait pas parvenir jusqu'à toi à travers ce tamis de ferraille.

Il ne nous restait que le silence et nous allions en abuser comme d'une issue de secours, poussés par la terreur de formuler notre émotion et de la voir nous submerger.

Joe ne pouvait plus lever la tête vers la balance de la justice sculptée dans la pierre du fronton du palais de justice, sans voir se dresser inexorablement un des plateaux et s'abaisser l'autre tout en bas, tout en bas. José était assis dessus et Joe se débattit pour déposer des éléments sur le plateau du haut, afin qu'il se rééquilibre, pour que son fils remonte des abîmes. Mais le plateau du haut ne bougeait pas. Joe s'agitait pour y déverser les actions positives de son fils. L'attestation de Benda et du colonel Valcourt sur les vies sauvées. Le récit du commissaire Antonini sur les risques encourus volontairement par José dans la poche allemande... son arrestation par les Allemands... son évasion.

Mais le plateau de la balance restait toujours collé en haut du fronton. Bon Dieu de merde, que fallait-il y mettre pour qu'il redescende et que son fils remonte ? jurait Joe.

Quand on jure dans le vide, ça vous prend déjà des allures de partie perdue. L'avion familial piquait en chute libre. Joe s'arc-boutait sur le manche à balai en guettant le plus infime redressement, alors même que le sol montait inexorablement vers lui.

Et l'évasion de Barthy sembla accentuer la descente en vrille. Les coupables morts s'étaient déjà glissés hors de ce dramatique dossier et voilà qu'un responsable, bien vivant, échappait aux mains du juge d'instruction. Des mains colériques qui se crispaient sur les deux comparses restants. Et s'ils venaient un jour à s'évader aussi ?

Pour dégager José, Moro-Giafferi avait obtenu une reconstitution. Elle démontra que José avait été retiré des opérations dès sa blessure et Barthy témoigna que son frère n'avait pas de sang sur les mains.

Sur le chemin du retour de cette reconstitution, le complice menotté à Barthy réussit à extirper sa main de la menotte et sauta de la voiture en marche. Les policiers de la voiture suiveuse donnèrent la chasse. Barthy ne bougea pas. Voyant cela, le flic assis à ses côtés rejoignit les chasseurs. Barthy, aussitôt, descendit de l'autre côté.

Moi, assis à l'avant avec ma canne sur la banquette du break entre le chauffeur et un autre flic, je ne pus heureusement rien tenter. Le policier amorça un mouvement arrière pour agripper Barthy et choisit de rester près de moi pour me garder, de sorte que Barthy ne fut, dans l'immédiat, poursuivi par personne. Le complice, cerné plus loin, rejoignit les voitures. L'évasion de Barthy se répercuta dans l'heure auprès de sa famille.

Joe ressentit les effets de la cavale de son fils aîné au travers des présences accentuées de la police près de la porte de son immeuble. Et, plus ouvertement, le conseil oiseux d'un routier de la criminelle, d'éviter le pire à son fils, c'est-à-dire de le dénoncer s'il cherchait à contacter sa famille à seule fin qu'« il n'aggrave pas son cas ».

Talleyrand eût assuré ce flic de sa plus dévouée coopération, pour mieux l'endormir, mais Joe ne fréquentait que les arêtes vives du chapeau à corne de l'Empereur. Il éructa qu'il soutiendrait le fugitif par tous les moyens et que, des profondes forêts africaines aux étendues nordiques, le monde offrirait ses asiles au sanglier traqué.

Dans leur petit logement des Halles, Joe écoutait en silence la mère se remémorer les histoires de bagnards évadés de son enfance. Et pas celles où les fourmis rouges récuraient les corps des évadés, ni celles où les mâchoires d'un requin déchiquetaient la vie des petits gars qui avaient été honnêtes dans le temps. Non, Lilie ne racontait que des évasions heureuses, celles des parias qui avaient rebâti une vie au Pérou ou au Venezuela. Barthy avait déjà dû prendre du champ. Elle n'osait dire qu'il rejoindrait sans doute Santos en Espagne.

Elle craignait une colère de Joe, une sorte de sauvagerie qui jaillissait parfois des souffrances muselées et, dans ces débordements, les mots ressemblaient à de la tripaille étalée alors que le cerveau n'avait rien commandé. Et ça faisait peur, comme si la famille n'avait pas encore touché les grands fonds.

Joe essayait de conserver ses habitudes. Il jouait au poker avec les mandataires des Halles et les vendeurs de lourdes viandes venus se vautrer sur des grosses putes. Des portefeuilles qui se carraient à des hauteurs lucratives pour lui.

Il se sentait toujours filé, guetté, comme le gibier dans une chasse à courre. Alors, par instinct, il recherchait la foule dans les Halles. Il s'y insérait pour s'y sentir plus anonyme. Il se disait que, si Barthy voulait le contacter, la présence de la foule diminuerait les risques de se faire repérer. Il imaginait ce contact sous différentes formes et, lorsqu'il arriva, il le sentit à peine. Quelque chose dans sa poche. Sans doute cette femme qui le heurta un peu de l'épaule en le croisant.

Maintenant il sentait les contours de la boîte d'allumettes. Il l'ouvrit sans la sortir de sa poche. Elle était vide. Dans les toilettes d'un bistrot il ne déchiffra pas une adresse précise.

Seulement une église... Neuf heures demain.

Il lui faudrait semer les flics qui se douteraient alors que le Père se rendait à un rendez-vous avec l'évadé. Quel choix ? Aucun. Même plus celui de se tromper. Il devait simplement aller dans cette église, mais la décision était quand même trop grave pour qu'il n'en parle pas à Lilie. Elle voulut l'accompagner, ce qui doublait le risque d'amener les flics jusqu'à cette église. Lilie parla d'y aller seule. Et puis d'abord Joe avait-il pensé à un plan efficace pour protéger Barthy ?

Il pensa soudain aux fils de son frère Antoine qui reviendraient bientôt d'Allemagne, une armée d'occupation américaine relevant ses combattants. On procurerait un uniforme à Barthy qui pourrait se glisser dans un contingent via l'Amérique, avec la complicité de ses deux cousins germains. Est-ce que ce programme génial rassurait enfin Lilie ?

Assez fier de son idée, muni des dernières sommes gagnées au poker, Joe pénétra dans un de ces petits bistrots encastrés à la base d'un immeuble insalubre, dont le mur de façade s'enflait, décomposé par quelque tumeur.

La petite arrière-salle, dans laquelle un carré d'as vous

réconciliait avec la vie, était vide à cette heure-là. Joe la traversa et déboucha sur une cour étroite avec ses chiottes à la turque. Une autre porte donnait sur le couloir d'un autre immeuble et Joe marcha bientôt sur le trottoir d'une autre rue.

Il ne prit pas de taxi dans le secteur, car les flics pourraient interroger tous les chauffeurs de taxi ayant chargé, à cette heure-là, un homme d'un âge certain vêtu début de siècle. Il se retrouva dans le métro sans même s'en apercevoir et l'odeur de grésil et d'étouffement rance ne le gêna plus car quelqu'un d'autre marchait vers ce rendez-vous d'église.

Il ne vivait plus sous son chapeau Eden et ses pieds, dans leurs chaussures guêtrées, avançaient en toute indépendance, à la rencontre de celui que la presse désignait comme un ennemi public. Et Joe, qui, vingt-cinq ans plus tôt, avait présenté son doigt pour qu'une main minuscule se referme dessus, Joe qui s'était penché sur cette miniature d'homme, pénétrait dans l'église le chapeau à la main, cherchant de quel coin d'ombre ce nouveau-né, devenu un gangster à abattre, allait bien pouvoir surgir.

Il ne vit rien et s'avança lentement. Athée, la moindre résonance le baignait d'étrangeté. Il mit le sentiment sur le compte de sa présence irréelle en ce lieu.

Une main sur une épaule, ce n'est sans doute pas grand-chose. Mais lorsque celle de Barthy se posa en serrant un peu l'épaule de son Père, près de son cou, le cœur de Joe cogna tout en dedans. Barthy entraîna Joe vers la petite porte, près de l'autel, donnant sur la sacristie. L'émotion charriait des pans entiers de vie prêts à s'effondrer, minés à la base par le torrent du désespoir. Barthy abrégea donc l'étreinte car il ressentait depuis son évasion une fatigue qui le fragilisait.

Placé près de la petite porte, il pourrait disparaître à la moindre alerte. Mais le cœur de l'église battait plus paisiblement que celui de Joe, et les bouches de tous les saints respiraient les doucereuses odeurs de cierge.

Pour balayer, chez un homme, son égoïsme, son cynisme, voire sa parano, il faut un coup de soufflerie de l'ampleur de ses tares. Une soufflerie qui, tout en ternissant la brillance des chaussures de Barthy, lui avait changé le regard, comme si une tempête lui avait rincé les yeux de l'intérieur. Au-dessus de leurs cernes, ils offraient une sérénité bien à sa place dans cette église. Barthy prit des nouvelles de son cadet, et s'accusa de l'avoir entraîné dans cette sinistre histoire.

Un sanglot en forme de boule pressa le larynx de Joe et l'empêcha de répondre. Dans un geste furtif il inséra une liasse de billets entre les mains de Barthy.

— Garde-les pour lui, moi je me débrouillerai, dit Barthy.

— Tu dors au moins quelque part ?... parvint à lui demander Joe qui craignait qu'il ne couche sous les ponts.

Sa voix ne semblait même plus lui appartenir. Barthy le rassura. Il vivait chez une jeune femme qu'il avait secourue sous l'Occupation. Elle n'avait pas oublié que Barthy avait arraché un membre de sa famille des serres des Allemands, grâce aux relations de Santos, et elle, aujourd'hui, lui renvoyait l'ascenseur en risquant la prison pour recel de malfaiteur.

Barthy s'expliquait d'une voix basse et si calme... si calme... que les larmes de Joe n'en coulaient que davantage.

Il avait marché toute la nuit dans Paris après l'évasion. Jusqu'à enlever une de ses chaussures qui le blessait. Cherchant une adresse que les flics n'auraient pas connue, il frappa à la porte d'une famille chez laquelle ils allaient, encore enfants, le dimanche. Le père était croupier dans un cercle. Joe et lui s'aimaient bien. Mais cette famille n'avait pas ouvert la porte. Ni pour un verre d'eau, ni pour une accolade et encore moins pour un bain de pieds.

Quelques mouvements dans l'église incitèrent Barthy à se réfugier dans le confessionnal. Aux premières secondes, la pénombre sécha les larmes de Joe, mais les souvenirs, ce qu'il aurait dû faire et qu'il n'avait pas fait, l'assaillirent au point qu'il se revit dans un lit, la nuit terrible pendant laquelle Barthy rampait jusqu'à ses poches pour le voler.

— J'ai été si lâche... pardonne-moi... J'aurais dû allumer... te punir... et, peut-être que...

Derrière les losanges de bois, Barthy dévida alors l'écheveau d'un repentir que la justice des hommes n'entendrait jamais. Mais le cœur de ce Père martyrisé absorbait ce repentir, s'en emplissait. Il n'était plus qu'une coupe pleine à ras bord d'un breuvage sacré.

Et ils s'oublièrent pour ne plus parler que de José. Barthy promit d'écrire une lettre au juge et à Me de Moro-Giafferi, qui confirmerait totalement les faits. Barthy et ses complices avaient évacué José avant que la mort s'abatte sur les autres.

Joe, dans ce chuchotement qui l'oppressait toujours, consulta la donne que le destin lui attribuait à l'instant. Des pauvres cartes. Il lui faudrait n'en garder qu'une et en demander quatre autres. Des nouvelles cartes qu'il réclamait au destin pour que Barthy parte en Amérique, que José ne soit condamné qu'à une peine lui permettant de rejoindre son frère là-bas quelques années plus tard. Comme lui avait rejoint ses frères à Richmond au début du siècle.

Voilà ce qui serait enfin de meilleures cartes.

Mais Barthy refusa de partir. Il craignait que José ne soit, vu la gravité du dossier en général, condamné lourdement. Il pensait qu'une évasion restait la meilleure solution.

— Et je vais rester sur le territoire pour ça, dit-il.

Les bondieuseries environnantes empêchaient Joe de jurer, même de l'intérieur. Un « sacré bordel de merde » lui aurait pourtant fait le plus grand bien.

— Une évasion ?... Mais comment ?...

Barthy exposa une méthode déjà expérimentée par des truands professionnels. On se faisait dénoncer comme complice, en province, par des détenus inculpés dans une affaire, juste pour se faire transférer. Barthy pourrait alors intervenir pendant le transfert. Ou bien dans le petit palais de justice de province au cours de la confrontation. Si par malheur l'évasion échouait, les détenus n'avaient plus, sur place, qu'à se rétracter ou mieux on fournissait un alibi.

— Et même s'il était condamné pour un délit moindre, il n'en aurait plus rien à foutre, disait Barthy.

— Mais on fait ça quand on n'a plus rien à perdre.

Et Joe refusait. Il refusait de penser que José n'aurait plus rien à perdre. Il refusait que les quatre nouvelles cartes qu'il avait demandées à la vie soient toutes aussi pourries.

— Dans tous les cas, je resterai, insistait Barthy.

— Il faut partir, mon gosse... Tu risques qu'ils te reprennent...

— Plutôt mourir, Père.

Ce qui lui arrivera. Mais pas en retournant son arme contre lui. Et que ce Père sublimé, ce Père essayant de gagner, avec des cartes incohérentes, de façonner l'imprévisible, oui, ce Père avec ses yeux clairs de noyé, oublie qu'il avait été un Père trop faible.

— Oui, Père, oublie ça... même si on ne se revoyait plus jamais.

Barthy chuchota encore qu'il tuerait Santos s'il en avait l'occasion. Et ce fut à peu près tout. Barthy demandait aussi que son frère lui pardonne. Je l'ai fait depuis si longtemps qu'aujourd'hui encore, lorsque des étrangers imbéciles, voire des journalistes de basses œuvres, le calomnient, la douleur m'oppresse. Une douleur dangereuse, qui m'entraînerait à leur boucler la gueule. Oui, boucler leurs gueules d'ignares, parce que ce frère avait donné sa vie pour moi, en refusant de s'éloigner de moi, de ces hauts murs qui m'isolaient.

Ce fut un beau parloir que celui dans lequel tu m'as simplement dit qu'il fallait que, malgré tout, j'aime ce frère parce qu'il avait porté, un instant, le poids qui t'écrasait.

Séparé de tes deux frères par le courant rapide du fleuve de la vie, tu craignais toujours que je ne reproche à Barthy de m'avoir aiguillé vers le déraillement, et que je n'en arrive à le haïr. Mais j'avais assez de force pour assumer ma propre erreur d'aiguillage.

Et puis un tourbillon creusa, à l'intérieur de Joe, un douloureux espace, celui de son enfant qui disparaissait par cette petite porte de la sacristie, un espace qui ne se comblerait jamais, parce qu'il sentit qu'il ne le reverrait plus. Il resta un peu dans cette église, bien vide elle aussi, comme les rayons d'une bibliothèque sur lesquels ne reposerait qu'un seul livre.

Et lui, ce Père aux années déjà lourdes, n'était plus que ce livre-là. Il marcha vers la sortie, un doigt entre sa peau et le col dur de sa chemise, parce que le chagrin lui avait enflé le cou.

Les flics qui suivaient les guêtres blanches et le dos accablé de Joe ne le virent plus se faufiler dans les courettes à double issue, ni dans les caves communicantes de ce quartier des Halles qui avait protégé de siècle en siècle tant de manants des archers du roi. Joe ne courait qu'aux rendez-vous grillagés des parloirs et des dépôts de colis de vivres et de linge à la porte de la prison de la Santé.

Le tourment le privait d'air et il prenait de l'oxygène chez l'avocat. Le poker ne lui réservait plus qu'un certain automatisme et, s'il lui préférait le rami et la belote, c'est qu'il laissait tomber les cartes toute la journée sur le tapis de jeu râpé d'un bistrot.

Et que ce bistrot était situé juste en face de la porte principale de la Santé. Le zinc vivait au rythme des entrées et des sorties de la prison. On y servait les visages des familles qui attendaient le libérable ou ceux qui n'attendaient plus rien, sauf le découragement qui les effriterait un jour ou l'autre. On y servait les surveillants avant ou après leur service, qui salivaient parfois sur les putes venues assister leurs macs. Et Joe ne regardait plus sa montre. L'été, la moleskine de la banquette collait un peu à son pantalon et, l'hiver, le poêle irradiait une chaleur conviviale.

Dans ces intervalles, même les retrouvailles avec les deux fils de son frère Antoine, des embrassades attendues comme la cascade d'eau fraîche sur un corps desséché, ne furent qu'un moment à écourter. Superbes dans leurs uniformes d'officiers de la prestigieuse armée US, ils regardaient Joe, cet ombrageux dissipé, qui avait souvent meublé les conversations à Richmond, dans la grande maison bourgeoise d'Antoine et de Simon. Et où étaient donc leurs deux cousins germains, José et Barthy... que Joe vantait dans ses courriers ?

Les impossibles réponses contiennent souvent l'ampleur de la vérité muette. Car Barthy, hors-la-loi traqué, et José, en instance de jugement, se rejoignaient dans la poitrine de leur Père pour s'y dissimuler comme dans le maquis corse.

Joe éluda. Joe mentit et les deux jeunes officiers, comprenant que la foudre était tombée sur la famille, quittèrent l'oncle Joe sur un sobre « à disposition », qui n'était pas dénué de tendresse.

Lilie courait les cartomanciennes et en dénicha une qui lui prédit la notoriété pour un fils qu'elle voyait actuellement dans une sorte de brume passagère. Tandis que Joe campait dans le bistrot face à la prison pour ne croire qu'à une proximité géographique entre son fils José et lui. Il interrogeait indifféremment gardiens et ex-détenus susceptibles de le connaître et de raconter à ce milord une parcelle, infime mais irremplaçable, de la vie carcérale de son enfant. Après et avant les parloirs, il préparait des phrases qu'il ne prononçait jamais et, lorsque Barthy mourut à Nice, il ne prononça pas de grandes phrases non plus.

Il s'était précipité à Nice avec un peu de retard, parce que Barthy était mort sous une fausse identité. Le temps que Joe se présente, le corps pourrissait déjà dans une fosse commune.

Les détails d'une mort ont-ils vraiment de l'importance ?... Barthy, associé dans sa cavale à un autre truand surnommé François le Belge, vivait à Nice sans doute pour examiner les possibilités de s'enfuir avec son frère en Afrique, par la mer, ou en Italie par la montagne. Mais une balle perdue lui éclata le foie. Il mourut dans l'ambulance. Un épisode de série noire avec un barman qui vous fait payer des faux papiers qu'il ne donnera pas. Avec le Belge qui s'énerve et sort une arme. Avec un patron de bar pas très net non plus qui prend un colt de son tiroir-caisse, tire sur le Belge qui s'écroule en laissant passer la balle de trop qui va stopper la vie de Barthy qui sortait des toilettes.

Voilà pour une mort, sauf que Barthy était son fils et que le patron du bar, un Corse lui aussi, pour s'en sortir, additionna à la légitime défense la noirceur de la calomnie quant au passé des deux hommes en fuite. On peut facilement noircir ce qui donne déjà dans les teintes grises, mais pour Joe, et pour moi encore aujourd'hui, une seule vérité demeure. Barthy est mort sans être jamais passé devant un tribunal et il bénéficie de la présomption d'innocence.

Me de Moro-Giafferi fit remarquer à Joe que cette consolation toute morale aggravait d'autant la situation de José, qui restait seul pour payer la facture dressée par le juge d'instruction chargé de l'affaire d'assises.

Joe se mit à parler tout seul. Il marmonnait qu'il serait impossible d'imputer à un simple complice la responsabilité de tous les drames. Il se répétait cet état des choses comme un vieux moulin broyant du grain.

J'avais bien remarqué, souvent, que ses lèvres palpitaient l'une sur l'autre, mais, habitué à nos parloirs de silence, je prenais ça pour du vieillissement. J'ignorais que son âme plaidait ma cause sans répit, sans une baisse de lumière. Un peu comme sa lettre quotidienne. Parfois juste quatre ou cinq lignes. Mais tous les jours, tous les jours pendant plus de dix années. « Ton Père qui ne vit que pour toi », et un mot, par-ci par-là, que l'on devinait, dilué par une larme.

Esseulé par la mort de mon frère, mes nuits se nourrissaient de projets de vengeance. Et Joe, ce joueur rompu au face à face, le hasard à la main, devina que je basculais dans la horde des hommes perdus. Il n'osait déjà plus lui opposer les phrases anémiques d'espérance fondées sur le simple fait d'être jeune, d'avoir encore le temps de réparer en toute légalité.

Lorsque je lui demandai d'acheter trois lames de scie de la marque Griffin n° 7, Joe se sentit aussi faible que lorsqu'une certaine nuit Barthy rampait pour le voler. Il ne s'opposa pas. Il acheta les lames et les porta là où on lui avait dit de les porter. Il fit encore davantage. José lui avait montré un dessin fait par Roland, le cerveau de l'évasion, qui représentait, en coupe, un outillage miniature qui pouvait entrer dans un étui cylindrique de six centimètres de long et un centimètre et demi de diamètre. Joe devait obtenir qu'un artisan réalise l'objet. Il demanda ce service à Hélène Fardhy, la joueuse, dont le mari était serrurier. Il accepta.

La roulette menait donc à tout, et Joe camoufla l'étui cylindrique dans une pomme de terre. Il la mit dans le colis moins fouillé d'un complice de José, qui travaillait au service général de la prison. Tout en agissant, Joe se demandait s'il agissait pour le bien de son fils ou non... Personne n'aurait pu lui donner la réponse. Il agissait comme il l'avait fait dans sa jeunesse en payant le passage clandestin des trois Calabrais de Long Island.

Dans la 11e division, cellule 6 du quartier de haute surveillance, se préparait une évasion. Roland, Georges, Monseigneur, Wilaume et José, unis par le risque d'une lourde condamnation, entendaient creuser un trou depuis leur cellule pour accéder aux grands sous-sols de la prison. Et, de là, comme des taupes persévérantes, scier, creuser encore et encore jusqu'aux égouts de Jean Valjean.

À chaque nouveau parloir, Joe voyait d'abord le pouce de José dressé en l'air. Mais où irait son fils une fois sorti des égouts ?... une fois dans la rue ?... une fois transformé en homme à abattre par cette évasion ?...

Joe éprouvait un tangage intérieur en retrouvant son timbre de voix étouffé, celui du confessionnal avec Barthy. Pour chasser puérilement la mort qu'il sentait une fois de plus en embuscade, il parla de la Corse et des bergers isolés en montagne qui ne dénonceraient jamais un fugitif, José pourrait boire, manger et y attendre que les chasseurs du continent lèvent le pied.

J'avais à l'époque d'autres idées. Je me voyais venger mon frère et passer ensuite une succession de frontières par toutes les montagnes du monde. Avant de me faire vivre dans le monde du cinéma et des lettres, mon imagination me bâtissait un empire sur les hauts plateaux des Andes ou dans une vallée inconnue du Tibet. Et j'y faisais venir le reste de ma famille.

Pour Joe, l'attente de RIEN, dans le bistrot d'en face, était devenue l'attente du coup de pied dans la fourmilière lorsque des nuées de gardiens de prison s'affoleraient dans la rue et le long des murailles, et tomberaient dans la bouche d'égout ouverte dans la vaine recherche de cinq hommes libérés par leur seul courage.

S'il est vrai que les prisonniers de guerre évadés, plus courageux que d'autres, étaient revenus baiser leur femme quand les plus inertes avaient continué à se branler dans les stalags, on ne reconnaît aux prisonniers de droit commun que le privilège de purger toute leur peine.

Une nuit pendant laquelle Joe rafla au poker, contre des grossistes en beurre, œufs et fromages, une année de répit, il préféra ne pas se coucher pour rester en face de la chance. Il se précipita vers l'ouverture de son QG lorsque les éboueurs s'y gargarisaient au muscadet. Mais que faisaient-ils dans cette rue, ces uniformes de gendarme ?... et ces imperméables beige pisseux d'une poignée de civils ?...

Ça parlait trop haut devant le zinc et il sembla à Joe que le regard du patron, devenu gluant, dérapait sur le sien. Des phrases s'entrecroisaient comme des baïonnettes pour illustrer l'échec de l'évasion de cinq hommes. La découverte d'un itinéraire fabuleux dans les souterrains, les conduites à air chaud désaffectées et, pour finir, un tunnel qui contournait une épaisse et ultime défense en béton armé. Coup de gapette quand même pour ce chantier clandestin qui durait depuis des semaines devant la visière de la chiourme.

Un traître avait balancé le coup. On avait cerné l'extérieur et garrotté l'intérieur. Et les cinq parias, sauf le traître, méditaient dans les cachots.

Il se mit à peser bien lourd, ce cachot, dans les jambes de cet élégant d'un autre âge, et il s'appuya de la main sur le poêle en s'y brûlant sans ressentir la moindre douleur. Il en avait déjà trop en dedans. Il avait fait le plein. Il s'amenuisa sur la moleskine de la triste banquette et les couleurs s'éteignirent à ses yeux jusqu'à ne plus voir la rue et les gens qu'en noir et blanc.

Brusquement vieilli, il écouta, la journée durant, discourir sur l'évasion. Les journaux du soir établirent la chose en sacrifiant, comme à l'habitude, la vérité sur les hommes au sensationnel. Alors c'était cette notoriété-là qu'avait prédite la diseuse de bonne aventure de Lilie au sujet de leur fils ?...

Les partenaires de Joe au rami et à la belote finirent par lui témoigner leur sympathie. Même des surveillants trouvaient que c'était dommage qu'autant de malignité, d'invention sans violence aient échoué.

— Il y a le cachot et tout, mais, pour votre fils, je crois que c'était mieux comme ça...

Cette réflexion, sur l'instant, Joe ne put en goûter toute la justesse. Même le brigadier de la pénitentiaire, qui venait de la prononcer, n'évaluait pas son importance à venir. Joe sortait du bureau du directeur, dans lequel il était venu plaider une atténuation de la punition. Dans le bistrot d'en face, un ex-taulard lui avait détaillé la chose... quatre-vingt-dix jours de cachot, tarif évasion, deux cents grammes de pain par jour et une soupe tous les quatre jours. Dans la journée pas de paillasse. Seulement la nuit avec une couverture à travers laquelle on aurait pu lire une lettre d'amour. Sauf que le courrier était supprimé pendant le temps de la punition.

À qui, alors, Joe écrirait-il sa lettre quotidienne ?... Le directeur lui répondit que ses lettres accumulées pendant la punition seraient remises en bloc à son fils à la sortie du cachot. Quelques jours plus tard, le directeur reçut la visite des autres membres de la famille de ce détenu, et il le fit appeler pour voir à quoi pouvait bien ressembler un être qui déclenchait autant d'amour des siens.

Comme je l'écrivis plus tard dans mon premier roman, *Le Trou,* ce directeur « sentait en fond de toile que le cachot détruisait tout mais il ne pouvait détruire les cachots ». Je ne peux détruire ce qui détruit, pensa-t-il. Il est vrai qu'on ne lui demandait pas de construire non plus.

Mon entrevue avec lui et cette émotion que je lui avais dissimulée à l'époque, parce qu'il était dans les rangs de ceux qui mettaient les fers et moi dans les rangs de ceux qui les portaient, m'incitèrent à lui envoyer mon roman dédicacé. Il me répondit avec beaucoup de sensibilité.

Ma trajectoire féerique me ramena dans son bureau, vingt-sept années plus tard, occupé par un autre directeur. Père, j'avais envahi le bistrot d'en face, « le tien », avec l'équipe d'un de mes films. Je tournais *Le Gitan,* avec Alain Delon, Paul Meurisse et Annie Girardot. Dans le scénario, Paul Meurisse sortait de la prison et Annie Girardot l'attendait.

Ma régie avait demandé au directeur l'autorisation de faire sortir un fourgon cellulaire pour donner un peu de mouvement, ce qu'il accepta en me faisant savoir qu'il serait heureux de me recevoir. Je me suis donc retrouvé, au centre de ce mobilier immuable, assis, cette fois-là, pour y converser sur mes amitiés avec les stars.

Encore aujourd'hui, bien après, les mots ne parviennent pas à décrire l'étrangeté de ma présence dans ce bureau. Il ne me reste plus qu'à appeler Montesquieu à mon secours qui écrivit : « L'homme fuit vers son destin. »

Joe et Lilie, derrière les grillages du premier parloir, après trois mois de mitard, appréhendaient la vision de leur fils. Mais Lilie était là pour poser des questions du genre : « Au moins est-ce que la soupe servie dans le cachot était bien chaude ? », ce qui évita à Joe de parler, car les yeux de José, trop enfoncés vers l'arrière de la tête, le nouaient comme un vieux cordage blanchi sur une grève.

José ne regrettait rien de cet échec, sauf l'impossibilité d'aller rendre une petite visite à l'homme qui avait tué son frère. Tandis que Moro-Giafferi regrettait, lui, en bloc, que cette famille ne cesse d'aggraver les choses. La justice considère comme des révoltés les candidats à l'évasion. Elle n'aime que les repentis.

On enchaînait plus étroitement José pendant les transferts dans le cabinet du juge d'instruction, qui orientait dangereusement le dossier. Et le grand avocat ne cachait plus son pessimisme. Il entrevoyait déjà d'être plus efficace après le procès que pendant le procès.

Joe ne pouvait se résoudre à imaginer la cause perdue d'avance. Pour que son fils ne se méprise pas lui-même, à force d'entendre un juge le prendre pour la lie de la terre, il lui envoya les copies de toutes les attestations de ses actions méritoires et sa carte des Combattants volontaires de la guerre 39-45, délivrée au vu de tous les témoignages.

Mais sur la porte de la cellule que José occupait à l'isolement, des petites pancartes « Fouille quotidienne », « Promenade individuelle », « À surveiller dans tous ses mouvements », ne parlaient pas d'avenir.

Joe, dans le bar d'en face, finissait par tout savoir.

— Il n'est pas comme ça... il n'est pas comme ça..., répétait-il.

Et s'il se laissait aller à murmurer : « C'est un bon petit », il devait subir les regards entendus, voire de fuyante commisération.

À force d'être toujours là, le regard bleu errant sur les centaines de petits rectangles barreautés, sa fidélité tourna à la légende. Il n'avait plus besoin de poser de questions. On venait lui parler de son fils. Des surveillants, que l'âge avait rendus débonnaires, lui racontaient la petite histoire. José faisant du troc par la fenêtre avec la cellule voisine. José jouant aux échecs avec Attia, une célébrité de la truanderie, en indiquant et recevant le coup oralement par les orifices des tinettes. José et sa culture physique matinale pour ne pas sombrer.

Joe se remplissait de cette vie, en ayant l'impression de la maintenir au-dessus des flots. Il pardonnait par avance. Il avait sans doute en lui cet instinct animal de ressentir que tout, même le pire, servirait à quelque chose.

On lui rapporta que José avait corrigé le délateur de l'évasion, jusqu'à le blesser, jusqu'à écoper encore de soixante jours de cachot. Même lorsque Moro-Giafferi lui annonça que l'incident se répercutait déjà très défavorablement dans le dossier, Joe ne proféra aucun reproche contre son fils. Moro enchaîna en lui présentant un jeune avocat, Me Stephen Hecquet, très brillant, qui plaiderait aux assises, laissant à Moro-Giafferi les mains plus libres pour la suite. Joe se demanda comment présenter la chose, sous le meilleur angle, à son fils, dès qu'il émergea de ce dernier séjour au cachot.

— Papa, j'arrête...

Joe secoua négativement la tête, comme un cheval fourbu. Mais il ne s'agissait pas de suicide. Il s'agissait d'arrêter avec la violence. Le cerveau de José résonnait encore des hurlements d'encouragement de tous les forcenés accrochés aux barreaux de leur fenêtre surplombant et cernant la cour de promenade dans laquelle il frappait Willaume le traître. Un concentré de haine, un cyclone de pousse au crime, et, pour José, une vision fulgurante de sa déchéance, d'une perdition dont il était le seul artisan. Un satané miroir, dans lequel il ne voulait plus jamais se regarder, et il le promettait à son Père, dans les termes les plus courts.

— Papa, j'arrête...

Les fortes mains, qui, dans sa jeunesse, serraient la barre fixe pour exécuter le grand soleil, se crispèrent contre les grillages.

— Merci... mon gosse... merci... pour ta mère...

Il s'excluait de tout, alors qu'il ne rêvait que de payer toute la dette à la place de son enfant.

« Et derrière ces murs, j'ai vu une machine qui tue »

R. Badinter

Et le procès arriva, avec Stephen Hecquet à la défense. Il avait dit à José que « leurs deux jeunesses réunies conjureraient le mauvais sort ». Un bel encouragement, sincère, mais simplement une phrase de l'écrivain qu'il était. Avec cette perception de tout ce qu'il y avait de valable en moi et dont une cour d'assises, siégeant pour se payer sur le seul coupable qui lui restait, se foutait comme d'une chéchia.

Dans le box des accusés, deux hommes. Le plus jeune, qui n'avait d'insolent que l'apparence, car l'intérieur était déjà sur la croix, et l'autre, qui battait les dingues depuis le début à la recherche d'une atténuation mentale.

Il ressortit de la vie de José, commissions rogatoires et routinières dans les écoles comprises, qu'il était intelligent. Et que voilà une magnifique raison, témoigna un psychiatre, pour le retirer définitivement de la société. Retiré des opérations à cause de sa blessure, sans doute, mais responsable de la structure des opérations, certainement.

Le procureur sortit de son chapeau une histoire de flingues acheminés à l'intérieur de la prison pour une évasion à main armée, que l'on pouvait imaginer sanglante. Beau projet auquel fut mêlé l'accusé, en plus de la tentative du Trou, en plus des coups et blessures sur le détenu repenti qui l'avait dénoncé.

La bête fauve était campée. Et le regard que je baladais sur l'assistance et sur ma famille écorchée vive était celui de « l'étranger » de Camus, celui d'un être humain qui n'était pas l'être humain dont on parlait.

Celui aussi bouleversant d'Alain Delon, plus tard, dans mon film *Deux hommes dans la ville*. Un regard de fin de jour, lorsque répondre aux juges n'intéresse ni le public ni les juges eux-mêmes. Avec Gabin parmi l'assistance, qui était un peu ce que fut mon Père dans cette salle.

Sauf qu'à mon Père, aucun scénariste ne donna la parole. D'ailleurs qu'aurait-il pu déclarer ?... Que Santos avait été le cerveau pourri de toute cette affaire, et qu'il se prélassait sous les ombrages ensoleillés de l'Espagne, ajoutant qu'il n'existait aucune preuve contre lui... qu'aux assises la vie de toute une famille, heure par heure, n'avait jamais servi de preuve.

Et il entendit tomber la sentence de la condamnation à mort, comme si on lui enfonçait de l'étoupe au fond de la gorge.

Et maintenant, journaleux et dénigreurs de toutes les époques, regardez bien cet homme qui longe les hauts murs. Cet homme qui s'y adosse, le regard immergé sous le rideau des pluies de sa grande peine qui le sépare du reste du monde.

Pourquoi le fond reculait-il toujours ?... Pourquoi descendre encore sans plus jamais rien de solide sous ses pieds, pour donner le coup qui le remonterait en surface ?...

Son bistrot d'attente était devenu pour lui l'antichambre de la mort. Ils savaient tous qu'il était le Père d'un futur supplicié et on le regardait maintenant à la dérobée, comme on regarde un infirme. Les pires détails lui parvenaient par quelque maladroit qui parlait des chevilles enchaînées jour et nuit, et des poignets menottés l'un sur l'autre, seulement pendant la nuit. La vie du condamné à mort est précieuse car il n'appartient qu'à la justice de la supprimer.

Mais « bordel de merde et sacré putain de bordel de merde », recommençait à jurer Joe, pourquoi tuer mon fils qui n'a tué personne ?... Il eut cette démarche insensée qui le plaça en face des familles des victimes, constituées partie civile pour réclamer vengeance.

Voilà, le Père d'un survivant était en face d'eux. Que voulaient-ils pour dormir en paix ?... Que le moins coupable meure aussi ?... Une condamnation à perpétuité ne leur suffirait-elle pas ?... Allez, un petit effort, messieurs dames, payez-vous sur des parents qui mourront avant d'avoir revu librement leur fils. L'autre fils et ses complices avaient déjà rejoint leurs victimes dans la mort.

Le Père, venu s'accuser à la place de tous, venu étaler les faiblesses de son éducation, venu s'écarteler en torturant les bords de son chapeau Eden, finit par obtenir une lettre de ces familles-là, demandant l'indulgence pour José.

Et même le procureur de la République concéda à Moro-Giafferi qu'il ne s'attendait pas que le tribunal le suive sur cette condamnation. On demande toujours plus pour obtenir moins. Le procureur donna un avis favorable pour la grâce.

Dans ce palais des marchandages, Me Stephen Hecquet espérait obtenir un plus juste prix des choses. Et Joe ne pouvait rien faire d'autre qu'espérer aussi. Il pleurait parfois au parloir en se dissimulant derrière Lilie, plus forte, qui affirmait que « la chose n'arriverait pas ».

Depuis déjà cinq années, le dévouement de Joe avait fabriqué une légende chez les gardiens. Et il arriva qu'un brigadier, auquel je pense encore, m'enleva les chaînes des pieds à mon entrée dans les parloirs, pour en épargner le bruit à mon Père. À chaque pas étroit le cliquetis médiéval évoquait l'Inquisition, en déchirant les chairs de mon Père davantage que les miennes. Il ne me restait plus qu'à dissimuler mes mains entravées sous mon habit de bure, pour redevenir un prisonnier comme les autres.

Merci, monsieur le brigadier F. Merci à jamais, vous qui aviez deviné que mon évasion ratée était en fait la chance de ma vie.

Comment savait-on qu'une exécution allait avoir lieu ?

Le bistrot d'en face continuait de répondre pour Joe à toutes les questions. On briquait la prison pour recevoir les officiels vêtus de noir. Et le bourreau, un individu insignifiant paraît-il, venait au greffe recueillir les mensurations du condamné et il réglait sa machine en conséquence. Si le dernier guillotiné avait la même taille que le suivant, le boulot était déjà fait.

Mon Dieu, la taille de son fils qu'il avait vu grandir centimètre par centimètre, et qu'on allait peut-être mesurer entre une planche à bascule et un couteau dans sa glissière verticale.

Je tenais un journal depuis six mois et Stephen Hecquet me demanda l'autorisation de le faire publier dans une revue. Déjà il pensait que je pourrais écrire.

Joe envoyait à son fils d'autres avocats amis pour éclairer ses journées et il eut la chance qu'une stagiaire de l'un d'eux soit d'une famille d'alpinistes. Elle s'appelait Dorine Ménégaux, et elle m'apporta cet univers de roc et de glace, ces aiguilles de Chamonix auxquelles j'avais donné tant de passion. Et Joe, qui n'avait jamais parlé de montagnes avec son fils, se mit à dialoguer sur le sujet par personne interposée.

La cassation était rejetée et il ne me restait que soixante-douze heures pour vivre ou mourir.

Mon Père, dans son bistrot d'en face, écoutait les derniers détails : le prêtre de la prison, lié par le secret, serait un des premiers à savoir s'il s'agissait de la vie ou de la mort.

C'est ainsi que Joe apprit que son enfant vivrait.

Il se planta sur le passage de ce prêtre de haute taille, un ancien rugbyman, qui venait justement annoncer la grâce aux deux condamnés, préférant ignorer un peu la loi plutôt que d'ignorer chacune des secondes qui tombaient sur deux jeunes hommes, comme le goutte-à-goutte d'une torture ancienne.

Il vivrait... son fils vivrait. Joe avait tenu le bourreau à distance, cette bête immonde, avec les tisons enflammés de son cœur. La machine à tuer sommeillait dans son hangar derrière les hauts murs, sa lourde lame d'acier enveloppée dans une bâche. Joe l'imaginait dans une bâche, mais elle avait peut-être un coffre sur mesure.

Dans la rue de la Santé, Joe leva la tête pour regarder les mêmes nuages que son fils regardait sans doute. Les deux hommes étaient immobiles comme deux arbres, mais c'est l'oiseau qui apporte le rêve aux arbres. Dieu y était peut-être pour quelque chose. Joe ne l'avait pas prié, mais peut-être Dieu entendait-il davantage ceux qui ne croyaient pas en lui.

Car, en ce jour de grâce qui le nimbait de lumière, Joe, pèlerin fatigué sur la route encore longue qui le séparait de son fils, eut l'impression de tutoyer les Rois mages.

Le choc des sabots sur les dalles

Le lendemain, en plus de sa lettre quotidienne, Joe écrivit une seconde lettre de remerciements. Il le fit en termes ampoulés, dans le bouillonnement d'un cœur qui débordait, comme une urne trop pleine. Sur l'enveloppe il écrivit le nom et l'adresse en écriture gothique, pour qu'on ne la jette pas à la poubelle :

Monsieur Vincent AURIOL
Président de la République
Palais de l'Élysée
PARIS

Convaincus par le père, Stephen Hecquet et Me de Moro-Giafferi avaient plaidé, en regard de toute une vie, de ce qui n'existait dans aucun dossier. Et Vincent Auriol, avocat de profession, y avait été sensible.

Âgé de vingt-cinq ans, j'avais encore pas mal de marge, mais la facture à payer risquait bien de bouffer toute cette marge.

Le silence était retombé sur les effets oratoires du grand théâtre, Joe commença par demander à son fils sa parole qu'il ne tenterait plus de s'évader. Si je te l'ai donnée, sur la tombe de mon frère, ce fut pour entrer dans la grandiloquence qui te rassurait.

Rendu à la vie comme un alpiniste rescapé d'un coup de

foudre, je ne rechignais plus à gravir ce qui me restait à gravir pour me sortir des dangers de l'univers vertical. Je n'en voulais à personne, car la force de la vie m'était revenue et je devenais le meilleur payeur possible. Allez-y, amenez-moi aussi l'addition de la table d'à côté, je ne la recompterai même pas. Je payais cash et ce n'était pas de la fausse monnaie. C'était avec le temps de ma jeunesse. On ne le choisit pas. Il arrive quand on est jeune.

Un grand poète a écrit à ce sujet : « Dis, toi que voilà, pleurant sans cesse.../dis, toi que voilà, qu'as-tu fait de ta jeunesse ? » Un jour j'ai récité ce poème dans une émission de Michel Drucker à l'occasion de la sortie de mon fils *Le Ruffian,* avec Lino Ventura, Claudia Cardinale et Bernard Giraudeau. Mais ce n'était pas un avenir que mon Père pouvait deviner lorsqu'il suivait mes transferts de condamné.

« Une fois la route tracée, on ne peut pas ne plus poursuivre », écrivit Saint-Exupéry. Et Joe marchait sur cette route qui menait à la libération de son fils. Pour Joe, il ne suffisait pas de marcher sur cette route, encore lui fallait-il avoir le temps d'arriver à l'étape. La dernière pancarte de signalisation indiquait un kilométrage infranchissable. À son âge, soixante-sept ans, avec un cœur qui lui semblait parfois s'arrêter, repartir et s'arrêter à nouveau, comme les ratés d'un moteur déréglé, il n'espérait plus voir la lourde porte s'ouvrir et, épaule contre épaule, traverser avec son fils un dernier petit espace de vie.

Et ce cœur faillit vraiment s'arrêter l'automne de 1950 lorsqu'il se présenta à Riom, devant cet ancien couvent des Cordeliers, tout imprégné de brumes suintantes, et transformé en maison centrale pour détenus de droit commun. Son fils y vivait, échoué comme une épave après la tempête, et Joe venait à ce premier parloir.

Me Stephen Hecquet se renseignait sur les déplacements et Joe voyageait sur les traces de son fils. Cet automne-là, pour être près de lui, Joe vivait à Vichy, à proximité de Riom, arrachant quelque monnaie au poker à des coloniaux venus laver leur vésicule biliaire.

Ce que Joe entendit d'abord dans ce parloir à l'humidité grise et pénétrante, ce fut un bruit de sabots d'un autre âge. Et ce bruit-là bloqua ses pulsations comme si son cœur allait exploser, refusant d'expédier le sang dans ses artères, refusant de pulser la vie.

Son fils, dans son costume de bure, les yeux immenses, la peau blême, le crâne tondu, son fils méconnaissable, qui voulut demander pardon et qui se taisait car il sentait bien que seul le silence endiguerait ses sanglots. Joe s'était remis à respirer par petits râles irréguliers. Il ne sut comment il trouva la force de murmurer un « tu sais... ils repousseront... ».

J'essayai de sourire mais, en face des yeux de mon Père, ce bleu qui refusait de vieillir, qui conservait dans l'émotion une innocence un peu tremblante sous l'eau des larmes, oui, en face de ce regard-là, je me souviens que je n'avais plus de sourire. Seulement un tiraillement des lèvres, d'un seul côté, ce qui ajoutait encore à l'épreuve que je lui infligeais.

Joe revivait toutes les évocations du bagne raconté par sa femme et il pensa que le mieux serait qu'elle ne vienne pas encore dans ce parloir. Il lui dissimulerait la permission de voir leur fils, en attendant que ses cheveux repoussent. Un règlement, paraît-il, autorisait un centimètre, puis deux, suivant la bonne conduite.

Que dire à cet enfant qui lui sembla ce jour-là être devenu un enfant perdu ?... Qu'il ne désespère pas ?... Qu'il allait s'en sortir ?... Que la justice, ce n'était pas seulement la robe rouge d'un procureur et des jurés influencés par la presse ?... Il y aurait un conseil de la haute magistrature lucide qui se pencherait sur les dossiers. Il y aurait le pour et il y aurait le contre.

Mais les mots que ce Père voulait me dire ne furent jamais ceux qu'il prononça. Il me parla de Vichy en dérivant sur Napoléon III dont la ville s'enorgueillissait. Et il me récita, dans mon parloir de cul-de-basse-fosse, les vers de Victor Hugo qui raillait cet empereur fantoche qu'il détestait. Et il me reparla de la grandeur du Premier du nom, alors même que je baissais mon regard vers les plaies que les sabots ouvraient sur le devant de mes chevilles.

Je découvris des années après qu'il voulait seulement que nous nous engueulions comme par le passé, au sujet du pont d'Arcole débouchant sur Waterloo. Car il voulait que j'émerge de mon silence. Que je ressuscite. Mais la promiscuité, particulièrement celle d'un réfectoire immonde, m'avait enterré vivant.

Joe quitta le parloir le premier pour ne plus entendre le choc des sabots sur les dalles, cette résonance, ce glas. Dehors, le ciel, alourdi de sombre, menaçait de toucher les toitures austères. Joe, frissonnant, ne se décidait pas à s'éloigner de cette maison centrale. Il rôda donc sous les murs, comme un fantôme en pelisse et col de fourrure.

Il apprit seulement que le directeur distribuait trente jours de cachot pour bavardage au dortoir, tout en suçant des pastilles. Un libérable lui raconta aussi que José travaillait dans un atelier de fabrique de couronnes mortuaires. Joe, vidé de toute pensée, entendait cet ex-détenu évoquer l'hiver dans les dortoirs, lorsque le mercure plongeait jusqu'à dix degrés en dessous de zéro. Et pas le froid sec des montagnes. Un froid qui transformait les sacs de couchage en linceuls.

La mort lente de son fils engourdissait ce Père dans sa marche exténuée vers son arrêt d'autocar. Il lui sembla que plus rien n'arriverait et que cet autocar n'allait nulle part non plus. Il se retrouva dans le bureau des avocats pour bloquer la pierre tombale qui risquait de retomber sur les dossiers. Sur son enfant.

Il décida Lilie à venir témoigner contre Santos, le cher frère qui avait détruit leurs deux fils. Moro-Giafferi le connaissait déjà assez bien, pour l'avoir défendu devant un tribunal pour adolescents, et avoir suivi sa route pavée de turpitudes lorsqu'il régnait sur Montmartre. Lilie compléta le tableau et Moro-Giafferi rédigea un mémoire humaniste que l'on joignit au recours en grâce de Stephen Hecquet.

Ce recours ne concernait, sèchement, que le dossier.

Stephen isola la responsabilité de José de l'entremêlement des actions de ses complices, morts avant le jugement.

Et Joe s'attela, lui, à exposer ce que son fils avait fait de bien. En plus des attestations écrites, il décida le commissaire Antonini, Marcel Benda et Valcourt à témoigner physiquement. On avait trop remué de boue, il était temps de parler de soleil, des gens que José avait protégés du pire, et de sa propre vie qu'il avait risquée sous les ordres d'Antonini dans la poche de Saint-Nazaire.

En orchestrant le tout auprès du ministère de service, Joe découvrit l'existence d'une réforme pénitentiaire. Un système de catégories progressives avec éducateurs, assistantes sociales, priés de se pencher sur des êtres humains. Le numéro de matricule remplacé par des livres d'étude et les sabots par des espadrilles. Seuls les condamnés de droit commun non récidivistes, purgeant une longue peine, pouvaient bénéficier de ce toilettage des âmes.

Ce profil, comparé à certains, devenait relativement enviable. Il était désormais le mien, tandis que, dans le lointain, un dessinateur mystérieux esquissait déjà une autre silhouette, celle d'un romancier-cinéaste de quelque notoriété.

Dans cet avenir, je retrouverais l'atelier des couronnes mortuaires, mais il s'agirait d'un décor de film et de mon ami Jean-Paul Belmondo, habillé de bure, qui enfilerait des perles à côté de Gaby, dit Spartacus, qui jouerait un immortel, le rêve inaccessible de l'homme.

Dans ce film, Belmondo traîna les sabots comme personne, avec une insolence qui me réjouit car je n'avais pu m'autoriser la même lorsque le sort m'entravait. Ni, non plus, la révolte de Michel Constantin contre les surveillants.

Le présent était à la docilité et Joe réussit à faire transférer son fils dans la centrale de Melun, haut lieu pilote de la réforme. L'uniforme comportait des revers à la veste et les crânes se recouvraient d'une courte brosse. Et les cavités osseuses des regards en devenaient moins profondes.

Joe pianotait de la main sur la tablette du parloir, car la première grâce venait d'éclater comme un feu d'artifice. La peine commuée à vingt ans à la date de l'écrou ramenait l'addition de José à quatorze années.

Joe profita de ce tournant du tunnel, qui laissait entrevoir la sortie, pour annoncer à son fils que son père, Sam le patriarche, était mort en décembre dernier. Nous étions déjà au seuil de l'été 1951 et personne n'osait plus demander à Joe d'aller réclamer son héritage à cet arnaqueur de Jules qui avait dû tout prévoir. Joe ne s'intéressait même plus aux événements.

Le philosophe Wittgenstein, qui avait écrit : « L'homme est bon mais le veau est meilleur », venait de mourir. À Nuremberg, on passait, pour l'exemple, les derniers nœuds coulants autour des carotides. Hugo Koblet remportait le Tour de France. Le rideau retombait sur Pétain et Louis Jouvet, un cercueil en valant un autre, tandis que les hommes rejouaient à ce jeu auquel ils jouent depuis leur création, c'est-à-dire à un jeu de cons, qui consiste à s'entre-massacrer.

Joe ne vivait plus que pour l'avenir de José depuis que le compte à rebours existait. Et la famille misait sur les forces vives de cet homme de vingt-huit ans. Joe s'était remis à chantonner... padam... padam... padam... pa... pam... pa... pam... padam... padam... Et lorsque Pierre, l'éducateur, lui disait du bien de son fils, le miel descendait dans sa gorge déchirée par un vieux chagrin. Et comme l'assistante sociale, Mme Lebègue, lui avait dit que, dans sa longue carrière, elle se contenterait d'avoir sauvé un seul homme, et que cet homme serait sans doute son fils, Joe avait cessé de fumer, d'un jour à l'autre, pour durer plus longtemps.

Stephen Hecquet maintenait la pression et décrochait, sur le dossier, un an de grâce par an, s'appuyant sur le passage immérité de José aux chaînes.

La centrale de Melun éditait un journal dans lequel j'écrivais des articles. Je jouais dans l'équipe A de basket qui rencontrait des équipes régionales, sous l'impulsion d'un entraîneur bénévole, le grand Jacques, dont le souvenir ne me quitte pas. J'avais fait triompher les couleurs du club d'échecs de la centrale contre un club parisien. J'étais devenu comptable général de la réforme, ce secteur expérimental de l'administration pénitentiaire. Je venais au parloir en veste blanche et l'administration m'octroyait un an de grâce chaque année. Ça faisait deux. Plus l'année qui s'écoulait. Ce qui faisait trois.

Trois fois trois = neuf.

Quatorze moins neuf = cinq ans. Il ne restait plus que cinq ans. On galopait vers la sortie.

Joe, en plus du poker et des systèmes aléatoires à la roulette de Lilie, avait accepté de placer des grands vins pour aider au redémarrage de José qui sortirait la bourse plus légère qu'une plume d'oiseau. Il visitait les châteaux et autres demeures sélectionnées, piloté par un chauffeur, sa prestance et son vocabulaire sur les vins seigneuriaux faisant le reste.

Il rédigeait sa lettre quotidienne et expédiait son mandat hebdomadaire. Il ne manquait pas un parloir et laissait Lilie se mettre tout près des grillages. Il se tenait en retrait et je surprenais parfois ce petit chantonnement filtrant de ses lèvres closes.

Ma mère, à l'approche de mon retour, essayait de me repasser le volant de l'autobus familial avec Léa comme récente passagère. Lilie avait vu débarquer cette ingrate fille aînée dans leur appartement de Montmartre, donnant sur un petit square. Une Léa qui accepta que l'on dresse son couvert et qui ne parlait que pour s'étourdir. Deux jours plus tard, elle frappait au carreau d'une des fenêtres de ce rez-de-chaussée. Sa jeune sœur lui ouvrit et Léa lui jeta un paquet « pour ne rien devoir à la famille ». Il contenait un poulet grouillant d'asticots, qui évoquait les poubelles, la clochardise. Ils récupérèrent la pauvresse sous les ponts. Ils la lavèrent, l'habillèrent et l'installèrent dans une chambre meublée voisine de leur appartement et sa jeune sœur ne lui manifesta que de l'amour en échange d'une agressivité venimeuse.

D'après Lilie, Léa attendait la sortie de José, le seul vraiment capable de la comprendre et le seul pour qui elle ferait l'effort de devenir quelqu'un d'autre. Alcoolique, il lui suffisait d'un demi de bière pour être ivre. Mais Lilie chargeait déjà José, lui qui revenait de si loin, d'arranger ça. Elle oubliait qu'il avait sa propre vie à recoudre et, surtout, qu'elle lui avait jadis pas mal encombré le chemin sur lequel il avait trébuché.

Chaque année comptant triple, il ne resta plus au début de 1956 que trois ans et demi à purger pour que Joe marche dans la rue à côté de son fils. Il avait soixante-douze ans et une prostate inquiétante. Son toubib conseillait une opération, mais Joe craignait un accident toujours possible sur la table. En clair, il craignait de ne pas revoir son fils en liberté. Et si le cancer se filait dans cette prostate ?... Mais le cancer lui laisserait bien quelques mois de répit pour qu'il puisse écouter le sommeil de son fils, dans la petite chambre voisine de la sienne. Et aussi les bruits de son réveil. Ses premiers pas d'une nouvelle enfance.

Avisé de la situation par Pierre mon éducateur, et aujourd'hui toujours mon ami, je décidai mon Père à ne pas jouer à la roulette russe avec un cancer de ce type, assez fréquent à son âge. Il entra en clinique le dos rond et les soupirs accentués, car il était au fond de lui un peu comédien. « Bordel de merde, jura-t-il après l'opération, je pisse comme un jeune homme. »

Il cochait secrètement les jours sur un calendrier et restait plus longtemps à se bichonner le matin devant sa glace. L'heure magnifique approchait et il ne parvenait plus à se concentrer sur la vente des grands crus.

Tout cela incitait Lilie à penser qu'il fréquentait une gourgandine. Alors qu'il se voulait plus jeune pour le retour de son fils. Il allait au cercle à la rencontre des cartes qui raccourcissaient l'attente. Cette longue attente qu'il avait usée, rognée, combattue comme une épidémie.

La dernière année de patience débuta par la mort de Mistinguett. Les longues jambes emportaient la Belle Époque, mais Joe ne subissait aucune nostalgie. Il était branché sur l'avenir. Y aurait-il une autre fête de Noël avec la place vide de son fils autour de la table ?... Il calculait et recalculait que l'année qui s'écoulerait plus deux années de grâce laisseraient six mois à solder.

À qui demander encore six mois de grâce supplémentaires pour que José sorte en décembre ? La justice avait déjà ramené les deux plateaux de la balance à l'horizontale. Comment lui demander autre chose ?... Joe pensa à une pétition chez les Corses de toutes les catégories sociales... les avocats, les médecins, les commerçants, les officiers, voire les politiques. Et les cercles de jeu regroupaient souvent un échantillonnage d'insulaires les plus variés.

Joe rédigea quelques lignes grandiloquentes en tête de la pétition, rappelant que son père Sam avait dirigé le consulat américain en Corse pendant une kyrielle d'années. La pétition demandait six mois de grâce exceptionnelle qui permettraient à José de fêter le Noël 1956 en famille. Et les signatures tombèrent comme les olives corses par grand vent.

Joe, dans cette dernière ligne droite, rendit visite au directeur de la centrale de Melun pour obtenir un avis favorable spécial, faisant état de l'amendement de José devenu exemplaire au point que les éducateurs, face à un cas difficile, venaient lui demander conseil.

Lilie allumait cierge après cierge dans les églises et faisait tourner les tables avec un groupe d'illuminés.

Léa versait des larmes à écarter d'une flamme de briquet et la plus jeune sœur attendait avec ses deux enfants en bas âge.

Joe prenait discrètement des pilules pour le cœur, comme si un secret instinct l'avait prévenu que d'autres battements accélérés surviendraient.

En débordant de Paris, la pétition avertit le meurtrier de Barthy que son frère sortirait prochainement de prison. Joe fut avisé qu'au Sud le type, craignant une vengeance de ce frère, risquait bien de prendre les devants. Un contrat facile contre un homme désarmé qui franchit la lourde porte de sa prison un matin tôt.

Mais il y avait erreur. Il n'était plus question de vendetta. Il s'agissait maintenant d'attaquer un sillon dans une nouvelle terre. Un sillon bien droit sans se retourner vers les méandres du passé.

Néanmoins, là où Barthy avait été abattu, la peur était mauvaise conseillère et les promesses pacifiantes de Joe n'avaient pas plus de valeur pour certains qu'une promesse électorale un lendemain de vote. Joe trouva une garantie en la personne de Brahim Attia qui connaissait José pour avoir joué aux échecs avec lui en annonçant les coups par le tuyau des tinettes. Il apprit à Joe qu'en prison on avait surnommé son fils José l'Avocat, parce qu'il rédigeait les requêtes administratives de bon nombre de condamnés, et même le courrier du cœur de quelques-uns.

Attia offrit donc l'apaisement de son arbitrage, donnant sa parole que José n'exécuterait aucune vengeance.

Padam... padam... padam... pam... pam.. Joe pouvait continuer à pianoter sur le bras de son fauteuil.

Un homme planqué dans la foule

Il arriva la nuit dans laquelle Joe garda ses yeux bleus ouverts.

En fin d'après-midi, il y avait eu un coup de fil de l'assistante sociale de la prison centrale, pour annoncer que la grâce exceptionnelle des six derniers mois libérerait José dès le lendemain matin.

Il y avait eu même davantage. La propre voix de José dans l'appareil. Une petite entorse au règlement. Et Lilie à l'autre bout du fil qui cria : « C'est le petit ! » Mais qui ne passa l'appareil à personne.

Et Joe, à une portée de main, ne le réclama pas. Il était à jour, au bout de son combat. Il ne cherchait rien. Il ne cherchait qu'à vivre encore une nuit pour revoir son enfant, cet homme de trente-trois ans, enfin libre.

Pour assister à cette deuxième naissance.

Et il ne dormait pas. Il craignait peut-être, en fermant les yeux, de ne plus les rouvrir. Une longue nuit comme celle de certains opérés. De quoi donc l'avait-on opéré au juste ?

De sa faiblesse, à cause de toute cette force qui était la sienne depuis dix ans ?... Mais, dans le noir de sa chambre, il sentit cette force s'éloigner de lui comme les cartes qu'on rejette après avoir raflé la mise au poker.

Devant sa glace, dès l'aube, il enleva son fixe-moustache et tapota sa lèvre supérieure qui lui sembla avoir enflé. Il prépara son café dans l'appartement endormi et mangea quelques beignets de farine de châtaigne glacés, qu'un sanglier aurait eu du mal à digérer.

Et il attendit. À la question de Lilie : « Tu iras ? » il ne répondit que par un signe de tête négatif. Elle se méprit sur ce refus d'attendre devant la porte de la centrale de Melun.

Il préférait l'imaginer s'ouvrant. Dans son fauteuil, une bergère à dossier rond, muet, presque renfrogné, il vivait près de son fils ses ultimes gestes de prisonnier. Les vêtements civils qu'il allait enfiler à cette heure précise... ses papiers d'identité que le greffe lui rendait... l'argent qui restait sur son compte... ces billets de la liberté. Sa signature qu'il apposait. Devant la porte il y aurait son éducateur et son beau-frère.

Et Joe ne se disait pas que José serait déçu de ne pas y retrouver son Père. Son Père l'attendait chez lui... chez eux. Voilà ce que se disait Joe. Lilie n'en tira pas une parole, car il ne voulait pas expliquer que le fils devait marcher vers le Père.

Si j'ai eu un peu le vertige en sortant, il est vrai que je ne m'attendais pas à le voir là. Il n'était pas dans les choses et les gens qui tanguaient devant mon premier regard d'au-delà des hauts murs, et cela ne m'étonnait pas.

Pendant le voyage vers Paris je fabriquais les mots, les phrases que j'aimerais lui dire et que je ne lui dirais jamais. Et lui, dans son fauteuil, une main entre ses cuisses et l'autre tambourinant à côté dans une attitude familière, composait les grandes envolées qu'il garderait au fond de sa gorge.

Alors, Père, je m'en souviens. J'étais dans l'entrée assez étroite et je poussais la petite grille en fer forgé, dont ma mère avait toujours la marotte, pour l'embrasser et pour embrasser ma sœur. Mais mon regard était déjà sur toi, au fond, vers le petit espace salon. J'ai eu peu de pas à franchir et tu t'es lentement levé. Si lentement. Il n'y avait plus de grillage entre nous. Tes mains fortes et soignées ont emprisonné mon visage amaigri.

J'ai entendu : « Mon petit... mon gosse... », et encore autre chose que je n'ai pu définir. J'étais contre toi. J'ai voulu te remercier avec mon cœur, mon âme et mon sang, et j'ai dit seulement : « Bonjour, Papa. »

Et nous avons un peu pleuré comme je pleure encore aujourd'hui en écrivant, comme ma voix tremble et se meurt si je parle de toi.

Joe se rendit une fois encore chez Me Stephen Hecquet qui logeait dans son étude. Dans le taxi, il n'était plus seul à ruminer des arguments pour défendre son fils. José était là, assis à son côté, essayant de reconnaître la vie à travers les vitres. Il attardait son regard sur les très jeunes filles, ne réalisant pas qu'il n'avait plus vingt-trois ans mais trente-trois.

— Alors, vous voilà quand même, le salua simplement son avocat.

Stephen Hecquet pèse encore dans mon souvenir de sa constante présence physique dans les parloirs de toutes mes prisons et plaidant devant mon box d'accusé. Joe regardait ce toujours jeune avocat, qui devait mourir avant que l'âge n'entame sa fougue, parlant à son fils dans un appartement rendu plus vaste par le dépouillement du mobilier.

Comment pouvais-je redémarrer avec un casier judiciaire interdisant certaines professions, vingt ans d'interdiction de séjour dans les ports et les grands centres, avec un certificat d'études primaires pour tout diplôme et aucun métier manuel ?... D'abord travailler. Accepter n'importe quel travail et obtenir une suspension de l'interdiction de séjour à Paris, domicile de la famille.

Joe décrocha une autorisation de séjour renouvelable tous les trimestres et, après un premier Noël en famille pendant lequel je n'arrivais pas à me réjouir, je devenais représentant de commerce dès le mois de janvier suivant.

Joe, une paix rafraîchissante descendue en lui comme l'ombre du soir après la canicule, regardait, le matin tôt, son fils partir pour placer de la brillantine Roja chez les droguistes, les pharmaciens et les coiffeurs. Il n'échangeait pas un seul mot avec lui sur ce travail. Ni avec Lilie non plus.

Pierre, l'éducateur, lui confia que certains prisonniers avaient tellement idéalisé leur liberté qu'ils ressentaient, en face d'elle, une dangereuse déception. Parce qu'ils cherchaient alors à pimenter sa fadeur, à violer son espérance.

Joe apprit par Stephen Hecquet que j'avais déposé une demande d'immigration pour l'Australie. Une parution faisait état du désir de l'Australie d'accueillir et d'aider pendant la première année des gens courageux pour mettre des terres en valeur. Joe répondit seulement qu'il était bien tard dans sa vie pour suivre cet enfant qui, à peine de retour, voulait repartir. Dans le regard bleu, la tristesse venait surtout de l'absence de dialogue entre son fils et lui.

Il est vrai que je ne lui avais pas dit que je le ferais venir là-bas dès que possible. Je ne voulais plus confier mes rêves à personne, comme un souffleur de verre qui ne peut parler pendant que l'objet prend forme.

Mais Stephen, qui nous servait, en quelque sorte, de traducteur, le rassura. L'ambassade me refuserait certainement le visa.

Et si je m'attristais en prenant des commandes de brillantine, si je m'appauvrissais en parlant de météo ou de bagnole avec ma clientèle, pourquoi ne pas élargir mon horizon en écrivant ?... Voilà ce que Stephen Hecquet me proposa et ensuite à mon Père, car il savait bien que nous n'oserions pas en parler entre nous.

Écrire ?... Comment pouvait-on écrire sans une licence de lettres ?...

— Vous prenez ce que vous avez en vous à pleines poignées et vous le jetez sur le papier, disait Stephen Hecquet.

Il affirma à Joe que son fils n'avait qu'à raconter un des moments forts de son passé. Comme ça. Sans se prendre la tête à deux mains. Comme une longue lettre dépouillée de toute technique. Il ne s'agissait pas de vouloir jouer à être écrivain. Il s'agissait de laisser s'écouler les sentiments comme une source.

— Est-ce que le voyageur qui s'abreuve se demande d'où vient la source ?...

Stephen, en recevant les lettres de José, en faisant publier le journal rédigé pendant qu'il attendait la mort, s'était persuadé qu'il pouvait écrire un livre. C'est pourquoi, sur la page de garde d'un roman autobiographique intitulé *Le Trou,* on peut lire : « À Me Stephen Hecquet ».

Joe découvrait sur la petite table de la chambre de José, voisine de la sienne, des feuilles jaunes de papier pelure couvertes d'une écriture à ses yeux très mauvaise. Joe confondait la teneur du texte avec la lisibilité des caractères. Sur une réflexion maladroite il se fit répondre un mot de l'Empereur, « l'écriture est la science des ânes ».

José écrivait dans le métro en rejoignant son secteur de vente... dans les bistrots en attendant la disponibilité d'un client... chez lui et dans les rendez-vous insensés que lui donnait sa sœur Léa. Elle fut, dans cette période, le seul sujet de conversation entre Joe et son fils. Bizarrement, ils en parlaient pour éviter de se parler d'autre chose. Du passé... de la prison... et surtout de l'avenir.

Joe n'exigeait rien de ce fils qu'il avait rendu à la vie. Il se contentait de le regarder aller et venir. Contrairement à Lilie qui le harcelait de questions pour se rassurer, Joe ne lui posait aucune question. Il attendait, comme il avait toujours attendu. Il se contentait d'entendre José lui dire qu'il avait rendu à Léa le goût de se battre, de prouver qu'elle avait du courage. Et Léa s'était mise au travail pour que son frère éprouve de la fierté, lui qui revenait de l'impossible.

Le roman achevé et lu le soir à une dactylo qui déchiffrait mal son écriture, José le déposa chez Stephen Hecquet.

Lilie construisait déjà la victoire de son dernier système à la roulette qui dépendrait du capital renforcé que son fils lui donnerait.

Joe se taisait. Ce qui me donnait à penser qu'il se foutait pas mal de ce que j'avais pu écrire. La vérité était que, dans son cercle, il racontait à chacun que son fils José était « entré dans le monde des lettres », affirmation qu'il additionnait d'une des bordées de jurons qui ponctuaient son enthousiasme. Il n'avait guère changé depuis qu'il prétendait que

Barthy, inscrit à l'école Bréguet qu'il ne fréquenta jamais, deviendrait un aviateur célèbre. La naïveté, ce sentiment universel, habite souvent chez les joueurs, car ils croient aux bonnes fées.

Et Joe, à force d'y croire, devait bien finir par voir débarquer la sienne qui était aussi celle de son fils. Sans baguette et sans chapeau pointu, elle portait plusieurs noms : Roger Nimier, Antoine Blondin et Albert Camus. Stephen Hecquet, craignant que son opinion favorable sur le livre de José ne subisse l'influence de son amitié pour lui, avait soumis le manuscrit à Roger Nimier, directeur de collection chez Gallimard. Ce dernier, à la lecture, pensant que le nom de l'auteur José Giovanni pouvait dissimuler un auteur connu, sollicita l'opinion de Blondin et de Camus. Roger Nimier se décida à convoquer José pour mieux se persuader qu'il s'agissait bien d'authenticité et lui proposa un contrat de dix romans.

Un jour, un journaleux écrivit : « Mais qui se cache derrière Giovanni ? », avec une perfide allusion à mon passé. Mais personne, monsieur.

Joe, en lisant ce nom sur la couverture du livre, savait bien que c'était celui de sa grand-mère, Angèle Marie Giovanni. Et il savait bien aussi que Manu Borelli, le personnage du *Trou* qui représentait son fils, portait le nom de sa mère Toussainte Borelli, morte en couches un jour de brouillard à Rogliano. Ainsi José faisait revivre la branche de son Père. Tu sais, à l'époque, c'était ma manière de te parler, de te célébrer sans te le dire.

Quand le livre est sorti, suivi très vite du *Deuxième Souffle*, de *Classe tous risques* et de *L'Excommunié (La Scoumoune)*, quand la télé, la radio et la presse découvrirent ce nouvel auteur du roman noir, Joe laissa Lilie encenser leur enfant. Il ressentait, avec lui, une gêne, une pudeur violentée en écoutant le flot intarissable des compliments.

Père, est-ce à cause de cela que nous n'en parlions jamais ensemble ?... Est-ce à cause de cela que je déposais sur ta table de nuit certains articles et certaines lettres ?...

Sous sa petite lampe Joe lisait presque à voix haute.

— Lis pour toi... Moi, le petit me les a déjà lues, disait orgueilleusement sa femme.

Alors Joe continua de lire pour son cœur qui cognait comme si les phrases de la lettre de Jean Cocteau le faisaient soudainement courir le long d'un rivage d'émeraude : « ... Vous êtes un très grand écrivain... j'estime indispensable d'exprimer ma reconnaissance à l'auteur d'un livre qui m'a ému. *Le Deuxième Souffle* est une manière de chef-d'œuvre. L'intrigue, la langue, la noblesse des âmes. Tout est remarquable. Merci. Votre Jean Cocteau. »

J'ai retrouvé la lettre sur ma table de bois ciré et rien dans son regard ni dans le moindre de ses gestes ne me signala que mon Père l'avait lue.

Même petit jeu pour la lettre de Mac Orlan : « ... Votre livre *Le Deuxième Souffle* est humain et parmi les plus près d'une authenticité difficile à saisir... Vous pouvez avoir confiance en votre destin... »

Ainsi donc son fils avait récupéré un destin. Il achetait ses livres, y ajoutait un petit mot : « De la part de mon fils bien-aimé », et les distribuait aux membres de son cercle, car il allait flamber tous les jours que la vie lui accordait encore.

Il avait soixante-seize ans, une élégance plus méticuleuse qu'un jardinier japonais et une maîtresse. Un hasard, la rencontre avec une ancienne gouvernante qui portait fermement sa soixantaine. Il répondit aux soupçons de Lilie par des colères pagnolesques, ce qui, pour elle, remplaçait largement des aveux.

Comme à l'accoutumée, tout se déroulait pendant le dîner et ça me renvoyait dans mon adolescence, lorsque ma mère quittait la table et que j'allais éponger la grande scène du deux pour lui ménager son retour. Elle s'accrochait à son fils avec l'énergie d'un alpiniste crispé sur son piolet-ancre. Ce fils, le seul encore capable de réaliser « un gros coup ». Par bonheur, « le gros coup », comme elle disait, se concrétisait par les ventes des livres, et celle du *Trou* à Jacques Becker pour en faire un film.

Que son fils ne vende plus de brillantine, qu'il habite chez Yves Montand et Simone Signoret en Normandie pour écrire le scénario du *Trou* avec Jacques Becker, tout cela semblait glisser sur Joe avec l'indifférence d'un cygne rôdant sur un lac.

Lilie s'agitait, frétillait de voir son fils évoluer dans le monde du spectacle, elle rappelait que sa mère lui avait refusé une carrière de théâtreuse.

Joe fredonnait lorsqu'on parlait théâtre et cinéma. Et, au plus fort de la fièvre qui s'emparait de Lilie, lorsqu'elle évoquait Victor Francen et Charles Vanel, Joe s'endormait. Enraciné dans ses habitudes, il faisait la sieste en plein salon. On lui reprochait de graisser le rebord en soie de son fauteuil avec sa nuque, mais autant lui demander d'abandonner son fixe-moustache et ses porte-chaussettes.

— Cet homme ne s'intéressera donc jamais à rien, répétera, inlassable, Lilie.

Lorsque je présentai Charles Vanel à ma mère, Joe émergeait de sa sieste, la bouche pâteuse. Tout à la pensée de sa prochaine partie de poker, il ne trouva qu'à lui réciter des vers de Victor Hugo sur Napoléon Ier, car il croyait savoir que Vanel avait joué Javert dans *Les Misérables*. Joe, avec naïveté, satisfait de ses connaissances poétiques, ne s'inquiétait pas du peu de rapport que Vanel voyait entre son travail d'acteur et un Empereur couvert de batailles. En ce temps où une chétive renommée commençait à toucher son fils, Joe respectait Jacques Becker. Non pour son talent qu'il ignorait, mais pour cette justesse dans ses costumes, ce goût et cette allure qui faisaient de Jacques un des hommes les plus élégants de la capitale.

Joe ne comprit que plus tard combien ce grand cinéaste avait jeté de forces, ses dernières, pour réaliser l'histoire écrite par son fils, cette évasion, ces prisonniers de droit commun transformés en taupes, ces acharnés de l'espérance. Car Jacques en mourut et Joe sembla entendre, d'une oreille distraite, que le film représenterait les couleurs de la France au festival de Cannes.

Ma mère et ma plus jeune sœur en parlaient comme d'un exceptionnel retour des choses, tandis que Joe ramenait tout à ce qu'il y aurait sur la table à douze heures précises et à dix-neuf heures précises.

Mais sur quoi se posait-il donc, le regard bleu caché parmi les badauds ?... Le regard bleu de « celui qui ne s'intéressait à rien » et qui admirait, sur les marches du palais du festival de Cannes, José, son petit, son gosse, qui signait des autographes ?... Il y avait aussi Roland, pas celui de Roncevaux mais presque, Roland le génial roi de l'évasion. Et ils étaient là, Manu et Roland, les deux compagnons de l'aventure, les deux anciens parias dont le public venait de voir, sur un écran, la lutte contre un destin contraire. Avec Roland y interprétant son propre rôle.

Et il était là, tout proche et inconnu, le cœur de ce Père qui n'était pas entré dans la salle, qui avait préféré ses souvenirs, lorsqu'il déposait des lames de scie à des adresses secrètes, lorsqu'il attendait que les évadés surgissent de leur plaque d'égout vers la liberté, lorsqu'il aimait dans sa solitude. Personne dans cette foule, ni sur toute la terre, n'aurait pu deviner que le passé désespéré de son fils, auquel on rendait publiquement hommage ce soir-là, était une partie écorchée vive de la vie de ce Père.

Un croupier du casino de Nice le reconnut dans cette foule et m'en parla un jour. Trop tard. Toujours ce retard entre mon Père et moi que j'essaie encore aujourd'hui de rattraper, comme le coureur distancé qui a mal à chaque tour de roue.

Trop tard. Pourtant je me suis efforcé d'aller très vite pour emplir l'espace de temps que la vie laisserait encore à Joe.

D'abord une famille dans la sienne. Une maison dans la sienne. Zazie, la jeune femme qu'il aimait déjà avant de la connaître parce qu'elle était ma femme et que, à ses yeux, c'était la meilleure raison du monde. Zazie, un surnom de plus, à cause de Raymond Queneau pour lequel elle travaillait et de *Zazie dans le métro*. Zazie qui n'était pas la voleuse de son fils comme le croyait bêtement Lilie.

Elle était l'arbre nouveau et je ne m'éloignerais jamais de cet arbre-là. Mon Père y avait reconnu à la fois la délicatesse du feuillage et la force des racines. Elle avait dû sentir en Joe le remplaçant d'un père mort en déportation. Joe, de son côté, la recouvrit de son grand manteau de faiblesse, un manteau de chaleur aussi pour la protéger du froid de l'isolement.

Il faisait écouter à son petit-fils une grosse montre en or musicale et personne ne voyait plus la montre plate avec la pièce de vingt dollars-or pendue au bout de sa chaînette. Il fut soupçonné de l'avoir vendue ou engagée, alors même qu'il l'avait mise en lieu sûr pour la léguer à son fils.

Il ne se défendait jamais contre rien. Me Stephen Hecquet venait de mourir d'une leucémie et Joe ne savait plus à qui s'adresser pour faire ce qui lui restait à faire et assurer la protection définitive de son fils. Car Stephen, se sachant perdu, l'avait mis en garde contre les maîtres chanteurs éventuels.

— Les succès engendrent les vipères..., avait-il dit à Joe.

Stephen pensait qu'un jour ou l'autre les romans à gros tirage, les films policiers joués par des stars déchaîneraient quelque jalousie contre José.

— Et il conviendra de laisser passer... de ne jamais répondre... de ne pas les alimenter...

Comme le fit son ami Jean Schmitt, qui compara la rumeur malfaisante à une vipère sifflant sur le chemin. « Si on essaie de la chasser, elle vous mord. Si on l'ignore, elle retourne dans l'obscurité des fourrés. »

Joe parla donc le premier d'une réhabilitation. Stephen savait, pour sa part, qu'il ne fêterait pas la chose avec José. Par manque de temps. Ce d'Artagnan du barreau n'aurait plus que la joie de mourir assez jeune pour ne pas avoir eu à baisser sa garde. « Nos deux jeunesses réunies réussiront à conjurer le mauvais sort », avait-il écrit à José en acceptant le dossier de sa défense.

Je n'ai pu, à la mémoire de Stephen, qu'écrire un article nécrologique sans bien réussir, il me semble aujourd'hui, à y refléter mon immense dette, ma dette impossible à éteindre.

Privé d'une écoute par la mort de Stephen Hecquet, Joe confiait à son demi-frère, p'tit Louis, ses espoirs au sujet de la réhabilitation de son fils.

P'tit Louis était toujours resté près de son combat. Joe ne parlait qu'avec lui de leur jeunesse dans le village de Rogliano. Il rabâchait l'escroquerie à l'héritage dont leur frère Jules s'était rendu coupable. Mais, pacifié, il avait chassé la vengeance de son propos.

Joe regroupait tous les articles de presse sur les travaux de son fils, soulignait, isolait le meilleur pour en faire une plaidoirie nouvelle qu'il tenait encore secrète. Tandis que Lilie ouvrait les vannes sans retenue, oublieuse du traquenard dans lequel Santos avait piégé ses fils, elle tannait José pour qu'il réponde au récent appel venu de Barcelone. Santos avait fait le rapprochement entre José Giovanni et son neveu. Il avait expédié à la maison une femme (toujours les femmes) pour « renouer le contact ».

Joe hurla, vomit des tirades d'injures, et moi, pour la première fois, je pris secrètement conscience du danger que représentait ma mère. Sans doute l'orgueil de ma réussite la poussait-elle à vouloir en mettre plein la vue à son frère. Elle n'envisageait même pas que je puisse perdre mon contrôle en face de ce fumier.

Ma passion d'adolescent pour elle m'avait déjà empêché d'être à ma vraie place dès mon retour de « Jeunesse et Montagne » au printemps 1944, lorsque j'aurais dû partir dans le maquis au lieu d'entrer dans la mouvance de Santos et de ne m'engager que plus tard. Tout ça pour ne pas la quitter. Et je n'étais pas encore totalement guéri de cette protection que je lui portais, puisque, dans ma nouvelle vie d'homme, elle m'empêcha également d'être à ma vraie place dans le sauvetage de René, bloqué dans la face nord des Grandes Jorasses, en créant et alimentant une zizanie familiale inqualifiable.

Mais Santos... NON... NON... plus cette fois. À cause de la mémoire de mon frère Barthy.

Alors elle attaqua José sur Lucienne, sa nièce. Est-ce que vraiment il allait refuser à sa mère la joie, « la revanche », de faire profiter cette branche familiale de sa réussite ?... Lucienne avait une émission sur la musique classique à la télé, et « il serait quand même normal » qu'elle écrive les musiques des films de José.

Là encore, Père, j'ai manqué l'occasion d'arracher le bandeau, de couper le cordon qui m'empêchait de te regarder vraiment, de juger de la différence entre ton désintéressement et cette peur de manquer qui orientait Lilie. Cette peur de ne pas tout posséder, que tout ne dépende pas d'elle. Elle le savait pourtant bien que cette Lucienne non seulement s'était absentée de nos années terribles, mais m'avait envoyé un jour un avocat pour me témoigner le mépris qu'elle avait de moi. Et aujourd'hui, le succès aidant, sans vergogne, elle priait sa « tante chérie » de lui décrocher une musique de film auprès de José. Il n'était donc plus question de mépris. J'ai refusé.

— C'est déjà bien beau que le petit lui adresse la parole quand elle vient à la maison, dira Joe.

Lilie en retira sans doute l'impression qu'elle perdait pied. Dans la famille nous lui laissions pourtant le seul compte en banque qui existait. Tout dans la même caisse avec la signature de son matriarcat. Et personne ne s'occupait non plus du cordon ombilical qui paralysait toujours sa fille cadette, la maintenait dans l'ombre comme une fleur que le soleil ne peut atteindre pour qu'elle s'ouvre enfin vers la lumière.

Mais Joe n'aurait jamais pu quitter sa femme, à la fois néfaste et indispensable, car il la sentait indestructible, et ce joueur, avançant sans carte ni boussole en terrain inconnu, avait besoin de sentir un refuge derrière ses talons.

L'âge d'or était venu, juste avant celui de la fin.

Il ne faisait pas tellement de différence entre les visiteurs.

À ses yeux, Jacques Becker, Lino Ventura, Claude Sautet, Jean-Pierre Melville et Jean-Paul Belmondo étaient tous des gens qui travaillaient sur les personnages écrits par son fils. Il ne comprenait rien à la réalisation d'un film. Il sentait que ces personnalités estimaient son fils et il se remplissait à ras bord de ce sentiment. Il n'essayait pas de réfléchir à la constance de cette source heureuse. Il se voyait parfois dans la peau d'un chasseur de sanglier fatigué, assis, en Corse, près d'une de ces fontaines providentielles, le dos d'une main immobile sous la fraîcheur du débit.

Jean Becker, le fils de Jacques, remarqua son physique à la Eric von Stroheim, et lui confia une silhouette dans son film *Un nommé la Rocca,* tiré de mon roman *L'Excommunié.* Jean, auquel je dois aujourd'hui de voir bouger et parler mon Père quand je regarde la cassette du film. Toi, Jean, avec, encore actuellement, nos parties d'échecs. Dans son film, il y avait Jean-Paul Belmondo et Michel Constantin, un des personnages du *Trou.* Jean-Paul sortait de *Classe tous risques* de Claude Sautet.

Claude Sautet, ce metteur en scène si proche de mon émotion, qui sera, à côté de la pathétique romancière Monique Lange, témoin de mon mariage avec Zazie. Une sorte de famille-cinéma se formait.

Joe, sans rien demander jamais, se retrouvait sur un tournage dans le décor d'un tripot. Ce tacticien, ce bluffeur ambulant, oubliait la caméra avec un surprenant naturel. Sans doute parce que les cartes glissaient entre ses doigts dans une habitude venue de l'enfance.

T'en souviens-tu, Jean-Paul, de ce joueur aux yeux bleus sous cette lampe ?... Certainement, car je sais que, malgré la flamme amusée de ton regard, tu te souviens de tout. De notre voyage dans ta Daimler à deux cents à l'heure sur la N7 vers la grisaille d'une caserne en Bourgogne.

Joe aimait bien ce jeune acteur qui flottait dans ses habits avec des allures de torero venu inventer une manière de planter des banderilles sur les écrans. Il avait l'impression que

Lino Ventura, plus solide, plus épais, résisterait mieux aux assauts de la renommée.

Joe écoutait aussi, avec un plaisir secret, un autre jeune acteur, Claude Berri, que José avait découvert dans une pièce nommée *Jésus*. Cela venait de la passion que Claude Berri mettait à parler de son père. Peut-être Joe aurait-il souhaité que José parlât ainsi de lui ?... Oui, peut-être bien. Voilà ce que je me dis aujourd'hui dans la solitude de l'écriture.

Joe, parfois, invitait deux ou trois Corses taciturnes pour qu'ils se frottent à ces ambiances du monde du spectacle. Ils ne semblaient, pas plus que Joe, en capter les nuances. Ils ne réagirent qu'un jour, à un projet de Roland (l'homme du *Trou),* qui consistait à détecter et piller des trésors sous-marins. Un projet enfantin, dans lequel ils voulaient investir tout le fric nécessaire.

Roland conservait intact le don de faire partager ses rêves. Tandis que Joe avait toujours cette faculté de ne s'étonner de rien. Il ne craignait même pas de s'éveiller en découvrant que rien n'était réel. Il vivait cet âge d'or de ses dernières années et, un jour, José déposa sur sa table de nuit une petite revue intitulée *L'Âge d'or.*

Joe y apprit comment son fils voyait la vie en lisant les réponses qu'il donnait à un certain René Chateau. Le nom de ce journaliste ne lui disait rien. Ce n'était pas encore la panthère noire qui règne aujourd'hui sur un empire de vidéocassettes. Car les petites boîtes enfermant les films sur les étagères des bibliothèques n'existaient pas.

Philippe Labro, qui signait un article consacré à son fils dans cette revue, ne publiait pas encore de best-seller. Il aimait simplement le polar et, pour Joe, les phrases qu'il écrivait sur moi suffisaient pour en faire un type formidable. « ... Je crois que, de même qu'il existe un type de héros chandlérien ou hammettien, il existe un héros giovannesque... »

Joe ne savait pas exactement ce que ça voulait dire. Il n'avait lu ni Chandler ni Hammett et il n'osera jamais poser la question à son fils. Il continuait à lire l'article de Labro comme on déguste du miel parfumé au maquis corse, et je te remercie, Philippe, de lui avoir donné tant de bonheur : « ... Je sais, je sais, on m'a dit que Giovanni avait été lui-même en taule... Bien sûr c'est important cette expérience vécue qui explique probablement cette impression de vrai, cette tension qui parcourt *Le Deuxième Souffle* comme *L'Excommunié.* Mais tous les anciens mauvais garçons ne font pas des bons romanciers, etc. »

Joe laissa échapper une de ses bordées de jurons positifs. Ainsi donc on ne parlait plus d'infamie en parlant des prisons de son fils.

L'Âge d'or contenait aussi un texte d'Alphonse Boudard sur *Le Trou.* Un texte vivement ressenti de « l'intérieur » par un homme qui ne pouvait pas se tromper sur ce sujet.

Ce soir-là, Joe eut du mal à s'endormir. Il est vrai qu'il ressentait parfois une pression à la base de la gorge dont il ne disait rien à personne. Pas même à Lilie, dans les oreilles de laquelle il avait pourtant déversé toutes ses faiblesses tout au long des longues années.

Il avait souhaité le retour de De Gaulle comme les demi-soldes celui de l'Empereur. De Gaulle, revenu, était solidement installé. Le monde tremblait à cause des missiles soviétiques braqués sur l'Amérique depuis Cuba, mais Joe prédisait que ce galopin de Castro irait au lit avant de recevoir une bonne fessée.

L'essentiel pour Joe résidait dans la victoire du Français Jacques Anquetil dans le Tour de France. Parce que ce coureur était français.

À la maison, Joe interdisait que l'on punisse ses petits-enfants et couvrait son petit-fils de cadeaux comme il l'avait fait avec José et Barthy. Il achetait au petit Paul un gâteau chaque midi en allant le chercher à la sortie de l'école, et le gosse ne mangeait plus rien à table. On l'engueula sur le sujet. Mais, têtu comme un attelage de mulets corses, il continua en faisant du gosse son complice.

— Surtout, tu ne diras rien, pour pas qu'on s'en prenne à ton grand-père.

Lorsque le président John F. Kennedy tomba à Dallas, Joe abandonna son cercle pendant plusieurs jours. Il ne se rasait plus et traînait dans l'appartement en fixe-moustache jusqu'à midi.

— Ça ne le fera pas revenir, lui répétait Lilie, prosaïque.

Et les insultes tonnaient comme si Joe cherchait à se protéger contre une nouvelle douleur.

La situation de son fils se renforçait de roman en film et Joe, âgé de quatre-vingts ans, poussait toujours son tapis au poker avec autant de détermination. Si ce n'était sa mort, que pouvait-il encore craindre ?...

Il était une fois trois petits bonbons

Le départ de son fils. Voilà comment s'appelait cette nouvelle douleur.

Lilie, dans sa guerre insidieuse et incessante contre Zazie, n'avait pu imaginer que ce n'était pas elle qui partirait, mais le couple. Et Joe avait entendu la phrase de son fils : « C'est mieux si on coupe un peu. » Une phrase qui ne s'éteignait pas, dont l'écho battait à chaque pulsation de ses artères.

Lilie, drapée dans son inconscience, dans l'oubli de son comportement responsable de ce départ, mâchonnait dans un grincement de dents. Elle jetait des regards agrandis sur les deux valises qu'elle voyait traverser le petit salon et la salle à manger. Comment ce fils, cet adolescent qui se serait jeté dans un brasier pour elle, qui lui avait même écrit qu'elle était la seule femme de sa vie, comment pouvait-il la laisser derrière lui ?...

Mais ce fils-là n'était plus un adolescent, voilà tout. Et il n'était pas comme son mari, capable d'oublier les échanges de paroles blessantes, même si elles n'étaient que « des paroles du Sud ». Et il ne voulait pas que Zazie, enceinte de Marie-Josée, souffre injustement de l'ancestral matriarcat possessif.

Joe, dans son fauteuil, pianotait sur ses jambes. Il se leva finalement et rejoignit son fils dans la petite entrée. Il embrassa Zazie qu'il aimait bien et fourra quelque chose dans la main de son fils, avec un son à la fois rauque et si faible : « Tiens, mon petit... pour toi. »

J'avais une valise dans l'autre main et un sentiment, encore incompréhensible aujourd'hui, m'empêcha de lui dire que je n'allais que dans la région de Fontainebleau, que je le ferais venir et que Lilie finirait par comprendre.

Il n'y eut qu'un silence imbécile et je me retrouvai dehors près de ma jeune femme et de ma Dauphine Gordini. J'ouvris alors ma main pour voir ce qu'il m'y avait glissé. Trois bonbons apparurent dans leur papier. Il m'avait glissé trois bonbons dans la main.

J'avais quarante ans et, ne sachant plus quoi faire pour son enfant, ce Père gigantesque plaçait son message d'amour dans trois petits cubes à la menthe.

Jean Cocteau et Édith Piaf moururent en cette année 1963.

Joe, tour à tour milord et légionnaire déserteur, avait toujours frissonné à l'écoute de la voix de gorge de Piaf. Et puis ne l'avait-il pas rencontrée lorsqu'elle avait contacté José à la sortie du film *Classe tous risques,* car elle fantasmait un peu sur la truanderie.

Cette disparition donna à Joe le sentiment que rien ne serait plus jamais pareil. Quatre-vingts années se déroulaient derrière lui et tout lui semblait à la fois très lointain et très présent. Il contemplait Marie-Josée, sa petite-fille à peine débarquée dans la famille réunie autour d'elle, comme s'il ne devait plus guère avoir le temps de la regarder grandir. Il voyageait dans ses souvenirs américano-corses et ne quittait Paris que pour les vacances d'hiver et d'été à Chamonix. Sa fille et ses deux enfants y vivaient avec René, un alpiniste célèbre.

Depuis 1938 cette vallée comptait pour la famille. Davantage pour moi, il est vrai, que pour Joe qui n'y avait trouvé qu'un moyen d'existence dans les hôtels. Mais ma passion pour la montagne fit qu'elle présidera toujours à nos destinées.

Nous en revenions à peine, ce début de printemps 1964, et je me souviens que René était de passage à Paris. Est-ce que le voyage, le changement d'altitude avaient fatigué Joe ?... Dans la voiture il signalait chaque pancarte annonçant le verglas. Il chantonnait V.E.R.R.E. GLA... à... à... à pour dissimuler sa peur.

Et puis il était retourné au cercle comme d'habitude. Les cartes sous une lampe, peut-être les fameuses deux paires aux as par les huit... la main du mort de Bill Hickok... qui sait ?... Un dernier coup d'œil sur le passé et puis ce choc dans la trop petite salle de bains. Je n'avais pas entendu de plainte mais, ce choc, je le ressentis, n'était pas un simple choc.

La porte qui s'ouvrait de l'intérieur butait. Avec René on la poussa furieusement. On voyait déjà le corps au sol. La pression ne réussissait pas à le repousser vers le fond. Je ne sais plus lequel de nous deux réussit à se glisser le premier à l'intérieur. Nous soulevâmes mon Père par les aisselles et les jambes. La peau de son visage avait la teinte gris-beige de son fixe-moustache. Nous l'étendîmes sur le lit. Ma mère se tordait les mains. Ma sœur n'était pas là. Il me semble que Zazie avait conduit Paul à l'école.

Des feuilles de Bottin froissées pour le téléphone d'un médecin. Le cadran de l'appareil qui n'en finit plus de revenir à son point de départ.

Mon Père venait de mourir pour la première fois.

Dans mes rêves il y aura beaucoup d'autres fois. Il revivra sans être véritablement en vie et toute la différence est là.

Mes secondes, mes heures, mes jours et mes années n'égaliseront plus cette différence-là.

« Ni fleurs ni couronnes, m'avait-il recommandé un jour. Mon fils, garde tout pour toi. » Son testament ne mentionnait que ses montres pour son fils et son petit-fils. S'il était celui d'un joueur, il était aussi d'une incalculable richesse.

Il disait : « ... Si les enfants commettent des erreurs,

quelles qu'elles soient, compatissez, oubliez, pardonnez, ne les abandonnez jamais. Un enfant est une chose sacrée. Il est votre sang. Il est vous-même. »

Ce qui manque ne peut se compter

Proverbe chinois

Papa, il faut que je te parle. Je ne veux pas t'attrister avec mes remords, il suffit d'en avoir prononcé le mot. Toi le gai inconsolable, je ne vais te parler que de mon bonheur et de celui de toute ta descendance.

Excuse-moi d'abord de la présence de ta demi-sœur Titie à ton enterrement. Tu ne désirais que p'tit Louis, qui est venu très ému, mais Lilie a imposé cette grimacière. Lilie qui a toujours été fière d'être liée à la branche de cette grande famille corse.

Bref, je ne pouvais pas me quereller devant ton cercueil.

Lilie, choquée par ta mort subite, et ne pensant qu'à son propre chagrin, mettait en doute le médecin qui avait constaté ta mort. Elle disait qu'« elle aurait dû se méfier et ne se fier qu'à elle-même » (comme d'habitude), pour empêcher que l'on t'enterre vivant.

Tu étais mort d'un bloc, basculant de l'autre côté du monde. Tu n'avais pas donné l'image d'un cierge dégoulinant, s'affaissant dans sa cire.

Les quelques photos nous laissaient ton élégance. Tu étais aussi dans ce film de Jean Becker et maintenant tu es dans ce livre. Tout entier, bien vivant.

J'ai quitté, avec Lilie, Zazie et les enfants, le théâtre de ta mort, pour ne plus pénétrer dans la petite salle de bains, pour ne plus me regarder dans la glace qui te renvoya ta dernière image. Nous sommes allés vivre à Fontainebleau. Les enfants allaient à l'école en bordure de la forêt et nous habitions une villa à deux rues de leur école.

Puis une très bonne nouvelle, Santos est mort en Espagne. Ça tombait bien car je devais travailler là-bas sur le scénario d'un film de Jacques Deray et je n'aurais pas la mauvaise tentation d'aller cracher sur celui par qui le malheur avait foncé sur nous comme un aigle sur sa proie.

Lilie a dit que « c'était bien triste » (la mort de son frère), en revanche elle n'a pas paru très éprouvée lorsque Léa s'est tuée en tombant en arrière dans l'escalier de son immeuble. Des talons aiguilles trop hauts, pour rehausser sa petite taille.

Le temps s'est infiltré entre mes romans, mes films, le sport et la cellule familiale chaude comme un petit pain sortant du four. J'ai vécu pour protéger les miens contre la méchanceté du monde. Stephen Hecquet n'est plus là, mais j'ai confié mes intérêts à Me Badinter, un peu spécialisé dans les affaires de cinéma. Plus tard, ce sera une avocate, Me Rendel, très douée comme les femmes qui veulent gagner leurs combats.

Badinter est une épée comme l'était Stephen. Il militait contre la peine de mort et il continuera en entrant en politique. Je te mentirais en te disant que je ne pense plus aux heures terrifiantes que nous avons vécues chacun d'un côté des chaînes et des hauts murs.

J'ai tenté de m'exorciser en écrivant et en filmant. Pour *Deux hommes dans la ville,* j'ai fait dresser une guillotine au studio de Boulogne.

Je sais que la profession se perd un peu entre ce que j'invente et ce que j'ai pris dans mon véritable passé. Pour le jour de l'exécution, j'avais mentionné dans mon scénario que Delon devait se retourner vers Gabin et lui adresser un regard d'« enfant perdu », avec la machine barbare en arrière-plan.

Aujourd'hui, il me plaît de rendre hommage à Alain Delon, qu'il sache que, sur le tournage, j'ai reçu ce regard comme un grand souffle d'humanité. Je sais qu'il baignait dans l'anxiété en attendant de se retrouver face aux montants sous la haute lame d'acier.

Moi vivant et cinéaste, je ne dormais plus que par brusques secousses, pour te voir, Père, te dresser, les deux mains en avant, repousser ce qui me menaçait.

François Chalais m'a dit, sur son antenne, qu'il avait eu l'impression que *Deux hommes dans la ville* était une sorte de cri. Il était vrai, Père, que j'avais crié vers toi, crié au secours. À l'occasion de ce film, j'ai rencontré des membres du Comité contre la peine de mort : Frédéric Pottecher, Léo Ferré, Bernard Clavel... Et aussi Robert Badinter dont j'avais emprunté une phrase : « ... Et derrière ces murs j'ai vu une machine qui tue. »

Tu vois, dans ma nouvelle vie, j'en ai rencontré des gens d'exception. Et courageux. Quand on a pas mal dérouillé, on ne se trompe pas sur le courage. Celui de Mireille Darc après son accident de voiture dans la vallée d'Aoste. Tellement fracturée et pas une plainte. Ne s'inquiétant que des autres.

Tu vois, les artistes en arrivent à interpréter le contraire de ce qu'ils sont. Elle donnait dans la légèreté, effleurant la vie sur les écrans, alors qu'elle n'est qu'émotion pure et gravité.

Je sais que tu aimerais tous les gens que j'aime, comme j'ai aimé, sans te le dire, tes contradictions et tes passions. Tiens, par exemple l'Empereur, que j'avais tellement critiqué pour t'affronter bêtement. Je caracole avec lui depuis l'enfance. Sur mes livres d'écolier il devenait lumineux. Je ne tournais plus la page. Je restais collé au si grand petit homme sur son cheval blanc à Austerlitz.

Père, comment ai-je pu seulement oser t'en dire du mal ?... Et surtout, comment ai-je pu oublier de t'en dire du bien ?... Même quand je suis retourné dans son île natale et la tienne, je ne t'en ai pas parlé. J'attendais d'être sûr que mon projet prenne forme. Je voulais te proposer de vivre à Rogliano avec moi.

Mais j'ai compris que Lilie ne te suivrait jamais dans le village. Alors, comment te séparer de ta compagne de toujours et de vos indispensables disputes ?... J'ai gardé le silence, mais aujourd'hui je veux que tu saches que Rogliano, sur sa hauteur dominant la mer, est toujours bien présent chez nous. Nous y sommes retournés avec Zazie et les enfants et je sais que ma sœur, ta fille, y est allée aussi. Ton enfance là-bas doit nous aimanter. Nous avons mangé des figues dans le jardin de la plus petite des maisons et aussi le raisin de la treille.

Et le côté magique est venu de Paul, ton petit-fils aux yeux bleus. Il vivait un suspense. Il attendait de savoir si un film qu'il avait produit obtiendrait une des sélections pour le festival de Cannes. Et il est allé vivre cette angoisse dans ton village, avec Anne-Sophie dessinant les vieilles pierres. Il remettait ses pas dans tes pas d'enfant et d'adolescent. Il t'imaginait sans doute sur ton vélo avec p'tit Louis sur ton guidon... Nous sommes corses et c'est tout. À la question « Vous êtes quoi ? »... je réponds : « Je suis corse. »

C'est en Corse que j'ai tourné mon premier film comme metteur en scène, *La Loi du survivant* avec la splendide Alexandra Stewart et Michel Constantin, dit le Kalmouk, dont le personnage se battait en duel pour l'honneur (Corse oblige) dans une calanque de Girolata. J'avais écrit pour que tu joues le rôle d'un vieux maire traditionaliste. Tu n'as pu attendre. Claude Berri aussi avait découvert que son père était un acteur naturel. Il m'avait même dit qu'il pourrait jouer Gu dans *Le Deuxième Souffle.* Son père, comme toi, est parti trop tôt.

La beauté tragique de ton île m'a porté chance. Après ce film tourné en Corse j'ai enchaîné les autres avec un producteur corse natif de Ghisoni, Hercule Muchielli, dont la parole valait un contrat. Delon était comme ça aussi. J'ai eu de la chance.

Une tendre amie, la scripte de tous mes films, Lucile Costa, dite Minouche, vit en retraite en Corse. J'ai un autre point de chute à Ajaccio, chez Cham', un artisan qui trimbale un royaume dans sa tête. Tu vois, les parfums de la Corse flottent en permanence autour de ta famille.

T'es avec nous, papa... t'es toujours avec nous... t'es toujours là, à l'intérieur du paradis que Zazie a tissé pour nous dans la clairière d'une forêt silencieuse. À nos pieds un village au cœur des Alpes. Ça s'appelle Les Marécottes et le secteur postal est ma date de naissance.

La dernière fois que Lilie est sortie de l'hôpital, j'ai espéré qu'elle finirait ses jours près de nous, dans ce chalet. Mais, à quatre-vingt-deux ans, elle luttait encore pour nous ramener à Paris. Paris, le Printemps et les Galeries Lafayette, sans doute parce qu'elle y avait travaillé comme vendeuse dans sa jeunesse.

Cette fois j'ai refusé de me laisser déstabiliser. Ma sœur aussi avait trouvé son équilibre en montagne. Nous refusions tous Paris. Nous nous sentions vraiment enracinés dans nos étroites vallées.

Zazie avait eu un accident de voiture en cherchant notre lieu de vie idéal, et Lilie disait que cet accident était un signe. « Ce pays, la Suisse, nous porterait malheur. » Mais dans ce pays il y avait un Valaisan, Me Edmond Sauthier, qui était venu porter des fleurs à Zazie à l'hôpital, alors qu'il ne l'avait vue qu'une seule fois, pour lui conseiller un village. Et je me disais que ce pays, rien que pour ce geste, était un bon pays.

Tu avais recommandé à Lilie de ne jamais me quitter. Elle n'a rien compris. Elle me jugeait perdu parce que je vivais loin de la foule, alors même que ma force venait de mon isolement. J'en avais besoin pour écrire, pour penser d'une façon plus intense et paisible à la fois.

Je l'ai installée à Paris près de sa nièce Lucienne et je lui servais une rente. Elle ne désarmait pas et son acharnement à m'arracher de la montagne me rappela mon adolescence, lorsqu'elle m'avait jeté dans l'environnement de Santos plutôt que de me voir m'éloigner d'elle.

Et alors, Père, ton désintéressement m'est apparu dans un soulèvement de tout mon être, cette dilatation du voyageur perdu qui retrouve enfin le chemin vers la lumière du refuge.

C'est à partir de là, près du corps de Lilie que je veillais, que j'ai su qui tu étais.

Elle est morte pendant qu'on préparait la sortie de mon film *La Scoumoune.* Près de son lit, une petite roulette avec ses dernières expériences de martingale. Tante Reine, que j'avais revue, lui a survécu un peu. Ainsi les deux chandelles de la rue Saint-Vincent se sont éteintes. À l'enterrement de ma mère, j'avais revêtu le costume noir que Jean-Paul Belmondo portait dans le film. Je l'ai encore, avec le pardessus noir aussi et le chapeau noir et l'écharpe blanche. Le film révèle aussi les premiers regards intenses de Gérard Depardieu.

Je sais que tu aurais aimé que je porte un chapeau.

— Ma parole, me dit Raymond Danon, le producteur, en me voyant, on dirait que tu reviens d'un enterrement.

J'en revenais. Compliqué, comme toute la vie de Lilie. Le corps à l'Institut médico-légal pour des organes légués à la science et puis les restes dans un cercueil près du tien.

Désormais orphelin, je suis resté dans mon paradis, dans lequel j'oublie que l'homme est un loup pour l'homme. À chaque retour de mes voyages à travers le monde pour tourner des films ou les présenter, flatté sans doute par les honneurs, je retrouve ma clairière, la neige ou les fleurs, je retrouve la vérité, et Lino Ventura venait me voir dans cet équilibre.

Tu te souviens de lui quand il débarquait à l'improviste chez nous, à Paris, pour nous souhaiter la bonne année avec Odette ? Il cuisinait des pâtes au chalet et il jouait aux cartes dans le village avec Marceau. Il a tes mains fortes et soignées. C'est avec elles qu'un jour il a déchiré une copie de mon casier judiciaire, expédié par une de ces « honnêtes personnes » à bas prix, qui se l'était procuré par quelque vilenie. Pour quoi ?... Pour que Lino s'écarte de moi. C'était mal le connaître.

Lino m'a regardé, de ce regard d'homme, de ce regard d'émigré pauvre revenu de toutes les humiliations, de ce regard pour lequel j'avais écrit tellement de personnages. Et ce qu'il m'a dit ce jour-là, Père, ça t'en aurait donné de la joie !

— José, je te vois vivre depuis un paquet d'années et ça me suffit.

Il est vrai qu'à Paris j'habitais chez lui et qu'Odette me faisait de la mousse au chocolat.

À présent, ça y est, Père. Cette réhabilitation dont tu avais fait ton dernier combat, la justice l'a déposée sur le plateau de la balance. On te la donne à titre personnel. C'est un nouveau jugement. Tu passes devant la chambre d'accusation de la cour d'appel. J'ai donc revu des magistrats. Un juge, un procureur. J'avais l'impression que tu étais assis derrière moi, pour entendre que je n'avais rien fait qui ne puisse m'être pardonné. Pour que ton combat se termine enfin, j'avais bien chargé la balance du bon côté.

C'était il y a plus de dix ans de cela, mais les grands titres de ma carrière existaient. J'avais déjà été chargé de mission auprès de toutes les maisons de la culture française en Algérie, pour y parler de mon métier.

Devant cette cour d'appel, il y avait aussi mon véritable itinéraire d'une époque qui rendait impossible ma présence là où on m'avait accusé d'être. Et aussi la porte que nous avions ouverte aux pourchassés. Et aussi mon action guerrière dans la poche de Saint-Nazaire, dont je ne suis plus tellement fier aujourd'hui et que je te raconterai plus loin. Et aussi des gens que j'avais sauvés en montagne, grâce à la vie que Vincent Auriol m'avait laissée. Un groupe coincé entre deux crevasses sur un glacier, et un type pendu par les pieds au bout de sa corde dans une paroi instable.

Je l'ai fait pour toi et c'est encore pour toi que j'ai soigneusement rassemblé ce qui fut noble dans ma vie, comme tu le faisais pour ton fils. Alors, cette justice des hommes, qui m'a rendu tous mes droits, a blanchi le casier judiciaire, me permettant d'être éligible et me déclarant digne de l'estime publique.

Le texte de la réhabilitation précise : «« ***... Il est interdit à toute personne qui, dans l'exercice de ses fonctions, a connaissance***

de condamnations pénales effacées par la réhabilitation d'en rappeler l'existence, sous quelque forme que ce soit, ou d'en laisser subsister la mention dans un document quelconque... Tout manquement est sanctionné par l'article 769 du code de procédure pénale. »

Cet acte de justice, je pense toujours à le faire graver sur ta tombe, en y ajoutant : « Ici repose un homme qui a fait réhabiliter son fils. »

Voilà, Père, c'est fini. Il ne me reste plus que le remords de t'avoir fait souffrir. Mais, tu sais, je t'ai toujours aimé. Et sans doute encore davantage quand je me dressais devant toi, l'insulte à la bouche, pour défendre Lilie.

Aujourd'hui tu m'entends, mais tu es loin... je ne peux pas te serrer dans mes bras pour te le dire. Je ne peux pas revenir en arrière pour boire les larmes qui te brûlèrent la peau du visage.

Les remords, Père. Pour faire le compte, juste à l'heure du bilan, j'y ajoute les Allemands que j'ai tués dans cette poche de Saint-Nazaire. J'étais avec Tatave, un ancien des Brigades rouges espagnoles. Tatave avait des raisons de tuer. Les Allemands avaient, en Espagne, attaché son frère sur un de leurs Panzers pour que Tatave ne fasse pas sauter le char avec des cocktails Molotov, sa spécialité. Mais ce panzer faisait des dégâts et il avait choisi de le faire sauter quand même, de tuer son frère. Il ne vivait plus, désormais, que pour tuer de l'Allemand, partout où il en trouverait, et ce, jusqu'à la fin de sa vie.

Je revois encore un certain regard d'un de ceux-là, chavirant derrière la haie, criblé sous nos balles. Le regard d'un homme qui en avait certainement assez, lui aussi, de cette guerre, et qui ne souhaitait que rentrer chez lui. Un soldat qui ne reverrait plus ni femme, ni mère, ni enfants, ni frères ni sœurs.

Nous venions de tuer un peu d'amour sur cette terre. C'est pour ça, Père, que je ne veux plus que tu sois fier, comme tu l'as été à l'époque, de cette action-là. Oui, je regrette mon doigt sur la détente. Et doublement quand je vois aujourd'hui se dérouler les nouvelles guerres ethniques, qu'aucune grande puissance n'essaie d'arrêter vraiment. Mais qui avait vraiment essayé d'empêcher Hitler de grandir ?... Personne non plus.

Attends... attends... ne referme pas tes yeux bleus. Je ne veux pas te quitter dans ce livre sans te confier encore ce qui mérite de l'être.

Avec Lino Ventura, Bernard Giraudeau qui me faisait à nouveau cadeau de son talent, et Claudia Cardinale, cet ange au profil de star, nous tournions *Le Ruffian* dans les montagnes Rocheuses canadiennes, réunis par le courage de Christian Fechner, un producteur magique, qui est d'ailleurs un pro de la magie. J'attendais, dehors, que Lino revienne d'un coup de fil donné pour prendre des nouvelles de la santé de sa mère. Et tu sais combien il l'aimait. Il m'apparut derrière la baie vitrée d'un hôtel, un peu instable sur ses jambes, comme il avait dû l'être sur un ring, un soir de destin contraire.

Il lâcha un papier qu'il ne ramassa pas, lui le méticuleux.

Dès qu'il eut franchi la porte vitrée, j'ai senti que sa mère était morte. Il s'est abattu contre moi et il me répétait : « Morte... morte... elle est morte », dans des sanglots que sa puissance alourdissait encore. Et moi je murmurai : « Un bon fils, Lino... t'as été un bon fils... un bon fils... »

Si je te raconte ça, Père, c'est pour que tu reviennes dans mes rêves. Reviens pour me dire que j'ai été un bon fils parfois et que je marche enfin dans les jardins introuvables de ton cœur. J'en ai besoin.

Personne ne peut finir sa vie sans remords. Même pas Lucienne. Ne m'a-t-elle pas fait son légataire universel ?...

Et surtout ne t'inquiète pas... ne t'inquiète plus. Je sais que Stephen Hecquet t'avait averti qu'un jour ou l'autre quelque vipère apparaîtrait sur mon chemin. Ce genre de bestiole, envieuse de caractère, distille aussi la rumeur.

Je pense que, emporté par ta vague d'amour pour moi, tu aurais essayé de la chasser, et qu'elle nous aurait mordus.

Non, Père, il fallait l'ignorer et je l'ai ignorée. Elle ne peut alors que rentrer dans son fourré. C'est quand tu es calomnié que tu comptes tes amis. Ceux qui t'ont donné le bon conseil. Comme mon avocate et amie, Me Rendel, qui me défend depuis de si longues années.

Comme aussi Jean Schmitt, devenu mon « camarade ». Jean Schmitt qui a le culte de l'Empereur et la volonté sans faille de défendre une civilisation, la nôtre. Je l'ai rencontré chez Louis Nucera. Jean va m'engueuler parce que je parle de lui dans ton livre. Nucera aussi sans doute. Tous sont devenus tes amis. Rien de ce qui m'arrive ne doit te demeurer étranger.

Avec Louis, l'écrivain, nous faisons du vélo. Pour moi il est « le loup des Abruzzes ». En roulant, il me parle des petites gens et ça m'améliore. Il a bâti son œuvre sur les humbles, les oubliés, et sous sa plume ces personnages deviennent des images pieuses.

Avec Jean nous avons écrit un roman, *Les Loups entre eux*. Tu vois, Père, encore les loups. J'en ai tourné un film avec Claude Brasseur, Gaby toujours et Edlinger, l'archange de l'escalade. C'était l'Occident en colère qui allait corriger des terroristes.

Avec Jean on se parle en se taisant. Nos liens se sont encore resserrés face à la vipère.

— Toute la force qui te jette d'habitude en avant, tu la retournes vers toi, pour qu'elle t'empêche de bouger... de te justifier..., disait-il. Tu n'as pas à plaider ta cause. C'est déjà fait et payé.

Père, tu ne trouves pas qu'il a eu bien raison ?... Que mon bonheur quotidien m'a lavé de toutes les rancœurs possibles ?... Pour nous, la justice s'est révélée juste dans sa finalité. Viens avec ton fils regarder les chamois jouer avec le vertige. À peine me reste-t-il quelque étonnement à l'écoute de certains propos.

On nous avait inventé une vie. Un type, une pointure dans la zizanie publique, m'avait même assuré que « nous n'avions jamais mis les pieds à Chamonix » ! ! !... J'avais donc rêvé que j'avais gravi des montagnes. Je me revois pourtant à toutes les époques de ma vie (excepté dix années) sur les glaciers et les parois, et aussi dans nos hôtels avant et pendant la guerre. Cette montagne est liée à mon travail. C'est sur la vire de Quartz, en escaladant les Drus par la face nord, que j'ai parlé des *Grandes Gueules* à mon copain de cordée et que j'ai eu l'idée de confier un des deux rôles à Bourvil.

Et mon goût profond de la nature m'avait rapproché de Robert Enrico à cause de sa magnifique *Rivière du hibou,* d'après une nouvelle d'Ambrose Bierce. Alors je lui ai confié *Les Grandes Gueules* et *Les Aventuriers,* ce prolongement romanesque de Manu et Roland.

Et très vite après ta mort, Père, pour me consoler, René Desmaison m'a invité à faire une première hivernale dans la face nord de l'aiguille du Midi avec Pierre Mazeaud. Fin décembre, les étoiles dans un ciel plus froid que la glace. Des étoiles pour essayer de sentir dans laquelle tu pouvais bien te trouver pour veiller sur moi.

Tu veilles, je le sais. Je le sens. Surtout récemment, quand mon village s'est transformé en bastion pour répondre au sifflement de la vipère. « José Giovanni est citoyen d'honneur de cette commune et il le restera. » Ainsi j'ai pu m'émouvoir des témoignages indignés de mes amis et découvrir des inconnus. Bien que me sachant intégré, j'y habite depuis 1968, je ne m'attendais pas à autant d'affectueuses démarches. Il est vrai que les Valaisans partagent avec les Corses une certaine éthique.

Je dois beaucoup à l'excellente troupe de théâtre amateur du village que je mets en scène, car elle m'a permis, en plus du plaisir de côtoyer l'ensemble de ses membres, de rencontrer Roland Deville. Nous butions sur un décor et Roland, professionnel de grande qualité, accepta de m'aider dans ce bénévolat... et de continuer. Alors il est à présent sur mes films et sur les sentiers de montagne.

Je me devais de te parler de cette rencontre rare. Celle d'un homme qui ne laisse pas dire du mal d'un ami absent.

Et même, qui peut se battre pour lui. Toi aussi, tu te battais davantage pour tes proches que pour toi-même.

Ce livre, que Jean, le premier, m'a poussé à écrire, m'a prouvé qu'il y avait un grand détachement à illustrer la mémoire d'un autre. Un bon coup de recul sur soi.

Je pense à la profession qui m'a permis de m'exprimer, qui t'a permis de chantonner à la fin de ta vie sous ton fixe-moustache. Je t'entendais très tôt le matin.

Et il faut m'excuser d'avoir, parfois, tellement mêlé le vécu à l'imaginaire, que les confrères s'y sont égarés. Et quand on s'égare, on peut nuire. Mais ce n'est pas leur faute, c'est la mienne. C'est pourquoi je ne leur en veux pas d'avoir cru que le récit des deux frères de *Mon ami le traître* nous concernait, Barthy et moi. Ce n'était qu'un fait divers, très romancé avec l'aide de Claude Sautet et Alphonse Boudard.

C'est bizarre, la création. J'ai collé une bosse dans le dos d'un des personnages (inventé de toutes pièces), parce que j'avais connu un sous-directeur de maison centrale aussi bossu que maléfique. Le fait divers posait le problème de la possibilité d'accepter socialement le rachat d'un homme ou pas. Le truc de la Bible : « Qui lancera la première pierre ? »

Père, dans tous les cas, pas nous. On laisse les pierres aux « irréprochables. » Ils sont légion. Ce n'est pas la guerre des justes mais la guerre des tirages. On ne respecte même plus le courage devant la maladie.

Père, je reviens à ce film que certains, dont Jean Schmitt, pensent être mon meilleur, nous avons alimenté, Barthy et moi, Père, les soirées des quelques personnes qui bavassent sous le manteau. Je ne regrette rien et je remercie même ce film pour la rencontre avec un producteur humoriste, Alain Sarde, et sa directrice de production, Christine Gozlan, si compétente dans les rapports entre la monnaie et l'artistique. Et pour les acteurs si nuancés, André Dussolier et Thierry Frémont, un talent tout neuf.

Tu vois, Père, il y a toujours du bon dans la vie qui passe.

Le vélo avec Michel Drucker qui roule en ne disant jamais du mal de personne, tu sais, ça ensoleille. Le vélo c'est ma naïveté... Un Paris-Deauville sous une pluie incessante avec Jacques Bar, un producteur heureux. De quoi se remettre dans l'axe.

J'essaie d'oublier les compliments que l'on m'adresse, because le Corbeau et le Renard, mais il y en a juste un qui te comblera tant, et le lecteur voudra bien m'en pardonner l'importance. Empêché de célébrer les véritables mérites d'un général de lumière, je devais abandonner un projet de film sur lui (tu te souviens de ton respect pour les galons, mon parrain fut lui-même général). Quelqu'un a dit devant le comité : « Giovanni s'en va, le film a perdu son âme. » Un officier venait de laisser tomber cette petite phrase que tu peux mettre aussi dans la balance qui t'a si longtemps défavorisé. Tu peux la placer sur le bon plateau.

Ce bonheur dont tu n'as connu que les premiers pas, j'ai voulu le prolonger de ma main toujours vivante. Oui, ce bonheur avec Zazie, on a essayé de le distribuer. Le chalet se remplit parfois, avec les enfants, les petits-enfants et sa propre famille. Elle a encore sa mère, que tu as un peu connue, un oncle et une tante rescapée de loin avec un matricule tatoué sur le bras.

Je crois que la souffrance est un point de compréhension, de ralliement. Et pour moi la montagne aussi. Je pense au guide Michel Vaucher, à René Desmaison et à toutes mes ombres, Terray, Rebuffat, Lachenal.

L'heure approche. Je regarde les cimetières quand je passe en vélo.

Je suis allé dernièrement dans celui d'Argentières me recueillir, cinquante années plus tard, sur les tombes des nôtres, qu'une tragédie tua l'automne 1943 en descendant du lac Blanc. Nous étions là, quelques survivants de « Jeunesse et Montagne », vieillis mais observés par des sommets de roc et de glace qui nous reconnaissaient quand même.

Je suis allé fêter en Corse mon anniversaire. Il y avait Zazie, Paul et Marie-Josée, ma princesse, avec une bande de joyeux. Les surnoms toujours... Hubert la science, François l'optimiste, Gaby dit Spartacus, Dodo de la Chope d'Alsace,

Christian le flambeur, Claude l'aviateur, Kiki l'argotique, Dédé dit le Comte de Suresnes, Lothar dit le Prussien, et nos épouses si patientes à l'évocation de nos fanfaronnades sexuelles. « Les copains d'abord », comme l'écrivit Jean avec la permission de Brassens. Le sport et la rigolade. Et l'émotion aussi quand je leur raconte des épisodes de notre feuilleton familial.

À suivre. Pour combien de temps encore ?... Le temps des enfants mais peut-être qu'aucun d'eux n'écrira la suite.

Père, tu as laissé derrière toi une bonne survie.

Ma sœur, dans une sagesse créative, avec les deux filles dont elle peut être fière et deux magnifiques petits-enfants.

Ton fils, qui arrive au bout de ce livre sinon au bout de ses larmes. Avec ses deux enfants et ses deux petits-enfants.

Tu vois que, malgré tes jours et tes nuits de poker, tu as eu le temps de semer toutes ces plantes vivaces dont les deux plus anciennes ont eu bien du mal à fleurir entre les déracinements et les replantations.

Si nous avons besoin les uns des autres, nous sommes là.

Je travaille toujours. Toi, tu as joué au poker jusqu'au dernier soir et je fabriquerai du rêve jusqu'à la dernière feuille de papier. Cet été, j'ai retrouvé un fameux conteur d'histoires, Henri Verneuil, pour inventer de quoi faire oublier au public le percepteur et l'adultère. Dans nos métiers, les routes se croisent et se décroisent. En collaborant avec Verneuil au *Clan des Siciliens,* tiré d'un bon bouquin d'Auguste Le Breton — qui t'aimait bien —, nous avions créé de quoi nous revoir. C'est aussi un magicien. On arrête de tuer les personnages dans le scénario et il me fait des tours de cartes. Il m'en a même appris un. J'avais banni les jeux de cartes de la maison, à cause de toi, et j'en achèterai un. D'habitude je raconte des histoires en société. Là je ferai des tours de cartes.

En parlant d'histoire, écoute, en voilà une marrante.

J'étais sur une paroi avec René Desmaison. Un truc affreux, délité et surplombant. Zazie nous observait du pied. Cinq cents mètres de calcaire dressés au-dessus d'un torrent. Déjà quatre nuits suspendus à des étriers. Nous venions de squatter un nid d'aigles. Survient Théo, le curé du Dévoluy, avec un haut-parleur.

— José... y a Carlo Ponti qui a appelé...

Je laisse toujours mon numéro et j'avais un projet avec Carlo pour Lino.

— ... Faut que tu dises à LI... NO... VEN... TU... RA...

Le vent détachait les syllabes.

— ... que SO... PHIA... LO... REN...

Tu la connais, Père. C'est un édifice.

— ... voudrait qu'une amie à elle... une journaliste... vienne le voir...

Parce que les interviews c'était pas la tasse de thé de Lino.

Ce jour-là, nous n'avions gravi que trente mètres de cette paroi des voûtes. Théo, Ponti, Sophia et Lino, pendant que les coups de marteau de René pitonnaient nos deux vies à la verticale. Tu vois, je persévère dans l'insolite.

Je joue les prolongations en grimpant sur la tour Eiffel, par l'extérieur, sur les rivets, avec René. La tour Eiffel sur laquelle Bernard Giraudeau a donné la comédie pour moi, debout sur une poutrelle, sans sécurité, avec cent mètres de vide sous les pieds.

Il faut qu'ils m'aiment bien, les acteurs ! !... Je les aime aussi. Ils m'ont tellement offert. J'en ai cité trop peu.

Annie Girardot, qui a sublimé tant de drames et m'a honoré de son interprétation dans deux de mes films.

Et Rufus, inquiétant dans la poésie, puissant dans l'action, délicat dans l'émotion.

Et Mimsy Farmer, ma Louve combattante.

Et Francis Huster, que le romantisme ne cesse de brûler vif.

Et Marlène Jobert, ce mélange de rire et de larmes.

Et tous les autres... chacun et chacune... des plus célèbres aux plus humbles... merci à jamais. Et un prénom, Sophie.

Père, je sens que tu vas me reprocher de ne pas te donner de nouvelles de Pierre Billy, mon éducateur. Celui qui s'était porté garant de ma reconversion, avant l'heure.

Il est venu en vacances ici l'été dernier. Je l'ai emmené

un jour dans une émission de Cavada sur « les délinquants qui ne s'en étaient pas trop mal tirés ». Ça s'appelait « La marche du siècle ». Il est vrai qu'ils sont en marche depuis longtemps, les siècles...

Dans sa croyance en moi, Pierre a été un peu comme l'Abbé aux chandeliers pour Jean Valjean. Je pense qu'au regard de ma seconde vie j'ai une once de ce paria.

Je l'éprouve parfois dans les festivals, avec ta montre dans le gousset du smok.

Ou encore en train de jouer aux échecs avec Olivier Dassault — qui un jour écrivit la musique d'un de mes films — ou Georges Moustaki, dont j'aime spécialement *Le Métèque,* et qui laisse la vie venir à lui, sans heurt. Moi qui m'agite parfois un peu trop.

Entre le travail et le vélo, les grands cols avec Albini, Pierrot le socialiste, Jean-Paul Martin ou Raymond le bricoleur, je n'ai pas vu le temps passer. Il me semble ficelé par paquets de dix années. Sur mon rivage il y a aussi le cœur en parfait état de marche de Gilles Durieux.

Toi, Lino et mon frère, vous avez creusé de grands creux là-dedans. Tu sais, Lino, le duc de Parme t'a rejoint d'un seul coup, comme toi. Lino, dont dernièrement j'ai eu le petit-fils dans les bras. Il a son sourire.

Lino qui m'a laissé, en plus, de solides ports d'attache. Youssef, le respect de la parole donnée. France et Michel Loeb dans le Luberon. Je retrouve un peu Lino quand je les vois tous. Les maisons arrangées par France sont des lieux de vie qu'on ne voudrait jamais quitter, et Michel a la pudeur humaniste de Lino. Il en a laissé de l'émotion sur la terre, Lino. Il faut entendre Roger Hanin parler de lui.

Tu vois, Père, je ne m'égare plus, mais veille bien sur moi quand même. Il m'arrive de retourner vers mon démarrage, comme si je voulais me persuader de sa réalité. J'ai déjeuné récemment avec Belmondo pour en reparler. On se retrouve sur le culte de la famille et j'aime voir l'ironie quitter son regard.

Claude Sautet et Monique Lange sont toujours là pour

un dîner émouvant chez Filoche. Monique, qui vient elle aussi d'écrire sur son père un livre au style éblouissant.

Toi, dans le mien, rédigé plus fruste, que je vais terminer. Je ne te quitte pas, je termine seulement ce livre. Il est ta chose et, pour essayer de rester à ce niveau d'élégance de tes sentiments, je vais te parler d'une grande dame qui s'appelle Albina du Boisrouvray. Elle a perdu son petit Prince par la faute d'un aventurier de bazar, et, quand je pense à une fierté qui affronte, je pense à elle. Quand je pense à la générosité toute droite, à la fraternité sans concession, je pense à elle. Être digne de son amitié m'élève au plus haut rang. Si je n'avais gagné que cela sur la terre, ça me suffirait. Tout son être est envahi par un seul être, comme tu as accepté que je t'envahisse. Elle est, pour son enfant, à ton image. Alors la voilà dans ton livre.

Bientôt à la Toussaint on allumera la grosse bougie devant ta photo et celle de Lilie dans mon bureau. Quand je ne suis pas là, Francine, notre gardienne, l'allume. Et, après avoir lu ce livre, elle verra peut-être quelqu'un d'autre en te regardant.

Moi, ce que je regarde, c'est une photo minuscule qui ne me quitte pas et que tu m'envoyas en prison. Au dos on peut lire : « À mon petit José tant chéri et dont l'absence me tue ». Paris le 14 septembre 1947.

Papa, au secours...

Et à bientôt.

Fin de 1994... en montagne

Impression réalisée sur CAMERON par

BUSSIÈRE CAMEDAN IMPRIMERIES

GROUPE CPI

à Saint-Amand-Montrond (Cher)
pour le compte des Éditions Robert Laffont
en mars 2001

N° d'édition : 41737/01. — N° d'impression : 011309/4.
Dépôt légal : mars 2001.

Imprimé en France